바람을 입다

바람을 입다

2024년 12월 30일 초판 1쇄 인쇄 발행

지 은 이 ┃ 원순련
펴 낸 이 ┃ 박종래
펴 낸 곳 ┃ 도서출판 명성서림

등록번호 ┃ 301-2014-013
주   소 ┃ 04625 서울시 중구 필동로 6 (2, 3층)
대표전화 ┃ 02)2277-2800
팩   스 ┃ 02)2277-8945
이 메 일 ┃ msprint8944@naver.com

값 15,000원
ISBN 979-11-94200-55-0

바람을 입다

원순련

도서
출판 **명성서림**

참 소소한 이야기들

긴 세월 살다 보면 아름다운 이야기를 들을 수도 있고, 행복함을 주는 장면도 보게 되고, 그런 순간을 함께 하는 기회도 갖게 됩니다. 이런 이야기들을 묻어 버리기엔 너무 아까워 글로 남기게 되었습니다. 이렇게 쓴 글이 새거제신문, 경남신문, 타임라인에 칼럼으로 소개된 것을 묶어서 세상에 내놓게 되었습니다.

우리는 모두 변화를 꿈꿉니다.

가끔씩은 나 자신도 변화되기를 바라지만 마음과 행동이 서로 맞지 않아 변화는커녕 허우적거리며 그 늪에서 벗어나지 못하고 있습니다. 더 우스운 것은 나 자신은 변화되길 주저하면서도 세상이 변화되기를 바라는 것이 우리의 현실입니다.

그런데 사람이란 또 다른 양면성이 있어서 잠깐 스치듯이 읽게 된 한 줄의 글에서 자신도 모르게 변화의 길을 찾아 아름다운 삶에 동참하기도 합니다.

이 칼럼 속에는 참 소소한 이야기들이 담겨 있습니다.

자연 속의 속삭임, 아이들의 해맑은 소리, 현시대의 또 다른 메시지, 그리고 우리가 바라고 희망하는 이야기들이 있습니다.

그냥 편안한 맘으로 읽다가 그중에서 가슴에 와닿는 사연 두어 개 건져내어 내 삶에 명주실로 꽁꽁 묶어 두고 가끔씩 꺼내어 보길 기대해 봅니다.

그렇게 건져낸 이야기가 새콤한 비타민 한 알이 되어서 우리 모두의 마음이 넉넉해지길 바래봅니다.

2024년 11월을 보내며

원순련

차례

제2부_행복 바이러스

제3부_우리는 빚진 자들이다

제4부_문학의 고향

제5부_피그말리온 효과

제1부 : 바람을 입다

바람을 입다

◇◇◇

삼복이 다 지나가도 여름 더위는 물러설 줄 모르고 제 몫을 단단히 하고 있다. 선풍기가 연신 돌아가고 에어컨을 가동시켜도 더위의 농도는 더 높아가기만 한다.

모시 치마저고리를 꺼내어 손질을 시작했다. 어린 시절 어머니의 어깨너머로 배운 모시옷 손질은 꽤나 까다롭고 손이 많이 갔지만, 그래도 그 기억을 살려 나도 모시옷 손질을 제법 잘하는 편이다. 모시옷을 손질하는 날은 내 마음을 수행하는 날이다. 일에 쫓기지 않고 마음 편히 쉴 수 있는 날을 택하여 수행하듯이 나를 가꾸는 작업이 바로 모시옷 손질하는 날이다. 모시옷을 손질하는 날은 특별히 날씨를 잘 택해야 한다. 아침부터 아무런 사심 없이 뜨거운 햇살이 내려야 하고, 구름 한 점 없는 더운 날이어야 모시 올이 단단히 살아서 사각사각 소리를 내며 제멋을 낸다.

쌀풀을 쑤어 작은 덩어리 한 개도 없이 잘 개고 문질러서 걸쭉하게 풀물을 만들어 놓고 모시옷을 풀물에 담갔다. 모시 한 올 한 올에 풀물이 쏙 배도록 주물러 꼭 짠 다음 옥상의 바지랑대를 중심으로 구김 없이 펼쳐 널었다. 두어 시간 남짓 햇살을 쪼인 후 걷어 내려 여러 겹으로 반듯하게 접어서 보자기에 싸서 발로 꼭꼭 밟았다. 밟은 모시옷을 잘 털어서 바지랑대에 널어 두고 꾸덕꾸덕하게 수분이 날아갈 시간을 기다려야 한다. 이때 조금이라도 시간을 놓치면 수분이 모두 날아가 버리고 모시옷은 뻣뻣하게 변해 버려 모시에 먹인 풀 맛이 다림질을 해도 펴지지 않는다. 수분이 적당하게 날아간 즈음 걷어서 다시 접어 밟고 말리는 과정을 여러 번 반복하는 동안 모시 한 올 한 올은 풀물을 먹고, 날이 서고, 모양을 내며, 귀품 있는 자태를 드러내게 된다.

친정어머님은 이렇게 귀품 있게 자세를 갖춘 모시옷을 인두와 숯불 다리미로 구석구석 구김살을 펴 가며 잘 다려 마지막 동정을 달아 근사한 예술품 한 벌을 내놓으셨다. 어린 시절 어머니가 그렇게 풀물이 잘 든 반듯한 모시옷을 입고 장에 가시는 모습이 꼭 한 폭의 수채화처럼 아름다워 보였다.

이런 기억이 너무나 소중하여 나도 여름이면 어머니 흉내를 내며 여름을 나는 동안 예닐곱 번은 모시 치마저고리를 입는다. 아직껏 동정을 다는 수준이 나아지진 않았지만 그래도 쪽물을 들인 청색 치마에 하얀 모시 저고리를 입고 나가면 나도 몰래 내가 근사한 조선 시대의 여인네가 되는 느낌이 든다. 어디 그뿐인가? 발끝을 덮는 긴 치마와 손끝까지 내려오는 저고리로 당연히 온몸에 땀범벅이 되어 있어야 하지만, 신기하게도 모시 올 하나하나는 절대 살갗에 땀을 만들지 않는다. 오히려 모시 올 사이사이로 어디선가 솔솔 향긋한 바람이 만들어진다. 모시옷을 입고 걸으면 대나무 숲을 걷는 것처럼 사각사각 소리가 들려오는 것은 나 혼자 느끼는 착각일까? 모시옷을 입는 것은 옷을 입은 것이 아니라 바람을 입는 것이다.

모시풀이 모시 옷감이 되기까지엔 모시옷을 손질하는 것보다 몇 갑절의 혼과 정성이 담긴다. 마을 뒷밭에 흡사 깻잎 닮은 모시풀이 어른 키를 넘어서게 되면 모시풀을 베어 줄기만 가마솥에서 쪄 낸 다음 말리기 시작한다. 말린 모시풀을 물에 불려 겉껍질을 삼 톱으로 훑어 낸 후 속 껍질만 햇살에 또 바래게 한다. 이렇게 바랜 속껍질을 또 물에 적셔 수건으로 대강 닦은 다음 손톱으로 일일이 가늘게 째는데 모시의 굵기에 따라 조절하며 가늘게 쨌다. 이렇게 만든 다음 모시를 삼는데 이 일이 정말 보통 일이 아니다. 가늘게 째 놓은 모시 올의 끝과 다른 올의 끝을 일일이 손으로 연결하는 이 작업을 모시를 삼는다고 한다. 이 작업은 베를 짜는 과정보다 너무나 힘들어 그런 어머님을 볼 때마다 어머님의 그 고통이 어린 내 맘까지 전해져 왔다.

모시의 올을 일일이 입에 넣어 모시 올의 머리부터 꼬리까지 입 안을 거쳐 침이 묻어지게 한 다음 오른쪽 무릎에 올려놓고 모시의 끝과 다른 올의 첫머리를 엇대고 여러 번 비비며 올을 이어 나갔다. 이 일은 친정어머니뿐만 아니라, 마을 어머니 모두가 함께 참여했는데 하루 종일 모시 삼는 일을 하고 나면 어머니들의 입 안이 헐기도 하고, 무릎에 상처가 나기도 했던 장면이 잊히지 않는다.

모시 삼기가 끝나면 베를 날고, 겉보리로 풀을 만들어 날실과 씨실에 풀을 먹인 후, 깻묵으로 불을 지펴 씨실과 날실을 말리는 작업이 끝나야 천을 짤 수 있는 씨실 날실이 완성된다.

다음은 베를 짜는 일이다. 이렇게 만들어진 실을 베틀에 올리고 베를 짜기 시작하면 어머닌 늘 끼니를 거르셨다. 도투마리를 베틀의 누운 다리에 얹고 날실 사이에 비경이를 밀어 넣고 잉아걸이(잉앗대)를 사용하여 잉앗실에 걸어 잉앗대에 맨다. 그런 다음 베를 짜는 사람이 앉을 깨 위에 올라앉아 부티를 두르고 말코를 맨다. 이렇게 베틀을 장착하는 과정이 대단히 복잡하여 식사를 하고 나면 그 장착 과정을 다시 해야 하니 어머님은 차라리 끼니를 거르면서 베 짜기를 계속했던 것 같다. 이렇게 직접 모시로 짠 베를 시집가는 세 딸에게 한 필씩 주신 것이 엊그제 같다.

서천군 한산 모시관을 다녀왔다. 2011년 우리나라 한산 모시 짜기가 유네스코 인류 무형유산으로 등재되었다는 사실을 처음으로 알게 되었다. 무더위를 날리는 천연의 섬유 한산 모시가 다양한 색상과 창의적인 패션 감각으로 세계적 복식 문화에 변화를 일으키고 있다는 자세한 안내에 여름철이면 선조들의 복식 문화의 대들보가 되어 왔던 모시에 관해 새로운 관심을 갖게 되었다.

그뿐만 아니라, 걸 그룹 크레용팝이 새로운 신곡 화보로 모시옷을 입고 나와 대중들의 시선을 끌고 있는 내용이 얼마 전 뉴스에 소개된 바 있다. 흰색 바지저고리에, 빨강 두건, 빨강 양말, 고무신을 신고 나와 신선하다 못해 상상을 초월하는 감각을 선보였다. 또한 우리나라의 한복

연구가들이 세계에서 우리나라 모시 한복을 이용한 새로운 패션을 선보이는 장면도 여러 번 소개되었다. 아직 더위가 떠날 줄을 모른다. 모시옷은 옷을 입는 것이 아니라 씨줄 날줄을 걸치는 것이다. 서양의 오토쿠튀르(고급 맞춤복)만큼 다양한 색상으로 창의적인 감각을 살린 천연의 섬유 모시옷은 옷을 입는 것이 아니라 이 여름 더위를 날리는 바람을 입는 것이다.

2019. 08. 23. 금

그대를 사랑합니다

◇◇◇

　무대의 조명이 서서히 밝아오면서 우유 배달원 김만석 할아버지와 폐지를 팔아 생계를 이어가는 송이뿐(처음엔 이름이 없었음) 할머니의 첫 만남이 이루어지는 장면이 드러난다. 이후 김만석 할아버지는 험한 오르막길을 힘겹게 오르내리며 폐지를 줍는 송 할머니에게 연민을 느끼는 장면이 이어지면서 이 연극의 내용이 펼쳐지기 시작한다.

　폐지를 팔아 겨우 10만원 상당의 돈으로 생계를 이어가는 송 할머니에게 김만석 할아버지는 독거노인 생계비를 마련해 주기 위한 작업을 하다가 송 할머니가 그때까지 이름도 없고 주민등록증도 없음을 알고는 깜짝 놀란다. 송 할머니의 딱한 사정에 자신도 모르게 어쩔 수 없이 마음이 다가감을 느낀다. 드디어 김만석 할아버지는 송 할머니에게 주민등록증을 만들어 주게 되는데 이름이 없는 할머니에게 얼굴이 예쁘니까 '송이뿐'으로 하자며 넌지시 노인다운 사랑 고백을 한다.

　드디어 송 할머니의 주민등록이 나오던 날 김만석 할아버지는 반지 대신 머리핀을 선물하면서 먼저 보낸 아내에 관한 죄책감으로 송 할머니를 당신이라고 부를 순 없지만 당신 대신 '그대'라고 부르겠다며 '그대를 사랑합니다'라는 사랑 고백을 하면서 이 연극은 막을 내리게 된다. 원작 만화에선 송이뿐 할머니와 김만석 할아버지는 서로 헤어지게 되어 만화의 마지막 장을 쉽게 넘길 수가 없었다. 그러나 연극에선 두 어르신의 사랑을 아름답게 해피 엔딩 처리를 하여 모든 관객이 가슴속에 작은 보석 한 개씩을 담아 두고 공연장을 나오게 해 주었다.

얼마 전 거제문화예술회관에서 공연된 이 연극은 대한민국 온라인 1세대 만화가인 강풀(강도영) 씨가 쓴 만화를 연극화한 작품이다. 강풀의 작품은 감성적 소재와 극적인 구성으로 말미암아 대부분의 작품이 영화나 연극으로 제작되었다. 하지만 기본적으로 영화보다 내용이 길어 여러 에피소드를 제거해야 하기에 인물 간 갈등이나 극의 개연성이 떨어지는 탓인지 강풀의 만화를 원작으로 한 영화나 연극은 대중적 히트를 기록하지 못했다. 그러나 대부분의 만화가 젊은이를 주인공으로 하여 그려지고 있다. 그런데 '그대를 사랑합니다'는 70대 후반 어르신들의 사랑 이야기를 엮어가고 있어 공연장을 찾는 관객들에게 우리가 잊고 있었던 소중한 무엇을 느끼게 해 주는 작품으로 남녀노소를 불문하고 지금 연극계에선 대단한 파문을 일으키고 있다.

팔순이 넘은 친정어머니께서 서울 나들이를 가셨다. 20년이 넘게 시어머니를 모시고 사는 큰 올케의 손을 좀 줄여 주고, 이제 더 세월이 가면 언제 서울 나들이를 하게 되겠느냐는 막내 여동생의 심지 깊은 마음에서였다. 등이 굽어 혼자서는 바깥출입이 어려운 관계로 막내 사위가 거제까지 내려와 귀한 걸음을 하셨기에 막내 여동생은 어머니가 서너 달쯤은 서울에서 지내시다가 가시길 바랐다. 그런 어머니께서 겨우 한 달이 될 때쯤 거제로 내려가야겠다며 성화를 하신다고 전화가 왔다. 시골 생활만 하시다가 서울 생활이 답답해서 그러나 싶어 서울 사시는 이모 댁으로 모셔 드리면 오랜만에 만난 자매끼리 회포를 풀며 진득하게 계실 것으로 믿고 어머님을 이모님 댁으로 모시게 하였다.

그러자 이번에는 이모님께서 전화가 왔다. 이모 집에서 사흘을 보내신 어머님은 하루빨리 거제로 내려가야겠다며 막내딸에게 거제로 모셔다 줄 것을 부탁하더라는 이야기를 전해 왔다. 서울 이모님도 속이 상해서 모처럼 서울 왔는데 무엇 때문에 거제로 못 가서 야단이냐며 농담처럼 시골에 남모르는 할아버지라도 한 분 숨겨놓으셨냐고 물으셨다 한다. 이모님의 농담에 어머님은 노인정 할머니들이 서울에서 왜 그렇게 오래 있느냐며 전화가 와서 어서 내려가야겠다고 말씀하셨다고 했다.

그리고 더 중요한 것은 노인정 할아버지 한 분이 가끔씩 전화를 하여 어머님의 거제도행을 재촉하신다고 귀띔해 주어 일흔두 살의 이모님께서 호탕하게 웃으셨다. 이모님의 전화는 곧이어 우리 세 딸이 이야깃거리로 만들어 어머님의 그 귀여운(?) 남자 친구 이야기를 전화로 돌려가며 웃었다. 노인정 식구끼리 계 모임을 가게 되면 그 할아버지께서 할머니들에게 택시를 잡아 주기도 하고, 등이 굽은 할머니들이 끌고 다니는 유모차를 택시에 실어주기도 하는 기사도 정신이 투철한 할아버지라고 하셨다.

"그 할배가 노인정에 나처럼 등 굽은 할머니들 뒷바라지를 다 해 주고 안 있나."

하시는 말씀 속엔 서로 믿고 의지하는 마음이 역력히 드러나고 있었다.

우리는, 사랑 이야기는 당연히 젊은이들의 몫으로 생각하고 있다. 그래서 나이 든 어르신들의 사랑 이야기는 점잖지 못한 이야기로 여겨 행여 노부모의 재혼 이야기가 나오면 숨기려 하거나 자녀들이 앞장서서 반대하는 경우를 주변에서 가끔 볼 수가 있다. 언젠가 어느 책자에서 사람을 늙지 않고 젊어지게 하는 비결은 사랑하는 일과 여행하는 일이라는 글을 읽은 적이 있다. 사랑이란 낱말은 상대에게 끌려 열렬히 좋아하는 마음 상태라고 볼 수 있다. 이런 마음의 상태는 상대방에게 가장 좋은 모습을 보여 주고 싶고, 상대방의 잘못도 눈감아 줄 수 있는 상태가 바로 사랑하는 과정일 것이다.

이런 사랑하는 마음이 생길 때 사람은 가장 아름다운 모습을 갖게 된다고 하는데, 이런 아름다운 감정을 왜 노인들이 누리서는 안 된다는 말인가?

연극 속에서 김만석 할아버지가 송이뿐 할머니의 아궁이에 연탄불을 넣어 주는 장면도, 장군봉 할아버지와 치매 할머니의 죽음을 뛰어넘는 사랑도, 노인정에서 등 굽은 할머니들의 뒷바라지를 해 주시는 할

아버지도 사람이 보여 줄 수 있는 가장 아름다운 낱말인 '사랑'을 보여 주는 장면이 아닌가 싶다.

2010. 05. 07. 금

목욕탕의 선녀

◇◇◇

동네에 있는 목욕탕은 입소문의 근거지이다. 동네 사람들의 살아가는 이야기와 누구네 살림살이가 늘어난 것과 자녀 결혼 이야기, 그리고 쉬쉬 소문내면 안 된다고 단속까지 하면서도 그 소문을 입담 있게 늘어놓아 동네 돌아가는 이야기를 소상하게 들을 수 있는 곳이 바로 동네 목욕탕이다.

나도 그 대열에 끼어 목욕탕에서 서로 이야기를 나눌 수 있는 사람들을 알게 되었다. 그중에서도 참으로 귀한 분 한 사람을 만나게 되었다. 출근 시간에 쫓겨 그분과의 이야기 나누는 시간이 채 10분을 넘기지 못했지만 아침마다 나는 그분으로부터 세상을 살아가는 이치를 배우게 되었다.

그녀는 남편의 역할을 너무나 톡톡히 하여 젊은 시절에 남편 앞에 큰 소리 한번 내지 못하고 살아오면서도 나이가 들면 괜찮아질 것이라고 스스로를 위로하면서 그렇게 중년을 넘기며 살아왔단다. 그러던 중 그만 남편이 뇌경색으로 쓰러져 움직이지 못하는 사람이 되고 말았다고 한다. 기가 막힌 일이지만 살아 준 것만도 고마워 그 남편의 뒷바라지에 지금까지 7년의 세월을 보내고 있다고 했다. 처음엔 움직이지도 못하는 남편의 어깨를 부축하고 마루에서 걷는 연습을 시켰고, 차츰차츰 호전되어 감에 따라 밖으로 나와 남편을 부축하고 한 발자국, 한 발자국 걷기 연습이라기보다 움직이는 연습을 시키는 것이 그녀의 일상이 되었다고 한다. 죽지 않고 살아 준 것에 대한 고마움으로 조금씩 호전되어 가는 남편의 모습에 희망으로 몇 년을 버티어 오던 중 자신도 사람이기에 이 삶이 너무나 힘들고 버거워 삶에 회의가 찾아오더란다.

어느 날 그녀는 남편이 없는 밖으로 나와 자신의 가슴속에 있는 두 마음을 발견하고는 그 두 마음을 밖으로 꺼내 놓고 두 마음에게 토론을 시켰다고 한다. 왜 내가 평생 이 사람을 위해 헌신해야 하느냐며 이젠 힘들고 어려워 정말 이 일을 쉬고 싶다고 몸부림치며 달려드는 한 마음의 소리를 들었다고 했다. 이어서 또 다른 마음이 나타나 그럼 너는 이 삶에서 도망쳐서 어디로 가서 무엇을 하며 그곳에서 너는 행복할 수 있겠느냐고 대드는 마음의 소리가 들려왔다고 한다. 며칠을 이런 두 마음과의 싸움에서 헤매던 그녀는 드디어 자신이 서야 할 곳을 찾았다고 한다. 그건 바로 지금 병들어 움직이지 못하는 이 남자에게 자신이 얼마나 필요한 존재인지를 깨닫게 되었다고 한다.

그때부터 그녀는 주어진 삶에 최선을 다하였고 그 남편을 하루 종일 시중들면서 오로지 새벽 5시부터 7시까지 남편이 잠든 두 시간 동안만은 따뜻한 목욕탕에서 모든 것을 잊고 자신을 위한 시간을 보내고 있노라고 했다. 하루의 첫 시간을 열어서 자신 속에 들어 있는 온갖 상념들을 다 씻어 버리고 기쁜 마음으로 집으로 돌아가 남편을 위한 밥상을 차리고, 침대에서 일으켜 부축하며 마루를 돌며 운동을 시킨단다. 그리고 이제 이 겨울이 지나고 나면 남편에게 봄 오는 소리를 들려줄 것이라고 말하는 그녀의 눈 속엔 벌써 목련꽃 잎이 벙그는 소리가 들려오고 있었다.

중년을 넘긴 여성들의 모임에서 남편을 두고 하는 재미있는 이야기가 참 많이도 나돌고 있다. 남편은 집에 두고 외출을 하면 근심덩어리요, 데리고 나가면 걱정덩어리요. 또 어쩔 땐 애물덩어리란다. 또한 삼식이 이야기도 나돌고 있다. 하루에 한 끼를 먹는 남편은 일식이요, 하루에 두 끼를 먹는 남편은 이식이요. 하루에 세 끼를 부인에게 수중 들기를 바라는 남편은 삼식이라고 했다. 이 삼식이가 되는 남편은 부인들의 눈총을 받는다고 한다. 이뿐만이 아니다. 얼마 전 미국에 이민 삼십 년을 넘게 살다 잠시 한국을 찾은 친구를 만나게 되었다. 그녀의 이야기에 따르면 미국에서도 여성이 50대가 넘어서면 버려야 할 첫 번째 물건이 남편이라고 한단다. 그 친구는 한국 떠난 지 30년이 넘었는데도 이런 말을 하는 것을 보고 '한국이나 미국이나 여성들이 남편을 대하는 사고의 흐름은 다 같구나' 하는 생각이 들었다.

한국의 중년 남편들은 참으로 어려운 세월을 지나온 사람들이다. 지금 걱정덩어리요, 근심덩어리요. 애물덩어리라고 칭하는 이 대한민국의 남편들은 이 나라를 빈민의 나라에서 잘사는 나라로 이끈 주역들이다.

그 시절의 남편들은 가난에서 벗어나기 위하여, 잘사는 나라를 만들어 보겠다고 배고픔의 고통을 감당하며 휴일을 반납한 채 일터에서 인생을 바쳐 온 사람들이다. 그 70대 사람들이 지금 퇴직을 하여 삼식이로 살아야 하는 이 시대의 남성들이다. 아직 다하지 못한 젊음이 있는데도 직장에서 떠나야 하며, 떠나온 그 사람들을 위해 적당히 마련된 일터가 없어 그 당사자들이 더 속상함을 안고 있는 사람들이다.

이런 남편들이 애물덩어리요, 근심덩어리요, 걱정덩어리로 불려지며 삼식이가 되면 절대 안 되니 한 끼 정도는 스스로 밖으로 나가 자신이 해결하는 지혜를 가져야 한다고 하는 이 우스갯소리가 어쩐지 씁쓸해지기만 하다. 물론 이런 남편들을 향한 이야기들이 웃자고 지어낸 이야기지만 말은 씨가 된다고 하지 않았던가? 그냥 농담처럼 돌아다니는 이야기가 이 나라 남편들의 위치를 대변해 주는 말이 되어서는 안 될 것이다.

이럴 때 목욕탕에서 만난 그 여인을 생각해 보자. 목욕탕에서 만난 그 아줌마는 하루 종일 남편의 발이 되어야 하고, 어깨가 되어야 하고, 편히 나들이 한번 나서지 못하고 있다. 그래도 그 남편이 있어서 어디서나 당당하고, 그 남편이 있어 누구의 집사람이라는 칭호를 받는다며 오늘 새벽에도 남편을 향한 지고지순한 뒷바라지 이야기를 들려주는 목욕탕의 그 선녀 이야기를.

2010. 01. 21. 목

만남, 그 절묘한 운명에 대하여

◇◇◇

이쯤 살고 나니 무엇보다도 소중한 것이 '만남'이라는 생각이 든다. 어쩌면 '만남'에서 시작하여 '만남'으로 끝나는 것이 인생이 아닌가 싶다.

인간으로 태어나 그 첫 만남이 바로 부모와의 만남이다. 부모와의 만남은 전혀 내 의지와는 상관없이 이루어지는 만남이다. 학벌이 좋고, 준수한 매무새를 가졌고, 또 경제적으로도 여유가 충만한 부모를 만나고 싶다고 해서 이루어지는 것이 아니다. 내 자신의 의지가 전혀 반영되지 않은 만남이 바로 부모 자식 간의 운명의 만남이다. 그리고 다음으로 형제를, 친구를, 이웃을 만나게 되고, 동료를 만나게 된다.

"내 인생에 저 사람을 만나서…."
이 말은 똑같은 말이라도 억양에 따라 너무나 다른 의미를 부여할 수 있는 말이다. '저'라는 어휘에 강약을 어떻게 붙이느냐에 따라 한 문장은 자기의 인생에 저 사람을 만나서 이렇게 의미 있고 행복한 삶을 살고 있다는 대단한 긍정의 의미가 되기도 하며, 또 한 문장은 내 인생에 만나지 말아야 할 저 사람을 만나게 되어서 내 인생이 이렇게 힘들고 어려우며 질곡의 세월을 가고 있다는 부정적 만남의 의미를 담고 있기도 하다.

뒤돌아보면 나는 내 주변의 모든 사람을 참으로 잘 만났다. 부모님과 형제자매와 이웃, 그리고 지금까지 학교생활을 하면서 만나게 된 우리 반 아이들과 많은 학부모님, 그리고 잠시 스쳐 간 사람들도 모두 한결같이 소중한 사람들이었다.

그중에서도 내 인생의 방향을 바꾸어 준 여러 사람이 있었다. 고등학교를 졸업하고 회사원으로 근무하고 있을 당시 교육청에 근무하시던 장학사님들과 행정직 관계자들이 한국방송통신대학 원서를 구입하러 서울대학교를 갔다. 원서를 구입하고 돌아서다가 그분들이 모두 종지를 모아 나에게도 원서를 한 장 사다 주셨다. 그 당시 내가 근무했던 회사 일이 교육청을 드나들어야 하는 업무여서 교육청 사람들과 안면을 트고 있었고, 동생들의 뒷바라지에 대학교를 가지 못하고 회사 일에 매달려 시간을 보내는 내 모습이 몹시 안타까웠던 모양이다. 그분들의 도움으로 나는 낮에는 회사 일을 했고, 밤으로 한국방송통신대학 초등교육학과에서 공부를 할 수 있는 기회를 얻게 되었다. 낮에는 회사에서, 밤에는 방송을 들으면서 공부를 하여 나는 한국방송통신대학 초등교육학과를 졸업하게 되었다

졸업한 후 초등학교의 기간제 교사로 근무하고 있을 때, 그때 그 장학사님께서 또 전화가 왔다. 경남교육청에서 초등학교 교사 임용 고사

가 있는데 접수 기간이 3일이 지난 후에야 내 생각이 났다고 한다. 꼭 교사를 해야 할 사람이 있으니 접수 기간이 지났지만 임용 고사를 볼 수 있게 해 달라고 경상남도 교육청 담당 장학사님께 부탁을 하였다며, 필요한 서류를 준비하여 어서 경남교육청으로 가라고 전화를 하셨다.

말씀을 듣고 서류를 구비하던 중 주민등록등본을 발부받을 수 없는 상황이 벌어지고 말았다. 부모님과 함께 살고 있지 않으면 근무지로 퇴거를 하라는 시골 이장님의 지시대로 부모님은 나를 회사 주소로 퇴거를 시켰고, 그 사실을 모른 나는 전입 신고를 하지 않아 주민등록등본을 발부받을 수 없게 되고 말았다. 이런 사실을 들은 거제교육청 장학사님께서 플래시(손전등)를 들고 서류 창고로 들어가 내가 처음 기간제 교사를 할 당시의 서류를 찾아 그 서류에서 주민등록등본을 뽑아서 서류를 구비해 주셨다. 그 당시엔 주민등록등본의 유효 기간이 없었다.

나는 이렇게 하여 초등학교 교사로 30년을 근무하고 있다.

그때 나에게 방송통신대학 원서를 사다 주었던 교육청 직원들, 또 3일이나 임용 고사 서류 접수 기간이 지났는데도 시험을 볼 수 있도록 도와주신 그 장학사님, 오래된 서류에서 주민등록등본을 찾아서 주신 장학사님, 그리고 새벽이 되도록 나를 기다려 주셨던 경상남도교육청의 담당 장학사님을 잊을 수 없다. 그들의 관심과 배려가 나를 지금 여기까지 데려다 준 것이다.

우리는 누구에게나 친절을 베풀고 있지는 않다. 요즈음은 내 부모 형제에게도 힘들고 어려운 부탁은 거절하고 있는 것이 사실이다. 나는 나를 도와주셨던 여러 사람과 별다른 관계를 맺지 않고 회사 생활을 하고 있었다. 다만 회사 일로 교육청을 드나들며 회사와 관계 있는 서류에 결재를 받고 만나는 사람들에게 깍듯이 인사를 드린 것 외엔 내가 그들에게 해 드린 것이 하나도 없다. 그런데 그들은 나에게 학업의 길을 열어 주셨고, 서류를 구비할 수 없는 안타까운 현실을 도와주셨고, 취업의 길을 열어 주셨던 것이다.

만남!
얼마나 귀중한 운명의 결정체인가? 물론 내가 교사의 길을 가는 것이 이미 정해진 길이었다면 굳이 그 사람들을 만나지 않아도 교사가 되었을 것이라는 사람들이 있었다. 그러나 나는 그렇게 생각하지 않고 있다. 언제나 그 여러 만남에 감사하고 있다.
정말 '내 인생에 저 사람들을 만나서'
이렇게 행복한 교사의 길을 가고 있음을 잊지 않고 감사하고 있다. 그리고 그때 내 인생에 반전을 주셨던 그분들처럼 나도 다른 사람들에게 긍정적 의미의 '만남'이 되는 그런 사람으로 살아가려고 노력하고 있다.

어제 한 통의 편지를 받았다. 무슨 일이 있어도 아내와 어머니의 자리를 양보하지 말라는 선생님과의 만남이 없었더라면 남편도 아들딸도 지금 내 곁에 있지 않았을 것이라는 한 학부모님이 보내온 편지이다.

2009. 06. 18. 목

나이팅게일 선서식

◇◇◇

    나이팅게일을 모르는 사람은 없을 것이다. 나이팅게일은 영국의 부유한 가정의 딸로 이탈리아의 피렌체에서 출생해 영국과 독일에서 간호사 교육을 받았다. 1844년 이후 의료시설에 강한 관심을 갖고 유럽, 이집트 등지를 견학 후 정규 간호 교육을 받고 런던 숙녀병원의 원장이 되었다. 1856년에는 빅토리아 여왕에게 직접 병원 개혁안을 건의한 바 있고, 1860년에는 나이팅게일 간호사양성소(Nightingale me)를 창설하여 각국 모범이 되었다. 1864년 크림전쟁의 참상에 관한 보도에 자극되어 34명의 간호사를 데리고 이스탄불의 위스퀴다르로 가서 야전병원장으로 활약하였다. 그뿐만 아니라, 간호사 직제의 확립과 의료 보급의 집중 관리, 오수 처리 등으로 의료 효율을 일신하여 '광명의 천사(The Lady with the Lamp)'로도 불렸다.

    그 후 의료 구호제도에 관해 영국 육군을 비롯하여 국내의 각 조직 및 외국 정부로부터의 자문에 응하였으며, 저서로 병원에 관한 간호노트가 있는데, 각국어로 번역되어 간호법이나 간호사 양성의 기초가 되고 있다. 세계 국제적십자에서는 '나이팅게일상'을 마련하여 매년 세계

각국의 우수한 간호사를 선발, 표창하고 있으며 특히 '나이팅게일선서'
는 간호사의 좌우명으로 유명하다.

며칠 전 거제대학교 간호학과 학생들이 '나이팅게일선서식'을 가졌다.
오랜 학교생활을 하면서 다양한 행사에 참여해 보았지만, 간호학과 학
생들의 '나이팅게일선서식'에 참여해 보기는 정말 처음이었다. 그날 나
이팅게일 선서식의 주인공인 학생들에게 교직, 교양 강의를 하게 된 인
연으로 그 자리에 참석했던 나는 그 엄숙하고 숙연한 분위기에 감격했
다. 평소 수업 시간엔 장난기도 많았던 학생들의 얼굴은 전혀 찾아볼
수 없었고, 정말 간호사가 되기 위한 자신의 결심이 진심으로 묻어나는
진솔하고 아름다운 천사의 모습을 보여 주고 있었다.

일생을 의롭게 살며 이 전문 간호직에 최선을 다할 것을 하느님과 여
러분 앞에 선서합니다./ 나는 인간의 생명에 해로운 일은 어떤 상황에
서나 하지 않겠습니다./ 나는 간호의 수준을 높이기 위하여 전력을 다
하겠으며 간호하면서 알게 된 개인이나 가족의 사정은 비밀로 하겠습
니다./ 나는 성심으로 보건 의료팀과 협조하겠으며 나의 간호를 받는
사람들의 안녕을 위하여 헌신하겠습니다.

순서에 따라 진행되는 장면은 너무나 엄숙했다. 식장은 숨소리조차
들리지 않았다. 간호사복을 입고 머리를 단아하게 묶어 올린 여학생들
과 단정하게 간호사복을 입은 남학생들은 한 사람 한 사람 단상 앞으
로 나와 촛대에 불을 붙여 나이팅게일로 선정된 간호사 앞에서 선서

를 하고 다시 자리로 돌아갔다. 촛불은 타오르고 촛불을 바라보고 있는 학생들의 눈빛엔 의지와 열정과 숭고한 봉사의 결심이 가득 담겨 있었다. 함께 한 재학생들과 학부모들, 그리고 내빈들의 가슴엔 무엇이라고 형언할 수 없는 숙연함에 젖어 있었다. 이제 이 선서식을 마친 간호학과 학생들은 모두 병원으로 돌아가 많은 환자를 돌보는 '백의의 천사'가 될 것이다.

간호사는 법정 자격을 가지고 의사의 진료를 도우며 환자를 돌보는 사람이다. 간호사는 누구보다 가장 가까이에서 환자를 돌보기 때문에 전문 지식이 요구되는 것은 당연하며, 선서문에 나오듯이 간호를 받는 사람을 위해 최선을 다하는 헌신적인 마음가짐이 요구된다.

즉 간호사라는 전문 직업을 소화하기 위해선 내외적으로 많은 준비가 필요하다. 이런 전문직장인으로서의 시작을 다짐하는 것이 바로 '나이팅게일선서식'이다. 특별히 '나이팅게일선서식'이 더 숙연해 보이고 의미를 더해 주는 것은 그 직업이 생명과 관련이 있기 때문이 아닌가 싶다.

우리는 새로운 직장을 찾아 첫 새내기 회사원이 되기도 하고, 교사가 되기도 하고, 공무원이 되기도 한다. 그러나 대부분의 직장인이 해당 분야에 합격한 후 발령을 받기 전 오리엔테이션을 거치기도 하고 사전 인턴 과정을 거치기도 하지만, 간호사처럼 학생 때부터 이렇게 엄숙한 선서식을 하는 직장인은 아마 드물 것이다.

선서식을 하고 직업인이 된다고 하여 더 잘하게 될 것이라는 확신은 없다. 그러나 선서식이란 말 그대로 그 일을 하기 전 최선을 다하겠다는 마음의 결심이다. 힘들고 어려운 직장생활을 하면서 자신이 가진 그 선서식의 장면을 떠올린다면 직장생활에 큰 의미를 더해 주리라 믿는다.

　며칠 전 학생 한 명이 부상을 당해 병문안을 갔다. 마침 수술을 앞둔 환자를 위로하기 위해 방문을 한 간호사와 학생의 대화를 엿듣게 되었다. "걱정하지 마, 너는 용기 있는 학생이니까 잠시 눈을 감고 자고 일어나면 너의 아픈 부분의 수술이 끝날 거야. 수술을 맡은 선생님과 간호사님이 최선을 다해 수술을 하실 거야. 수술이 끝난 후에도 너는 크게 아프지 않을 거고 며칠만 지나면 학교도 갈 수 있을 거야. 그렇지만 심한 장난은 안 돼. 학교생활에는 약간 불편할 뿐이지 걱정은 하지 않아도 돼. 의사 선생님께 뭐 여쭈어볼 말 있어?"

　학생은 간호사님의 이야기에 이제 안심이 된다는 듯 환하게 웃으며 수술실로 들어갔다.

2014. 10. 25. 토

어머니라는 이름

◇◇◇

친정어머니께서 노환으로 병원에 계신 지 벌써 9개월이 넘었다. 퇴근 길에 카네이션을 가득 안고 병실로 들어서자 정작 친정어머님은 벽을 향해 주무시는지 찾아온 딸을 보지 못했고, 함께 계시는 노인 세 분이 한 마디씩 반갑게 이야기를 걸어왔다.

"아이구! 말순 아이가? 왜 이리 늦었노? 임숙이는 왜 안 오노? 딸년들이 내가 어떻게 키웠다고 이렇게 가뭄에 콩 나듯이 얼굴을 뵈노?"

"방세 받아 가지고 왔나? 돈을 내 손에 잡혀 주어야지. 왜 방세를 한 번도 나를 안 주노?"

"가지고 온 것 어서 펴 봐라. 니 혼자 묵지 말고."

노인 세 분은 제각기 자기 목소리로 한마디씩 이야기를 던지는데 그 목소리와 얼굴 표정이 마치 유치원 아이처럼 선했고, 그 노인들 앞에 서 있는 나는 정말 그들의 딸이었고, 오늘 아침까지 먹을 것을 나누어 먹어왔던 모녀 관계처럼 스스럼없이 이야기를 하신다.

이 병실에 계신 노인 세 분은 친정어머니를 제외하곤 모두 치매 환자이시다. 여자 방문객이 병실로 들어오면 당연히 자기 딸로 생각하고 왜 다른 딸들을 다 데리고 오지 않았느냐고 성화를 부리고, 남자 방문객이 들어오면 아들과 사위로 인정하여 빨리 저녁을 차려 주라고 평소 식구들을 건사해 온 그 행동을 그대로 재현하신다. 세 할머니의 이야기에 말순이도 되고 임숙이도 되어드리며 한참이나 이야기를 나누는데, 친정어머님께서 잠에서 깨어나 나를 쳐다보셨다.

어머님은 하루 종일 배가 고팠다고 이야기했다. 그러면서 자신이 아들딸을 일곱 명이나 낳았는데 내가 왜 이 병실에서 이렇게 배고프게 있어야 하냐며 집으로 따라오시겠다고 성화를 부렸다. 친정어머님은 힘든 병원 생활 이야기를 하시다가 가끔씩 지나간 일을 한 폭의 수채화처럼 읊어 내곤 하신다. 지난 가을에 뒷밭에 상추 씨앗을 뿌려 두었는데 겨울 동안 죽지 않고 저렇게 잘 살아났다며 정말 그 상추 잎이 눈앞에 보이는 것처럼 얼굴 가득 미소를 머금었다. 어머님의 배고픔은 곡기가 부족하여 만사가 힘에 부치는 배고픔이 아니라 가족과 함께 하지 못하는 서러움과 서글픔의 허기였던 것이다. 간병사의 말씀에 따르면 그 행동이 바로 치매 초기라고 그러셨다. 우리 어머님도 이제 점점 저 노인들처럼 날 알아보지 못하게 될 것이고, 누구나 붙들고 왜 이제 왔느냐고 이야기할 것이다, 그리고 무엇보다도 방금 점심을 먹고도 간병사를 야단치며 저 사람들이 나를 굶긴다고 야단을 치는 그런 사람으로 변해 갈 것이라는 생각이 들자 소름이 돋았다.

어머니!

왜 이 낱말 앞에 서면 이렇게 눈시울이 적셔지고 가슴 깊은 곳에서
부터 뜨거운 그 무엇이 목구멍까지 끓어오르는 것일까? 지금 저 병실
에 계신 여든이 넘으신 어머님들의 삶은 인간으로서 살아온 것이 아니
라 어머니로서의 삶을 살아오신 분들이다. 층층시하의 어른들을 모셨
고, 많은 시동생과 시누이들을 키웠고, 길쌈질과 농사일로 하루 편히
쉬지 못했다, 어디 그뿐인가? 자식을 위하여 배불리 먹지 못한 허기진
배를 움켜쥐며 자신의 인생은 어디에 있는지도 알지 못한 채 그냥 여자
로만 살아오신 분들이시다. 유행가 가사에서 볼 수 있는 여자의 일생이
바로 우리나라 어머니의 자화상인 셈이다.

> 하루 종일 밭에서/ 죽어라 힘들게 일해도/ 어머니는 그래도 되는 줄 알았
> 습니다/ 찬밥 한 덩이로/ 대충 부뚜막에 앉아 점심을 때워도/ 어머니는
> 그래도 되는 줄 알았습니다. 한겨울 냇물에서/ 맨손으로 빨래를 방망이
> 질해도/ 어머니는 그래도 되는 줄 알았습니다.
>
> 〈중략〉
> 아버지가 화내고/ 자식들이 속 썩여도 끄떡 없는 어머니의 모습/ 돌아가
> 신 외할머니가 보고 싶으시다고/ 외할머니가 보고 싶으시다고/ 그것이
> 그냥 넋두리인 줄만 알았던 나/ 한밤중 자다 깨어 방구석에서/ 한없이 소
> 리 죽여 울던/ 어머니를 본 후로는 아, 어머니는 그러면 안 되는 것이었
> 습니다.

어느 시인이 적어놓은 어머니에 관한 시구이다. 한 구절 한 구절 음
미할 때마다 이 죄를 어떻게 해야 하나 싶을 만큼 우리는 어머니께 너

무나 많은 죄를 지었고 그 죄를 이제사 깨닫게 되는 것이 속상하여 설움이 치솟아 오른다. 어머니는 여자가 아닌 줄 알아 왔고, 어머니는 당연히 그래야만 하는 것으로 생각해 왔기 때문이다. 그런 힘들고 어려운 시절에 며느리로, 아내로, 어머니로만 살아온 우리네 어머니의 희생이 있었기에 지금의 우리가 있다는 것을 잊고 있는 것 같다. 그런 위대하신 분들이 바로 저 병실에서 누구나 붙잡고 내 아들로, 내 딸로 생각하며 외로운 팔순을 넘기고 있는 대한민국의 어머니인 셈이다.

한사코 따라나서겠다는 어머님을 겨우 달래 놓고 나오는데 할머니 한 분이 현관 앞에서 먼 하늘만 쳐다보고 계셨다. 행여나 밖으로 나가 버리면 어쩌나 싶어 직원들에게 연락을 했더니 10년 동안 오지 않는 아들을 하루도 빠짐없이 저렇게 현관에서 기다리고 있는 할머니라고 했다.

'어머니!'

어머니는 미치지 않고는 어머니가 될 수 없다는 어느 학자의 글이 생각난다. 5월이다. 신록이 산천을 뒤덮고, 꽃향기가 지천을 흔드는 참 좋은 계절이다. 우린 이 아름다운 계절에 누구를 생각해야 하나?

2013. 05. 17. 금

우동 한 그릇

◇◇◇

섣달그믐 날이었다. 일본 우동집 〈북해정〉에서는 마지막 손님을 비웠다. 이제 문을 막 닫으려고 할 때 문이 열리더니 어떤 여자가 아들 두 명을 데리고 들어섰다. 그들은 분명 우동 3인분을 시켜야 하는 데도 1인분의 우동만 시켰다. 주인아저씬 그들을 보고, 아내 몰래 우동 1인분에다 좀 더 넣어 주었다. 그들은 우동 1인분을 가운데 놓고 세 명이 아주 맛있게 나누어 먹으면서 즐겁게 얘기하다 돌아갔다.

일 년 뒤, 똑같은 날, 같은 시각에 또 그들이 왔다. 그리고 그들은 이번에도 지난해처럼 1인분의 우동만 시켰다. 주인은 여느 때와 같이 우동 1인분에다 우동을 더 넣어 주었고, 그리고 그들은 아무 일도 없다는 듯이 우동 1인분을 세 사람이 맛있게 나누어 먹으며 즐겁게 이야기를 하다 돌아갔다. 다음 해도, 그다음 해도 그들은 같은 날, 같은 시각에 어김없이 나타나 1인분의 우동을 세 명의 식구들이 맛있게 나누어 먹고 사라졌다.

이제부터는 우동집 주인이 오히려 그들을 더 기다리게 되었고, 그 사람들이 가게로 들어서면 금년부터 인상된 우동 값을 다시 작년이랑 똑같은 가격으로 바꿨다. 그리고 해마다 그들이 앉았던 곳에 예약석이란 팻말을 놓아두었다. 이렇게 몇 년이 지난 섣달그믐 날 그 시각에 형은 중학생 교복, 동생은 작년에 형이 입고 있던 점퍼를 입고 나타났다. 그러나 그들의 엄마는 작년이랑 똑같은 옷을 입고 있었다. 그런데 이번에 1인분이 아니라 2인분의 우동을 시켰다. 이때도 주인아저씬 우동을 더 넣어 주었다.

해마다 1인분의 우동만 시켰던 그들이 2인분의 우동을 시킨 이유가 있었다. 그들의 이야기에 따르면 사고를 일으킨 아버지로 말미암아 엄청난 빚을 지게 되었는데, 오늘까지 그 많은 빚을 다 갚았다는 거다. 큰아들이 아침저녁으로 신문 배달을 했고, 또 작은아들이 엄마가 할 몫을 대신해 줬기 때문에 그 많은 빚을 다 갚았기에 오늘은 우동을 1인분이 아니라 2인분을 시킬 수 있었다고 말했다. 그리고 작은아들이 어떤 글쓰기대회에 참여하여 큰 상을 받았는데 그 제목이 '우동 한 그릇'이었단다. 그 내용은 정말 감동적이었다. 바로 지금까지 있었던 우동집 이야기들을 쓴 것이다. 이 작은 아들이 쓴 글의 마지막엔 우동집 주인이 집을 나설 때, 자기들을 향해 "고맙습니다! 새해엔 복 많이 받으세요"라고 소리쳤는데, 이 말이 마치 자기들에게 '지지 마라! 힘내어라! 살아갈 수 있어!' 하고 말하는 것처럼 들렸다고 한다.

모두가 잘 알고 있는 일본 소설 '우동 한 그릇'의 내용이다.
우동집 주인처럼 우리 모두도 각자 다른 곳에서 자기만이 할 수 있는 일을 하고 있다. 어떤 이는 사업을, 어떤 이는 농사일을, 어떤 이는 장사를, 어떤 이는 공무원으로, 또 어떤 이는 교육의 현장에서, 우리는 이렇게 모두 똑같은 365일을 부여받고 그 일 년을 소비하면서 벌써 섣달 그믐을 눈앞에 두고 섰다. 나는 다른 사람의 보이지 않는 어려움을 헤아리는 장면을 몇 번이나 연출하며 1년을 보냈던가? 공무원으로서 민원인의 어려움을 해결하는 방법을 찾아 길을 열어 준 일은 몇 번이나 있었던가? 가게를 찾은 손님에게 친절한 웃음으로 기분 좋게 대해 왔던가? 그리고 힘들고 어려운 아이들의 형편에 서서 그 아이들에게 꿈을 심어 주는 말은 몇 번이나 했던가? 우동 한 그릇을 먹고 돌아서는 그들의 뒷모습을 향해 다른 사람의 아픔을 공감하며 희망의 메시지를 보내는 우동집 주인아저씨와 같은 마음을 가지고 살아왔던가? 한 번쯤 되돌아볼 때다.

우동 한 그릇의 이야기는 우동 1인분을 시켰는데도 세 사람이 충분히 나누어 먹을 우동을 더 준 사실도 중요하고 인상된 가격표를 바꾸어 놓은 것도 중요하고, 그리고 예약석을 정해 놓은 것도 중요하지만, 그보다 더 중요한 것은 그들에게 '절대 지지 마라', '살아갈 수 있을 거야' 하고 사람의 마음을 배려하는 그 마음이 더 큰 힘이 되었을 것이다.

섣달이 내일 모래다. 엊그제 희망찬 새해를 열었던 것 같았는데 벌써 한 해의 끄트머리에 섰다. 한 해를 보내면서 내가 걸어왔던 뒷모습을 한 번쯤 뒤돌아보는 여유를 가졌으면 한다. 그리고 나는 다른 사람을 위하여 어떤 배려의 모습을 보이며 살아왔던가를 깊이 생각해 보며 한 해를 마무리해야 할 것이다.

———————————
2010. 12. 17. 금

가을엔 편지를 쓰겠어요

◇◇◇

마거릿 대처 수상은 푸른색 장바구니와 분홍색 장바구니, 그리고 작은 봉지 하나를 들고 노동당이 집권했을 때의 사회 현상을 피부에 와닿게 선거 유세를 했다. 덕분에 보수당은 총선에 승리했고, 마거릿 대처는 영국 최초의 여성 수상이 되었다. 철의 여인이라고 불려지는 영국의 대처 여사 이야기는 익히 알려진 사실이지만, 대처 여사의 업적 중에서 가장 손꼽히는 업적 하나를 들라면 나는 그녀의 손으로 쓴 편지를 말하고 싶다.

1982년 아르헨티나의 고철 회수 업자들이 영국령 포클랜드 동쪽 사우스조지아섬에 상륙하면서 영국과 아르헨티나 간의 분쟁이 시작됐다. 마침내 포클랜드에 아르헨티나의 국기가 게양되는 사태가 벌어졌다. 대처 수상은 전쟁을 수락하지 않는 정부의 저지에도 막론하고 무력을 써서라도 반드시 포클랜드를 재탈환할 것을 명령했다. 이 전쟁은 대처 수상의 정치적 운명뿐만 아니라, 영국의 국운을 건 물러설 수 없는 일전이었다. 결국 두 달 남짓 만에 아르헨티나는 항복을 했고, 250여 명의 희생자를 낸 영국의 승리로 끝났다. 전쟁이 끝난 후 대처 수상이 제일 먼저 한 일은 희생자 전원의 가족들에게 일일이 편지를 쓰는 일이었다. 대처 수상은 여름휴가를 반납한 채 영국의 수상으로서뿐만 아니라, 사망한 병사의 어머니와 아내로서 밤마다 편지를 써 내려갔다. 철의 여신 마거릿 대처의 위대한 리더십은 전쟁에서 이긴 철의 정신이 아니라 희생된 병사들의 유가족에게 진심 어린 편지를 쓰는 그 순간부터였다. 포클랜드 전쟁을 반대했던 국민의 원성도, 전쟁에서 전사한 가족들의 원망도, 대처 수상의 편지 한 통이 모두를 잠재운 셈이다.

우리나라에도 잘 알려지지는 않았지만, 편지의 위력을 가진 사람이 많다.

국제 무대에서 '따뜻한 카리스마를 가진 사람'으로 손꼽히는 반기문 UN 사무총장이 쓴 편지도 유명하다. 그를 잘 아는 한 고위 외교관은 "연말연시엔 반 총장이 2천 명 가까운 국내외 지인들에게 손수 편지를 쓰는 것으로 안다"라고 말한 적이 있었다. 외교부 재임 시절 발탁 승진을 사양하다 결국 승진하게 되자 부처 내 선후배 동기 100명에게 미안하다는 뜻을 담은 친필 편지를 보냈다고 한다. 인간관계의 달인이라는 별명은 괜히 나오는 것이 아니라, 반 총장만이 그려 가는 진솔한 진실이 편지 속에서 보인다.

이번엔 좀 더 아름다운 편지 이야기를 해 보자.

여기까지가 끝인가 보오/ 이제 나는 돌아가겠소/ 억지 노력으로 인연을 거슬러 괴롭히지는 않겠소/ 하고 싶은 말 하려 했던 말/ 이대로 다 남겨

두고서/ 혹시나 기대도 포기하려 하오/ 그대 부디 잘 지내시오

김광진의 편지 노래 가사이다.

가수 김광진이 잘 알려지지 않았던 시절 사랑하는 여자가 있었다고 한다. 그러나 변변한 직장도 갖지 못한 김광진을 반대하는 여자 부모님의 반대에 그 여자는 김광진을 뒤로한 채 다른 남자와 선을 보았다고 한다. 뒤늦게 이 사실은 알게 된 김광진은 그 맞선남을 만났으나 화를 내지도 못하고 오히려 그 여자를 사랑해 달라는 부탁만 하고 돌아왔다고 한다. 이런 사실을 알게 된 여자는 김광진보다 여러모로 수순급(?)인 그 남자를 떠나 결국 김광진을 다시 사랑하게 되었다. 여자의 선택을 안 맞선남은 유학을 떠나면서 여자에게 편지 한 통을 전해 주었는데 그 편지가 바로 김광진의 노래인 '편지'로 태어난 곡이라고 한다. 얼마나 가슴 저리는 아름다운 이야기인가!

편지에 얽힌 또 한 이야기를 해 보자.

바다가 보이는 장승포우체국 앞에는 키 큰 소나무가 한 그루 서 있다/ 그 소나무는 예부터 장승포 사람들이 보내는/ 연애편지만 먹고 산다는데/ 요즘은 연애편지를 보내는 이가 거의 없어/ 배고파 우는 소나무의 울음소리가 가끔 새벽 뱃고동 소리처럼 울린다고 한다/

정호승 시인이 우리 거제도를 방문했다가 쓴 '장승포우체국'이란 시다. 마지막으로 거제도의 큰 문인 유치환 시인은 20년토록 5,000통이 넘

는 편지를 적어 그 편지가 아름다운 사랑 시로 탄생해 둔덕골 방하마을에 사람을 모으고, 많은 사람에게 행복함을 주면서 읽히고 있지 않은가!

편지는 이렇게 보이지 않는 힘을 가지고 상대방에게 다가가고, 서로 마주 쳐다보고 이야기를 나눌 때보다 더 진솔한 힘을 가지고 있다. 편지는 이렇게 사람의 마음을 전해 주는 매개체이다. 세월이 흘러감에 따라 우체국 집배원의 우편 바구니 속에는 마음을 전하는 편지가 사라진 지가 오래되었고, 이런 귀한 정감 어린 손 편지를 쓰는 사람은 이제 천연기념물이 된 시대가 되어 버렸다. 가을이다. 가슴에만 담아 두고 용서하지 못한 이에게, 고마운 맘 전하지 못한 이에게, 아니면 가장 가까이 몸 부대끼며 함께 살아가는 가족에게, 지내 온 세월 뒤돌아보며 누구에게라도 내 맘 전하는, 손으로 꾹꾹 눌러 편지를 써 보자. 편지를 통해 이 가을이 좀 더 풍성해지고, 이 가을에 좀 더 느긋한 마음을 가진 사람이 되어 보자.

'가을엔 편지를 쓰겠어요. 누구라도 그대가 되어 받아 보세요.'

2013. 11. 02. 토

행복하게 사는 법 어디서부터 배워야 하나

◇◇◇

마이크 비킹(Meik Wiking) 덴마크 행복연구소장은 자신의 저서에서 한국의 행복 연구에 관하여 다음과 같이 언급하고 있다.

"한국은 행복 연구에 있어 매우 흥미로운 나라입니다. 단기간 내에 엄청난 속도로 경제적 성장을 이뤘지만, 부의 축적이 삶의 질과 잘 연결되지 않는 나라입니다. 삶의 질이 많이 좋아졌는데 삶의 만족도가 높지 않다는 점도 독특한 나라입니다."

그리고 마이크 비킹(Meik Wiking)은 결국 한국 사람이 행복함을 느끼지 못하는 이유는 자신의 삶을 남과 비교함에 있다고 지적하고 있다.

내가 만난 제자 중에서 지금도 좋은 사제지간으로 지내는 사장님 한 분을 소개하고자 한다. 지금 그 제자의 나이가 쉰둘이니 그냥 제자라고 하기엔 그 제자의 사회적 위치가 있어 그 제자를 만나면 이름을 부르지 못하고 꼭 그 회사 직함을 부르곤 한다.

그 제자는 5학년 때 담임을 맡았던 학생이다. 초등학교 5학년이면 다음 해에 졸업생이 될 고학년이다. 이젠 자신의 문제를 스스로 책임질 수가 있어야 하고, 하는 일에 욕심을 부릴 줄도 알아야 하는 학년이다. 그런데 그 학생은 도대체 욕심이 없었다. 담임으로서 더 걱정이 되는 것은 수업도 그렇고, 맡은 일에도 언제나 느려 친구들과 함께 일을 시작하면 제때에 일을 끝내지 못해 담임을 애태우게 하는 학생이었다. 그 당시엔 학생들이 번갈아 가며 학교의 청소를 맡았는데, 5학년이 되면 꼭 화장실 청소를 맡아야 했다.

그 학생 팀이 화장실 청소를 맡게 되었다. 청소 시간이 너무 흘렀다 싶어 화장실로 가 보았다. 세상에 다른 친구들은 다 가버리고 그 학생 혼자서 변기의 오래된 흔적을 닦고 있었다. 더 놀라운 사실은 과학실에서 사용하는 약숟가락을 가지고 와서 변기에 머리를 처박고 열심히 그 흔적을 밀고 있었다. 나는 너무나 놀라고 미안하여 왜 혼자서 이렇게 청소를 하느냐고 물었다. 그랬더니 하는 말이 참 놀라웠다.

청소를 할 때마다 오래된 변기의 흔적을 지우자고 했더니 다른 친구들이 절대 찬성을 하지 않았단다. 그리고 다른 팀들도 모두 그대로 지나갔는데 왜 우리 팀이 그 일을 해야 하느냐고 반대를 했단다. 그런데 아무리 생각해도 그냥 두어서는 안 될 것 같아서 다른 친구들이 다 돌아간 후 혼자서 그 흔적을 지우고 있었단다. 나는 너무 답답하고 미안했다. 이 사실을 학부모가 알면 어떨까 생각하니 너무 속상했다.

6학년이 되어서도 나는 그 학생을 담임하게 되었다. 여전히 5학년 때와 같이 하는 일마다 느림보여서 친구들도 함께 팀이 되기를 꺼리게 되었다. 그런데 그 학생이 일을 하고 돌아서면 절대 두 손을 댈 필요가 없을 만큼 완벽하게 일을 처리하여 절대 검사를 하지 않아도 될 만큼 믿음이 가는 학생이었다.

그리고 더 중요한 것은 그 학생은 자기가 하는 일에 대단히 행복함을 느꼈다. 친구들이 어질러 놓은 것을 정리하는 것도 즐거워했고, 자신의 손을 통해 모든 일의 뒤처리가 깨끗해지는 것에 만족함을 느꼈다. 자신이 한 모든 일에 행복함을 느끼는 친구였다.

그 제자를 만난 것은 그 제자의 나이가 마흔둘이 되었을 때다. 나는 우리 집 화장실의 리모델링을 하게 되었다. 어느 지인의 소개를 받아 일을 맡기기 위하여 업체의 담당자를 만났는데 세상에 그 학생이 아닌가?

놀란 것은 내가 아니라 그 학생이었다. 우리는 둘 다 깜짝 놀랐다. 벌써 졸업하고 헤어진 것이 이십오 년이 지난 후였지만 아직도 그 얼굴에는 그 제자의 모습이 그대로 남아 있었다. 고등학교를 졸업하고 우연히 타일 관련 일을 하다가 화장실을 만드는 사업체를 만들었다고 했다. 처음엔 실패도 많았지만, 지금은 제법 인정받은 업체로 성장하고 있단다.

서로 이야기를 하는 동안에 5학년 때 정말 열심히 청소를 하던 그 모습이 떠나지 않았다. 그 제자가 일을 다 마친 후 나에게 한 말이 의미 있게 다가온다.

"선생님, 이 일이 저에게 가장 잘 맞는 일인 것 같아요. 일을 다 마치고 돌아보면 내 손끝에서 이렇게 근사한 화장실이 탄생되었다는 것에 행복함을 느껴요."

덴마크는 유엔이 발표한 세계 행복 지수 1위를 차지한 나라이다. 덴마크는 행복을 '휘게(hygge)'에서 찾았다고 했다. 덴마크의 '휘게(hygge)'는 편안함, 따뜻함, 아늑함을 뜻한다고 하는데, 덴마크 사람들은 가족들과 친구들과 보내는 소박하고 여유로운 생활, 일상적인 소소한 즐거움이나 안락함에서 행복을 찾는다고 한다.

　우리는 어디에서 행복을 찾고 있을까?

　우리는 지금까지 행복을 찾으러만 다녔지, 행복을 느낄 줄 몰랐던 것은 아닐까? 이런 우리의 모습을 우리 아이들이 배우고 살아왔기에 덴마크의 행복 지수를 따라가지 못하는 것이 아닐지 모르겠다.

　일을 마치고 얼굴 가득 행복함을 보내 주던 그 제자의 모습이 지금도 잊히지 않는다. 아마 그 제자의 부모님은 행복함을 찾는 방법을 누구보다도 일찍 깨달은 분이셨던 것 같다.

2020. 09. 17. 목

섣달 앞에 서면

◇◇◇

엊그제 정월을 맞이한 것 같은데 벌써 일 년이 그렇게 훌쩍 지나가 버리고 마지막 한 장 남은 달력 앞에 섰다. 빈 가지에 매달려 마지막까지 안간힘을 다하던 잎새도 속절없이 떨어져 버리고 긴긴 365일 동안 계획은 많았지만 정작 내세울 만한 것 없이 보낸 세월에 아쉬움이 더하는 계절이 바로 섣달이다. 섣달이란 낱말 자체가 왠지 우리를 숙연해지게 한다. 지금까지 별다른 의미 없이 그저 그렇게 살아온 사람도 마지막 섣달 앞에 서면 자신을 뒤돌아보며 위축감을 느끼게 되는 것이 공통 심사일 것이다.

대부분의 사람은 삶이 바쁘다는 핑계로 순간순간을 어떻게 보내는지 뒤돌아보는 시간을 충분히 갖지 못하고 내게 주어진 몫을 책임 있게 완수하고자 바둥거리며 살아가고 있다. 주어진 삶에 충실하게 살아가고자 하는 의무를 잊지 않고 있는 사람은 그래도 성공한 삶이라고 할 수 있다. 어쩌면 우리는 충실과 책임이라는 낱말 자체도 잊어버리고 그냥 그렇게 주어진 삶이기에 하루하루를 보내면서 좀 더 행복하지 못했음에, 좀 더 채우지 못했음에, 그리고 도달하지 못한 목표에 불만으로 지금 이 시점에 서 있지 않나 모르겠다.

지금 이 순간부터 감사한 마음으로 섣달을 보내자.

감사란 제일 먼저 조건이 따라서는 감사할 수 없는 일이다. 힘들어도, 위기의 기회를 몇 번이나 당해도, 생각하지도 못한 불행한 일이 발생해도 그 상태에서 눈길을 돌려보면 또 다른 감사할 일이 분명히 있음을 찾을 수 있다. 현재 이 상태로 1년을 보내는 것만도 참으로 감사하다고 느끼려면 감사하는 일에 조건을 달면 감사하지 못한다.

감사하지 못하는 두 번째 이유는, 모든 내 주변에 일어나는 일을 내가 정해 놓은 기준에 미치지 못했거나, 모든 일을 내가 정해 놓은 가치에 관한 불만족의 형성에서 오기 때문이다. 정해 놓은 기준과 가치에 도달할 수 있음은 참으로 칭찬할 만한 일이다. 그러나 도달하지 못했을 경우 기대치를 조금 내려놓으면 즉시 도달할 수 있음을 인정해야 한다.

그리고 마지막으로 내 주변에서 일어난 모든 일은 성공으로 끝났든지 실패로 끝났든지 우리는 그 일에서 무엇인가 한 가지 얻고 있음을 잊어서는 안 된다. 이렇게 생각하면 우리는 모든 일에 감사하지 않을 수 없다.

우리나라 문학가 중 노벨 문학상 후보로 올랐던 '아름다운 영혼의 노래'라는 여성 문학가 한말숙 씨의 작품이 있다. 죽음 이후의 삶에 한국 사람의 인식이 세밀하게 나타나 있는 이 작품은 유교, 불교, 기독교, 샤머니즘의 사상적 편린들이 결합된 독특한 작품이다.

이 작품 속에서는 자신이 지금까지 살아온 삶의 모습이 바로 자신의 운명을 결정짓는다는 결론을 내리고 있다. 한국 사람들은 모든 사람이 사주를 잘 타고 나야 한다고 말하고 있다. 그러나 사주보다 더 잘 타고 나야 할 것이 바로 팔자라고 한다. 팔자가 좋아야 생이 행복하며 팔자가 좋은 사람을 모두 부러워한다. 그러나 팔자보다 더 좋아야 하는 것이 있는데 그것은 관상이라고 한다. 팔자와 사주는 눈앞에 보이지 않지만, 이 관상은 운명학적인 견지를 떠나서 누구나 보고 느낄 수 있는 모습이기에 사주보다도, 팔자보다도, 관상이 좋아야 한다고 한다. 그런데 작가는 그 관상은 결국 자신이 만든다고 말하고 있다.

태어날 때는 누구나 선하고 아름다운 모습이겠지만 세월을 보내면서 온갖 풍파를 거치면서 사람은 자신도 모르게 자신만의 생각이 굳어지고 의식이 형성되어 그 사람에게 형성된 그 마음들이 자신도 모르는 사이에 얼굴에 나타난다고 한다. 이런 얼굴을 보고 사람들은 그 사람의 관상이 좋다거나 혹은 나쁘다고 말한다고 한다.

이 작품을 접으면서 이때 사람의 마음을 바르게 형성하여 자신의 관상을 만들어 가는 데 가장 중요한 조건이 바로 감사함이 아닌가 하고 감히 언급해 본다. 푸시킨은 '삶'이라는 시에서 산 너머 저쪽에 행복이 있다고 말하기에 남 따라 찾아갔다고 눈물만 흘리고 돌아왔다고 노래하고 있다. 결국 행복은 찾아다니는 것이 아니라, 느낄 줄 알 때 행복이 찾아온다는 말인 것이다.

감사하는 마음도 마찬가지다. 감사하다는 것에 내가 정한 조건을 붙이면 이 세상에 감사할 일이 얼마나 될까? 내 조건에 맞지 않아서, 내

취향에 맞지 않아서, 그리고 세상 사람들이 말하는 기준에 미달되어서 감사할 일이 아무것도 없을 것이다. 그러나 감사는 눈길을 돌려보면 세상 모든 일이 감사한 일이다. 긴 밤을 잘 보내고 건강한 모습으로 출근을 하는 남편의 뒷모습을 보는 것도 감사한 일이며, 아침밥을 지어 솥뚜껑을 열고 소복하게 부풀어 오른 밥을 남편의 밥주발에 담을 수 있는 것도 감사할 일이며, 시험을 잘못 쳤다고 야단은 치지만 종알종알 조잘대며 엄마를 귀찮게 하는 자녀가 곁에 있음도 감사할 일이다.

어디 그뿐이랴, 창문을 열면 환하게 웃으며 달려오는 대자연의 섭리도 감사하고, 일년 내내 수고하여 잘 익은 농산물을 제공해 주는 농부들도 감사하며 길거리에 피어난 민들레 한 포기를 볼 수 있는 시력을 가진 것만도 감사할 일이다.

섣달 앞에 섰다.
지난 세월을 되돌아보며 주마등처럼 스쳐 가는 일상들이 그것만 해도 고마웠노라고 가는 2009년의 모든 일상에 감사하는 마음으로 손 흔들어 주자. 앞에서 말한 것처럼 사주보다도 팔자가 좋아야 하고, 팔자보다도 관상이 좋아야 하고, 그 관상은 결국 자신의 생각이 만들어 주는 것이라면 지금부터라도 그 관상을 바꾸어 보면 어떨까? 모든 일에 감사하는 마음으로 지금까지의 내 얼굴을 세상에서 가장 관상이 좋은 모습으로….

2009. 12. 10. 목

새들은 사람들이 생각하는 만큼 어리석지 않다

◇◇◇

몇 년 전부터 정원에 심어둔 유실수가 열매를 달기 시작했다.

복숭아, 포도, 사과, 배, 자두, 모과, 무화과….

제법 철따라 수확의 기쁨을 맛볼 수 있도록 골고루 심어 시기에 따라 열매가 맺히는 기쁨과 작은 열매가 몸집을 부풀려 가는 과정을 지켜보는 즐거움이 쏠쏠하다.

드디어 복숭아가 그 뽀얀 뺨에 분칠을 하고 단맛을 더해 갈 때, 우리보다 복숭아가 익기를 더 기다린 녀석이 있었으니 바로 까마귀와 까치다. 이 녀석들은 어디서 날아왔는지 모르지만 한 마리 두 마리가 아니고 떼를 지어 날아와 여기저기를 쫓아 다니며 주인보다 먼저 단맛을 점검하고 다녔다. 아직 다 익으려면 보름도 더 걸려야 할 텐데 그사이를 못 참고 날아와 여기저기 흠집을 내어 한 개도 성한 것을 두지 않고 난장판을 부리는 게 아닌가? 그리고 당도가 어느 정도인가를 주인보다 더 잘 파악하여 쪼아 보고 단맛이 더한 곳을 어김없이 훔쳐 먹는다. 차라리 한두 개를 택해 저 짓을 한다면 그래도 눈감아 줄만 한데, 어떻게 찾아내는지 나뭇가지 아래 매달려 우리의 눈엔 잘 띄지도 않는 숨어 있는 열매까지 낱낱이 찾아 요절을 내놓는 통에 기가 찰 노릇이다.

일요일 낮, 모든 일을 접어놓고 추석맞이 대청소를 하고 있었다. 창문도 닦고, 부엌살림도 깔끔을 부려가며 신바람 나게 일을 하고 있을 때였다. 마당에서 까치 소리가 요란스레 들려왔다. 마당에 첫 열매를 매단 배나무 생각이 났다. 창문을 열고 배나무를 쳐다보니 예상했던 대로 까치 두 마리가 배나무에 앉아 열매를 쪼고 있었다. 소리를 질러도 겁도 없이 그대로 앉아서 하던 일을 계속하기에 얼른 1층으로 내려가 현관문을 여니 까치 부부가 배나무 가지에 달려 있는 배의 꼭지를 부리로 콕콕 쪼아 마당으로 배를 떨어뜨리는 장면이 눈에 들어왔다.

왜 저렇게 먹지 않고 부리로 쪼아 마당으로 떨어뜨리나 하고 의아해하다가 그 영악성에 입이 다물어지지 않았다. 이놈들이 이미 배나무에 매달린 배를 부리로 쪼아 마당엔 여러 개의 배가 떨어져 있었다. 이렇게 떨어진 배를 이제 마악 깨어난 새끼 까치들이 사이좋게 쪼아 먹고 있는 게 아닌가? 어린 새끼 까치는 나무에 매달릴 수가 없고, 달린 열매를 부리로 쪼아 먹을 수도 없으니 열매를 마당으로 던져주고 새끼들이 먹을 수 있도록 해 놓은 다음, 두 번째 나무에 앉아 그 작업을 계속하고 있는게 아닌가?

혼을 내려고 맨발로 마당에 내려섰던 나는 주춤하고 멈출 수밖에 없었다. 하는 행위는 혼을 낼 만한 일이지만 새끼를 위하는 그 맘에 가슴이 찡해졌다. 어떻게 저들을 짐승이라고 할 수 있을까? 물끄러미 그 광경을 구경하고 섰는데 어미도 새끼도 주인의 방문을 눈치채지 못하고 각자 자기의 일에 몰두하고 있었다. 두 번째 나무에서 배 한 개가 뚝 떨어졌다. 첫 번째 나무에서 떨어진 배를 쪼아 먹고 있던 아기 까치가 두 번째 나무로 옮겨왔다. 그러자 다음 아기 까치가 두 번째 나무에서 떨어진 배를 찾아 자리를 옮겼다. 조금 있다가 여섯 마리의 아기 까치는 모두 두 번째 나무 밑으로 이동해 왔다. 그리고 다시 부모님이 떨어뜨려 준 배를 맛있게 쪼아 먹고 있었다.

첫 번째 나무 밑에 떨어진 배를 자세히 살펴보았다. 어떻게 어린 것들이 저렇게 야무지게 파먹었을까? 까치 새끼들이 먹고 간 배는 한 점의 살점도 남겨 놓지 않고 요리조리 다 파먹고 배 꼭지만 댕그랗게 남아 있었다. 그리고 지금은 두 번째 나무에서 부모가 떨어뜨려 주는 열매를 다시 맛있게 파먹고 있었다. 내가 지켜보는 동안 까치 부부는 배 꼭지를 쪼아 배를 떨어뜨리려만 주었지, 그들이 배를 먹는 것을 보지 못했다. 까치 부부는 새끼들을 위하여 배를 떨어뜨리는 일만 했지, 자신의 배는 채우지 않았다.

새들은 사람들이 생각하는 만큼 어리석지 않다. 인간을 제외한 동물 중에서 머리가 좋은 동물에 속한다. 특히 우리나라 텃새인 까마귀, 까치는 '날개 달린 영장류'라고 할 정도로 영리하다. 어느 조류학자가 까치를 연구하기 위해 알이 있는 둥지에 올라가 카메라를 설치했다. 이후 이 조류학자가 둥지 가까이 가면 까치가 날아와 조류학자를 위협하였다고 한다. 그래서 까치가 사람을 구별할 수 있나 알아보기 위해 조류학자와 비슷한 키에 비슷한 옷을 입은 다른 사람하고 같이 둥지 곁을 갔더니 정확하게 조류학자 머리를 날개로 때렸다고 한다. 이를 보면 까치도 사람을 구별할 줄 안다는 것이다.

또 까치들은 서로 협동할 줄 아는 동물이다.

어느 날 까치 소리가 예사롭지 않게 시끄러워 쳐다보니 둥지 가까이 온 매를 서로 협동하여 쫓아내고 있었다고 한다. 이처럼 새들의 지능이 결코 낮지 않다는 것이다. 사람으로 치면 5~7세 수준의 지능이라고 한다. 7세면 유치원 수준인데, 유치원 원아들은 자기의 의사를 전달할 줄도 알고, 사리 분별도 할 줄 안다. 더구나 유치원에서 일어난 여러 가지 일들을 집으로 돌아가 바르게 전달할 줄도 아는 나이이다. 까치의 지능이 7세 정도라니 단맛을 찾을 줄 알고, 자식을 위할 줄 알고, 사람이 보는 곳은 절대 파먹지 않고 뒷부분만 야금야금 파먹어 멀쩡한 과일이라고 믿고 있는 사람들의 뒤통수를 치는 것은 당연한 일이 아닐까?

이제 농사는 풀과의 전쟁에다가 새와의 머리싸움이 되었다. 수확 시기에 찾아와 제일 먼저 맛있는 과일을 쪼아 먹는 새, 어느 과일이 언제쯤 익을 것이라는 것까지 파악하고 있는 새들이 무섭다. 까마귀에게 빼앗기지 않기 위해 풀숲에 숨겨 둔 참외를 몰래 가져가 버렸다는 어느 아줌마의 이야기를 믿지 않았었다. 그런데 오늘 사건을 통하여 까마귀가 숨겨 놓은 참외를 훔쳐 가는 그 장면까지가 그림으로 그려졌다. 농사를 짓는 사람들은 새와의 전쟁을 위하여 몇 단계의 대책을 세워 보지만 효과가 없다고 한다. 반짝이를 달아보고, 종을 매달아 소리가 나게 해 보아도 눈도 깜빡 안 한다고 한다. 더구나 허수아비는 아예 거들 떠보지도 않고 기능도 잃은 지도 오래되었다 하니 어쩌다 세상은 새와 인간의 두뇌 싸움이 되었을까?

릴케는 지금의 이 계절을 못다 익은 과일이 단맛을 더 해가는 계절이라고 노래했다. 게으름을 부리다 늦게 익어가는 과일들은 가을의 그 눈시린 햇빛을 받아 단맛을 더해 가라고 하나님이 마지막 햇살을 내려준다고 했다. 그런데 릴케 시절의 새들은 못다 익은 과일을 다 익도록 기다려 주는 미덕이 있었을까?

2016. 09. 23. 금

지금 이 자리에 서 있는 것은

◇◇◇

1960년대의 이야기이다.

중학교 2학년인 그 여학생은 어촌마을에서는 그래도 아무도 가지 못하는 중학교를 다닐 수 있다는 사실만으로도 행복하기만 했다. 그러나 그 시절은 어느 집이나, 누구나 힘들고 어려웠던 시절이어서 학교생활은 어렵기만 했다. 특히 그 여학생은 장학금을 받지 않고는 수업료를 낼 수 없었던 가정 형편이라 한 학기의 수업료를 면제받는 장학생이 되기 위하여 밤을 새워 시험공부를 해야만 했다. 먹을 것이 부족했던 그 시절, 제대로 먹지 못하고 밤을 새워 오랫동안 공부를 하다 보니 영양실조로 학교에서 빈혈로 쓰러지고 말았다.

담임 선생님이셨던 처녀 선생님께서는 갑자기 반장이 쓰러지자 너무나 놀란 나머지 쓰러진 반장을 업고 병원으로 달려갔다. 의사 선생님께서는 정신을 차리지 못하는 여학생을 진맥한 후 무슨 나쁜 병이 있는 것이 아니고 영양실조라고 말씀하셨다. 제대로 먹지 못하고 밤샘으로 공부를 하다 보니 영양실조와 위염이 함께 생겨서 그렇다고 하시며 아침, 점심, 저녁 세 끼를 굶기지 말고 미음만 끓여서 1주일을 먹이면 괜찮아질 것이라고 처방을 주었다.

선생님은 반장의 사정을 잘 알고 계셨다. 3월 초에 가정방문을 오신 선생님께서는 반장이 다섯 명이나 되는 동생들 때문에 점심을 가져오지 못해 언제나 점심시간이 되면 아무도 몰래 학교 뒤편 대나무 숲으로 가서 책을 읽고 있다는 사실을 꿰뚫고 계셨다. 특히 학교와 집이 멀어서 1시간 30분 정도를 걸어야 하는 집까지 이 몸으로 다닐 수 없음을 아셨고, 더욱 1주일 동안 세 끼의 죽을 먹기 위해선 결석을 할 수밖에 없음도 알고 계셨다.

선생님께서는 병원에서 그 여학생을 업고 자기의 자취방으로 데리고 가셨다. 교복을 벗게 한 후 선생님의 예쁜 플리츠치마와 블라우스를 입혀 주시고 미음을 끓이기 시작했다. 그 죽을 먹고 그 여학생은 오랜만에 단잠이 들었다.

다음 날부터 선생님은 새벽 일찍 일어나 미음을 끓여 놓고 학교로 먼저 출근을 하셨다. 급속도로 진행된 위염으로 제대로 걷지를 못하여 끓여 놓은 죽도 선생님과 같이 보조를 맞추어 먹을 수 없었기 때문이었다.
선생님께서 출근을 하시면 천천히 그 미음을 먹고 등교를 했고, 점심시간에도 선생님께서는 자취방으로 내려와 죽을 끓여 놓고 먼저 학교로 가시면 그 죽을 먹고 학교로 갔다. 물론 저녁때도 선생님은 자신의 저녁 식사보다도 그 여학생이 먹을 미음을 언제나 먼저 끓여 주시고 함께 이불을 덮고 선생님 댁에서 잠을 자게 했다.

1주일을 그렇게 선생님 댁에서 잠을 잤고, 선생님께서는 일주일 동안 아침, 점심, 저녁 세끼를 그 여학생을 위한 미음을 끓이셨다. 그렇게 1주일을 선생님의 정성이 가득 담긴 치료를 받으며 차츰차츰 나아지기 시작했다.

8일째 되던 날,
"너는 틀림없이 좋은 선생님이 될 것 같다. 이번 장학금 받지 못하면 선생님이 수업료를 내줄 테니 너무 애쓰지 말아라."
라고 말씀하시고는 그 여학생을 꼭 안아 주시며 집으로 보냈다.
그 여학생의 어머니께서는 선생님의 고마움을 표할 길 없어 좁쌀 한 되와 무 세 개를 보자기에 싸서 여학생 편으로 들려 보냈다.

세월이 많이 흘러 그 여학생은 초등학교의 교사가 되었고, 교사가 되고 보니 그때 선생님께서 8일 동안이나! 자신에게 베푼 그 사랑이 절대 아무나 할 수 있는 사랑이 아니었음을 깨닫게 되었다. 평생 그때의 그 감사한 마음을 잊지 않고 있었지만, 사립학교에 근무하신 관계로 어디에 계신지 알 수가 없었다. 그런 선생님을 이제야 연락이 되어 일흔넷이 된 선생님께 눈물을 흘리며 큰절을 올렸다.

오월이다.

생각해 보면 우리는 감사하며 살아야 할 사람이 너무나 많다. 부모, 형제, 직장 동료, 그리고 주변 사람들. 평소에 자주 찾아가 뵈어야 하는 사람이 많은 데도 살다 보면 우린 그 감사한 사람들을 세월 한쪽에 밀어두고 잊고 살아가고 있다. 이런 많은 사람 중에서 정말 감사해야 할 사람이 있다. 바로 우리를 가르쳐 주신 선생님이다. 가만히 돌이켜 보면 우리는 우리를 가르쳐 주신 선생님께 보이지 않는 숨은 사랑을 받은 사연이 몇 가지씩은 간직하고 있을 것이다. 사람에 따라서는 그때 그 선생님을 만나지 않았더라면 인생의 길이 달라질 수도 있었을 사람이 있을 것이다. 그런데 그런 선생님께 존경과 고마움이 차츰 사라져 가고 있는 사실이 아쉽기만 하다.

우린 어떻게 지금 이 자리에 서 있을까? 우리가 이 자리에 서 있는 것은 누구의 가르침 때문일까? 해마다 오월이 되면 나는 그때 선생님께서 내게 베푸신 그 8일간의 진한 사랑에 머리가 저절로 숙여진다.

2012. 05. 18. 금

자라지 않는 아이

◇◇◇

그 아이를 만난 것이 지금부터 꼭 30년이 된 것 같다. 초임 발령을 받은 나는 눈앞에 앉은 쉰두 명의 아이들이 두려워 눈빛 한번 맞추지 못한 채 정신없이 수업을 마치고 청소 시간이 되었다. 교실 청소를 지도하다가 골마루로 나간 나는 이제 겨우 일곱 살쯤 되어 뵈는 여자아이가 복도를 쓸고 있는 것을 발견했다.

"언니를 따라왔구나. 청소는 언니들이 할 텐데…."
나도 몰래 그 아이를 번쩍 들어올렸다. 그때 곁에 섰던 아이들이 청소 용구를 내던지고 까르르 웃으며 여기저기서 웅성거리기 시작했다.
"선생님, 그 아이 우리 반 아이예요. 우리 반 난쟁이 채린이요."
아이들의 이야기에 채린이의 얼굴은 새파랗게 질려 내 품 안에서 바들바들 떨고 있었다. 성장호르몬 부족으로 친구들의 키를 따라잡지 못한 채 성장이 더딘 3학년 2반 우리 반 아이였던 것이다.

이렇게 시작된 채린이와의 만남은 3학년부터 6학년까지 4년 동안 채린이의 담임을 맡으며 이어졌다. 채린이는 정말 자라지 않았다. 키는 친구들의 2/3 정도밖에 자라지 않았고, 4학년에서 5학년으로 올라가면서 부쩍 자라는 친구들과 달리 채린이의 자람은 반비례하고 있었다. 6학년이 되었을 땐 힘센 남자아이를 짝으로 정해 책상을 옮기는 일과 책가방을 메고 가는 일을 그 남자 친구에게 맡기지 않으면 안 될 만큼 성장이 저조했다.

소풍을 떠나는 날은 채린이의 점심을 들고 가는 친구가 정해지고, 한 30분 정도의 걷기가 끝나면 나는 채린이를 업어야만 했다. 처음엔 업히기를 거절했지만 몇 년이 지나는 동안 소풍 땐 당연히 선생님 등에 업히지 않으면 안 된다는 것을 터득하게 되었다.

4년이란 긴 세월을 같은 학급으로 생활했던 우리 반 아이들은 채린이의 손과 발이 되어 주었다. 우리 반 아이들의 돈독한 우정은 교내에도 알려져 도움을 준 아이들이 학교장의 표창을 받기도 했다.

채린이는 졸업 후 중학교 2학년이 되던 해 전학을 갔고, 세월이 흐르는 동안 그 아이를 잊고 말았다. 채린이와 헤어진 지 10년 후, 교실에서 점심을 먹고 있는데 아이 한 명이 출입문 곁에서 나를 쳐다보고 있었다. 그 아인 다름 아닌 채린이었다. 채린인 대학 졸업 여행을 포기한 채 나를 찾아왔노라고 했다. 채린이와 나는 학교의 옥상으로 올라가 부둥켜안고 엉엉 소리 내어 울었다. 무엇이 우리 둘을 그렇게 서럽게 울게 했는지 모르겠다. 채린이는 나와 이틀 밤을 보내고 집으로 돌아갔다.

그리고 2년 후 결혼을 한다는 소식이 왔다. 결혼식 이틀 전에 채린이가 사는 대전으로 올라갔을 때 채린이 곁에는 근사한 청년이 나를 맞이해 주었다. 교회에서 만났다는 그 청년은 채린이의 초등학교 시절을 세세히 물어 내가 답할 때마다 입이 귀에 걸리는 웃음을 보였다. 나는 선물로 둘이 함께 벨 수 있는 긴 베개를 가지고 갔다. 무슨 일이 있어도 함께 머리를 맞대며 살아가라는 의미로 준비한 그 선물을 전해 주었다.

나는 채린이와 신랑감에게 특별한 부탁을 했다.

결혼을 하는 것보다 결혼을 하여 살아가는 과정이 더욱 힘듦을 진심을 다해 전했다. 앞으로 살아가면서 장애인을 아내로 둔 남편의 어려움과 장애인의 모습으로 아내가 되고, 며느리가 되어 당해야 하는 서러움은 두 사람이 감당해야 할 과제임을 내 지혜를 다하여 전했다.

그리고 더욱 중요한 것은 이런 일을 당할 때마다 두 사람이 한마음이 되지 않고는 견뎌 내기 어려우니, 무슨 일이 있어도 참고 인내하라는 주례사와 같은 이야기를 한참이나 전했다.

채린인 지금 귀여운 아이가 둘이다. 지난 여름엔 남편과 아이들과 거제를 찾아왔다. 채린이의 얼굴은 환하고 밝았다. 남편에게 어리광도 부리고, 투정도 부리며 여느 부부와 다름없는 아름다운 가정을 꾸려가고 있었다.

얼마 전 장애인의 날이 지나갔다. 우리와 함께 어깨를 맞대고 살아가고 있는 그들의 바람은 그냥 다른 사람과 똑같이 생각해 주는 것이지만, 솔직히 그들을 우리와 똑같이 대하지 못하고 있는 것이 사실이다. 그들을 우리와 같이 대하지 못하고 있기에 그들이 아픔을 당하고, 서러움을 당하고, 장애보다 더한 장애를 맛보고 있다.

우리가 두 발로 걸을 수 있고, 남의 말을 들을 수 있고, 세상의 모든 것을 마음껏 볼 수 있는 사람으로 태어남을 감사의 조건으로 생각하고 살아가는 사람이 몇이나 될까? 보다 나은 조건을 갖추지 못한 부정적인 생각으로 가득 찬 우리에게 채린이 남편과 채린이 시부모님의 모습에 저절로 고개가 숙여졌다.

2009. 05. 01. 금

제2부 : 행복 바이러스

행복 바이러스

◇◇◇

계절이 바뀌는 것을 제일 먼저 감지하는 것이 자연인 것 같다. 누가 말하지 않아도 계절은 잎을 피우고, 철 따라 자신이 꽃을 피울 시기를 알아 형형색색의 아름다운 꽃으로 벙근다. 그리고 때가 되면 미련 없이 떠나는 시기도 어찌 그리 잘 알고 있는지 가만히 관심을 갖고 살펴보면 신기하기만 하다.

태양이 작열하는 여름이 되면 연꽃이 핀다. 지금이 8월 끄트머리니 제철이 좀 지났기는 하지만, 그래도 아직 못다 핀 연꽃들이 제 몫을 단단히 하고 있다.

지난 주일에 거제문인협회 회원들과 같이 남해 유배문학관에서 개최되는 '찾아가는 문학회' 세미나에 참여하기 위하여 길을 떠났다. 통영을 지나서 사천시로 진입하기 전 우리는 천 평이 넘을 것 같아 뵈는 넓은 논에 무리 지어 피어 있는 연꽃밭을 만나게 되었다. 누가 먼저 소리를 질렀는지 모르지만 버스를 멈추게 했고, 회원들은 연꽃이 피어 있는 곳으로 우르르 달려갔다.

끝없이 펼쳐진 연꽃밭에는 방금 초등학생이 그려놓은 것 같은 연꽃들이 여러 가지 색깔로 피어나 그 큰 꽃 이파리와 이야기를 나누며 손님들을 맞이하고 있었다. 가만히 연못의 물을 들여다보니 진흙 속의 물이 아주 깨끗해 보였다. 하얀 꽃잎을 머리에 얹고 구름이 흐르는 하늘을 바라보는 연꽃도 있고, 분홍과 다홍색이 서로 어울려 말할 수 없는 아름다운 색상을 보여 주는 연꽃의 모습도 보였고, 여러 장의 꽃잎들이 얼굴을 맞대고 도란거리는 노란색 연꽃의 그 모습이 장관이었다. 그리고 모든 꽃은 많은 사람의 시선에도 끄떡 않고 고개를 곧추세우고 고고하게 자신을 지키고 서 있어 그 모습에 감탄하고 말았다. 회원들은 갈 길도 잊고 모두 연꽃의 매력에 푹 빠졌다. 연꽃밭의 둘레에는 연꽃을 감상하는 사람들을 위해 연꽃의 종류와 연꽃이 사용되는 용도를 자세히 안내한 표시판이 있었다.

안내된 표시판에 따르면 연꽃의 종류는 크게 백련, 홍련, 가시연, 개연, 어리연, 수련, 물양개비 등으로 나눌 수 있는데 그중에서 백련, 홍련, 수련을 소개하면 다음과 같다. 백련은 연꽃 중에서도 꽃이 크고 꽃잎도 넓은 편이며 꽃잎이 18장에서 25장 정도로 수술이 무려 400~500개 정도라고 한다. 또한 새벽이슬을 머금고 이제 막 연꽃이 피어 올라올 때는 꽃잎 끝자락에 붉은 기운이 돌며 신비함까지 느껴진다고 한다.

홍련은 수련과로 이름 그대로 붉은 빛을 띠고 있으며 관상용으로 많이 쓰인다. 잎과 뿌리는 식용, 씨는 약용으로 쓰이며, 키가 1.5m인 것도 있어 비교적 큰 편에 속한다. 수련은 긴 꽃자루 끝에 한 개씩의 꽃이 달리며 정오쯤 피었다가 저녁때 오므라든다고 하여 자오련이라고도 불리는데, 수련이란 말도 물에 떠 있는 연꽃이 아니라 '잠자는 연꽃'이란 뜻을 갖고 있다고 한다. 가시연은 국내에서 자라는 연 중에서도 가장 잎이 크며 잎 표면은 주름이 져 있고 가시가 돋혀 있어 가시연이란 이름이 붙은 것 같다. 가시 돋친 꽃자루 끝에 한 송이씩 꽃이 피는 데 한방에서는 가시연을 강장제로 사용한다고 한다. 이 외 개연, 어리연, 물양귀비연도 각각의 특징을 갖고 있었다.

이런 특징을 가진 연꽃이 요즈음 식용으로 많이 사용되고 있는데 특히 연밥으로 각광을 받고 있다. 연밥은 전분, 탄수화물, 단백질, 각종 비타민, 그리고 무기질을 다량 함유하고 있어 발육 부진의 유아들과 소화기능이 저하된 노인 환자에게 큰 효능이 있다고 한다. 그뿐만 아니라, 콩팥을 강화시켜 정력 증진에도 효능이 우수하여 연밥을 많이 먹으면 자손이 번성한다는 설이 있다고도 한다. 특히 마음을 가라앉히는 작용까지 있어 스트레스, 과민신경, 우울증 환자에게도 효능이 있다고 자세히 안내되어 있었다.

이런 아름다운 연꽃은 진흙 속에서 꽃대를 세워 아름다운 꽃을 피운다. 그 더러운 진흙 속에서도 물들지 않고 의연하게 자신을 지켜 꽃잎이나 꽃대에 전혀 진흙을 묻히지 않고 황홀한 모습의 색상으로 꽃을 피우고 연밥을 익혀 자신을 성숙시킨다. 이런 성숙함에 벌레들도 감히 꽃잎을 먹지 못하고 다만 벌들은 꿀만 가져간다고 한다. 또한 연꽃의 성숙한 모습은 그 꽃을 바라보기만 해도 바라보는 사람들의 영안이 열리고, 얼굴이 밝아지며 마음까지도 맑아져 그 주변까지도 환하게 하는 신비의 능력이 있다고 한다. 그래서 연꽃은 바라보기만 해도, 그 곁에 다가가기만 해도 주변을 환하게 하는 치유의 효과가 있다고 한다.

이런 효과가 어디 연꽃에만 있을까? 우리가 살아가는 세상도 마찬가지다. 가끔씩 여러 사람을 대하다 보면 사람의 향기를 풍기는 사람이 있다. 평소 그 사람의 삶을 보면 힘들고 어려워 고달파 보이지만 그 어려움 내색 않고 늘 긍정적인 모습으로 살아가는 사람을 만나게 된다. 그냥 일상의 이야기를 전하지만 그 말속에 삶의 진솔함과 다른 사람을 배려하는 마음이 숨어 있어 그 이야기를 듣고 있노라면 내 숨겨진 잘못이 드러나 스스로 나를 채찍질하게 되는 그런 사람을 만날 수도 있다. 행동 하나하나에도 겸손함과 지혜까지를 겸비하여 어쩌면 저렇게 사람의 예를 잘 지키며 살 수 있을까 싶을 만큼 그 사람의 눈빛만 봐도 세상이 밝아지는 느낌을 주는 그런 사람을 만나게 되는 경우도 있다.

함석헌의 글에 따르면 우리는 살아가면서 많은 사람을 만나게 되는데, 이런 아름다운 사람을 만나게 되면 보이지 않는 명주 올로 나와 그 사람을 꽁꽁 묶어 늘 그를 닮으려고 노력하고 살다 보면 내 자신도 그렇게 닮아가게 된다는 말을 했다. 이 세상엔 병을 옮기는 바이러스도 있지만, 행복을 퍼뜨리는 바이러스도 있다. 세상의 더러움 속에서도 깨끗하고 청정하게 살아가는 분들의 이야기를 들으면 세상은 아직 살 만하다는 생각이 든다. 이런 분들을 쳐다보고 있으면, 이분들의 삶을 바라보기만 해도 주변은 행복 바이러스에 감염되고 있음을 느끼게 된다. 진흙 속에서도 아름다운 꽃을 피워 주변을 환하게 변화시켜 가는 백련, 홍련, 수련 등과 같이.

2011. 09. 03. 토

세상에서 제일 좋은 관상

◇◇◇

아침 메일을 확인하던 중 우연히 어디에 마우스가 닿았는지 많은 사람의 약력이 소개되어 있는 인터넷 장면과 연결되었다. 흔히 있는 일들이라 마우스를 다른 곳으로 옮기려다가 찬찬히 살펴보니 소개된 70여 명의 사람이 모두 사주, 관상을 잘 본다는 사람들이었다.

그분들의 이름도 다양하여 설악 도사, 정순 황후, 박수무당, 약수 보살, 그리고 시대에 걸맞은 타라, 토파즈 등 다양한 이름을 내건 도사들이 소개되어 있었고, 이름 말미마다 그들이 지금까지 보여 준 증거 할 수 있는 신력까지 소상하게 기록되어 있었다.

도대체 어떤 사연들을 그렇게 족집게같이 안내해 주나 하고 살펴보니 그들이 책임지고 안내해 준다는 분야는 진로 문제, 결혼 문제, 궁합, 사주팔자, 결혼일, 이사 날짜 그리고 아기를 출산하는 날과 시까지 정해 준다는 상세한 사연이 적혀 있었다. 그리고 더 중요한 것은 방문이 어려울 경우 인터넷으로 사연을 신청하는 법, 대금을 결제하는 계좌까지 상세하게 안내되어 있었다.

사람이기에 새해가 되면 우리는 새로 맞이하게 되는 1년 동안 자신의 앞날에 어떤 일이 펼쳐질까 몹시 궁금하고 기대되는 것은 사실이다. 계획된 일도 어떻게 될지 모르는 마당에 예기치 못한 일에 관해선 기대보다도 불안이 더 많음은 사실이다. 그래서 사람들은 그 일이 좀 더 잘 되기 위하여 방책을 알고 싶어 하고, 그 일을 성공시키기 위하여 방해되는 과정을 미리 예방하고 싶기도 하다. 또한 더 좋은 만남을 위하여, 그리고 무엇보다도 성공적인 결과를 위해 생명 탄생의 출생 일시도 어떤 이의 예언에 귀 기울이게 되나 보다. 그래서 신년이 되면 모두 자신의 운세와 사주와 팔자와 관상을 알아보려고 이런 곳을 찾게 되니, 신년 사주팔자를 보는 이런 분들의 소개가 컴퓨터 화면을 장식하게 되나 보다.

　세상에 나서 아직 한 번도 사주와 관상과 점을 본 적이 없다. 그래서 사주팔자와 관상에 관해선 잘 알지 못한다. 한국민족문화대백과에서 찾아본 사주팔자란, 사람을 하나의 집으로 비유하고 생년·생월·생일·생시를 그 집의 네 기둥이라고 보아 붙여진 명칭이 사주이며. 각각 간지 두 글자씩 모두 여덟 자로 나타내므로 팔자라고도 한다. 그리고 사주팔자를 풀어 보면 그 사람의 타고난 운명을 알 수 있다 해서 통상 운명이나 숙명의 뜻으로 쓰이기도 한다. 사주에 쓰이는 10'간干'과 사주의 윗글자에 쓰이는 천간天干의 설명은 접어 두고 자신이 태어난 년, 월, 일. 시를 풀이하여 운명 예측, 운세와 길흉화복의 결과를 나타낸 통계가 사주팔자라고 알고 있는데 그게 정확한 해석인지는 모르겠다. 그리고 관상은 말 그대로 사람의 생김새, 얼굴 모습에 따라 운명, 성격, 복, 수명까지를 알아보는 것을 말한다.

우리는 인생을 살면서 수많은 난관에 부딪히며 살아가게 된다. 그럴 때마다 사람들은 운이 나빠서, 만나서는 안 되는 사람을 만나서, 피해야 할 날을 피하지 못함에서 오는 결과로 여기고 있다. 그래서 한 번도 이런 일들이 이 일을 겪는 내 자신에게 문제가 되어서 오는 것임을 생각하지 않으려고 한다.

영적 삶에 관한 소설을 여러 권 읽었다. 소설 속의 내용을 분석해 보면, 이 소설의 주인공 역시 사람은 사주팔자가 좋아야 하며, 관상, 인상 또한 인생 항로에 대단한 역할을 한다는 이야기로 소설은 전개된다. 그러나 주인공은 인생의 우여곡절을 겪은 후 그가 깨닫는 진리가 있다. 사람에겐 분명히 사주와 팔자가 아주 중요하지만, 사주팔자보다 더 중요한 것은 관상이며, 관상보다 더 중요한 것은 '인상'이라는 깨달음이었다.

그리고 작가는 우리가 중요하게 여기는 그 인상은 타고나는 것이 아니라 자신이 만들어 간다는 사실을 밝히고 있다. 자신이 품고 있는 그 마음과 행동의 결과가 관상과 인상이 되며, 오랜 세월을 살면서 자신이 품은 생각과 그 생각으로 나타낸 행동과 그 행동의 결과로 나타난 관상과 인상은 인격과 덕망으로 연결되어 그 사람의 삶이 된다는 결론으로 이끌어 가고 있다.

우리가 감명 깊게 보았던 '역린'에서도 정조는 힘들고 어려운 나라를 이끌어 가면서 이렇게 말한다, 우리가 정성을 다하면 그 정성이 드러나고, 그 드러남은 백성에게 밝혀지며 그 밝혀짐으로 감동을 주어 세상은 변화하는데, 그런 일을 하는 사람의 생각과 행동이 바로 그 사람 얼굴에 자세히 드러난다고 하였다. 그뿐만 아니라 우리가 잘 아는 독일의 대처 수상도 사람의 생각은 행동을 낳고, 행동은 습관이 되며 그 습관이 인격이 되어 자신의 삶을 주장하는 인생이 된다고 말했다. 우리는 모두 그런 긍정적이고 바른 생각을 가진 사람과 일하기를 원하고, 그런 사람이 곁에 함께 있기를 원하며, 그런 사람들의 얼굴은 항상 빛나기에 우리는 그런 사람을 보고 참 '인상'이 좋다고 말하지 않은가? 그런 사람은 말에서도 행동에서도 우리에게 빛이 되고, 희망이 되고 곁에 있는 사람들에게 알지 못하는 힘이 전달되는 것 같다. 그런 사람을 우리 회사 회사원으로, 그런 사람을 우리 며느리 사위로 삼았으면 하는 생각은 정해진 이치다.

결국 제일 좋은 관상과 인상은 내가 만드는 것이고, 그런 관상과 인상을 내가 만드는 것이라면 정초에 사주·관상 집을 찾을 게 아니라, 내 마음부터 다스리고 내 행동부터 바꾸어보는 것이 바로 내 사주와 팔자를 고치는 길이 되지 않을까?

2016. 02. 21. 일

부모의 눈높이

◇◇◇

영조의 눈에서 눈물이 떨어졌다. 눈물이 아니라 핏물이었을 것이다.
"왜, 너와 나는 이렇게 임금과 세자로 만나서 죽어가는 너를 앞에 두고 지금에사 너를 아들로 생각하게 되는지 모르겠다."
뒤주 안에서 죽어가는 아들을 향해 오열하는 '사도'의 장면을 보고 자식을 둔 부모라면 울지 않은 사람이 없었을 것이다.

재위 기간 내내 왕위 계승 정통성 논란에 시달린 영조는 학문과 예법에 있어 완벽한 왕이 되기 위하여 끊임없는 노력을 기울였다. 그렇기에 뒤늦게 얻은 귀한 아들 세자만은 모두가 인정하고 존경하는 왕으로 만들기 위해 특별히 세자 학습에 최선을 다하였다.

이런 부모의 기대에 어긋나지 않게 어린 시절 세자는 남다른 총명함으로 아버지 영조에게 기쁨이 되어 주었으나 차츰 나이가 들어가면서 기대에 못 미쳐 영조는 실망을 느꼈다. 글 읽기를 즐겨 하는 아버지와는 달리 공부보다 예술과 무예에 뛰어나고 자유분방한 기질을 가진 세자는 영조의 바람대로 성장하질 못했고, 이런 세자의 모습이 영조는 못

마땅했다.

세자 또한 영조의 바람대로 완벽한 세자가 되고 싶었지만 자신의 진심을 몰라주고 다그치기만 하고 질책만 하는 아버지를 점점 원망하게 되고 두려워하게 되어 마지막엔 아버지와 아들의 연을 끊는 역사상 가장 비극적인 가족사가 시작된다. 물론 이면엔 정치적 배경이 도사리고 있었지만 결국 자식을 왕의 위치에 맞게 키우기 위한 부모의 눈높이가 자식의 앞길에 걸림돌이 되었고, 천고에 있을 수 없는 비극의 역사를 낳게 된 것이다.

이와 반대로 세종대왕은 조선 태종의 셋째 아들로 태어나 1418년에 왕세자에 책봉되어 같은 해 8월, 22세의 나이에 태종의 왕위를 물려받아 조선의 빛나는 역사를 만든 왕으로 남아 우리 국민 모두의 추앙을 받는 대왕이 되었다.

우리가 알고 있는 것처럼 세종대왕은 어느 한 분야에만 업적을 쌓은 임금이 아니다. 정치, 경제, 과학, 문화 등 다양한 분야에 뛰어난 관심을 보였으며, 특별히 집현전을 설치하여 왕립 학습 기관으로 확장하고 젊은 학자들을 등용시켜 한글 창제의 업적을 쌓지 않았던가?

세종대왕의 이런 다양한 분야의 치적은 왕을 보필하는 관계되는 사람들의 도움도 있었지만, 무엇보다도 세종대왕 본인의 뛰어난 창의력과 백성을 사랑하는 인성이 뒷받침되었기 때문이라는 이야기를 전하고 싶다.

세종대왕의 이런 창의성과 인성은 저절로 생겨난 것이 아니라는 것이다. 태종은 일찍이 양녕, 효령, 충녕 세 아들을 키우며 충녕은 세자가될 아들이 아니기에 세자를 위한 특별 수업을 강행하지 않아 세종은자신이 좋아하고 즐겨 하는 많은 일을 하며 어린 시절을 보낼 수 있었다고 한다. 책을 즐겨 읽고, 음악을 좋아하며, 여러 가지 놀이에도 관심을 가지며 유년 시절부터 왕이 되어야 하는 부담감 하나 없이 학문도,놀이도, 탐구하고 사고할 수 있는 분야의 일을 즐기며 행복한 유년 시절을 보낸 셈이다.

전문적인 교육 용어로 세종은 타의에 따른 강제적인 학습이 아니라,자신이 하고 싶은 일을 찾아 자기 주도적인 학습을 스스로 익힌 셈이다. 그러기에 그 속에서 학문의 즐거움을 스스로 찾아 학습의 외적 동기보다 내적 동기로 말미암아 자신을 다져간 셈이다. 학습 활동에 관한내적 동기가 발달한 사람은 누구의 눈치를 보는 것에 관계없이 그야말로 자신이 스스로 즐기며 그 일을 끝까지 파고들 수 있는 힘이 길러진다는 것이다. 그러니까 세종은 내적 동기가 뛰어난 사람이기에 오히려다중지능을 갖춘 창의력과 인성을 겸비한 귀한 사람으로 성장할 수 있었던 것이라 하겠다.

부모가 되면 자식에 관한 기대 없이 그냥 자녀를 내놓고 키우는 사람은 아무도 없다. 그런데도 부모는 내 자식의 기대치를 암암리에 정해놓고 자식 앞에선 전혀 부담 없이 너의 길을 가라고 넌지시 속내를 숨기고 있다.

오랜 학교생활 끝에 얻은 경험에 따르면, 지나친 부모의 눈높이는 자녀의 어깨에 커다란 짐을 얹어 놓은 것과 같다. 그런데도 자녀들은 그 부모가 얹어 준 짐이 과하다고 바로 전하지도 못하고 가슴앓이를 하는 학생이 많다. 그런 학생은 늘 얼굴에 그늘이 있으며 안정되지 못하고 마음 편히 놀지도 못한다. 그리고 지나친 경쟁의식에 스스로를 얽어매고 심할 경우엔 학교생활에서 오는 지적 결과나, 정의적 결과에서 부모를 속이게 되는 경우까지 범하게 되기도 한다.

부모의 눈높이가 자녀를 그렇게 내몰게 되는 셈이다.

이제 내일 모레면 수학 능력 시험을 본다. 수능 성적은 예언적 평가에 속해 대부분 그 시험 점수에 따라 자신의 길을 택하게 된다. 우리가 저 긴 터널을 통과한 사람들이기에 고3 학생들이 지고 있는 짐을 알고 있다. 부모가 자녀에 관한 눈높이를 어디에다 두어야 할지 한 번쯤 고민해 보자. 부모의 눈높이와 자녀의 눈높이가 일직선상에 설 수 있다면 그보다 더 좋은 일이 어디 있겠냐마는 그렇지 못할 경우 부모의 큰 욕심에 부모 자녀 간을 가로막는 벽을 만드는 일이 생길 수 있음을 한번쯤 생각해 두자

2015. 11. 13. 금

잠들어 있는 사람은 기뻐할 수도 없다

◇◇◇

내가 신부님과 수녀님의 모습을 처음 대한 것이 중학교 2학년 때이다. 그때 가톨릭 재단인 우리 학교는 신부님이 교장 선생님으로 계셨고, 학교 내의 재정적 어려움을 해결하기 위하여 수녀님들이 학교로 들어오셨다. 신부님께선 성당에서 담임 신부님과 학교를 책임지신 교장 선생님의 두 가지 역할을 하셨고, 수녀님께서도 담임 선생님이 되셨고, 각 학년의 중요 과목을 직접 가르치셨다.

처음 수녀님께서 수업을 맡게 되었을 때, 학생들은 수업보다는 처음 보는 수녀님을 호기심으로 짓궂게 놀리기도 했고, 수도 생활에 관한 여러 가지 질문을 하여 수녀님의 입장을 난처하게 만들기도 했다.

수녀님들이 들어온 후의 이런 혼란은 몇 개월의 세월과 함께 사라져 가고 우리는 정성을 다하여 우리를 지도하시는 선생님의 모습에 감동하여 깊이 따르며 참으로 훌륭한 학습 활동을 갖게 되었다. 그때 우리를 가르치셨던 수녀님들의 출신 학교는 모두 대단했으며, 교과 수업 외 시골 학교에서 경험하지 못했던 다양한 교육 활동을 체험하게 해 주셨다. 미술을 지도하셨던 수녀님께선 흔히 말하는 일류학교 출신으로 국

전에 여러 번 수상을 한 예술가로서 스케치, 채색 기법, 그림 감상법 등을 구체적으로 알려 주셨다. 국어를 맡으셨던 선생님께서 생전 들어본 적도 없는 '문학의 밤'을 경험하게 해 주셨고, 문집발간, 시창작, 독후감 대회 등 문학적 소양을 갖추게 해 주셨다. 체육을 맡으셨던 수녀님께선 그 긴 수녀복을 흩날리며 꿈꾸듯이 '은파'에 맞추어 발레를 지도해 주시던 그 장면을 지금도 잊을 수가 없다.

학생들의 교육 활동뿐만이 아니다. 수녀님들께선 모두가 부족함 투성이인 시골 학생들의 아픔을 어떻게 낱낱이 파악하셨는지 개개인의 사정에 따라 참으로 따뜻하게 품어 주셨다. 그 당시엔 새 교복을 맞춘다는 것은 상상도 할 수 없는 일이었다. 졸업하는 언니와 연결하여 헌 교복을 싼값으로 사 입어 모든 여학생의 플레어스커트는 늘 검정빛이 아니라 물이 낡은 회색을 띠고 있었다. 이렇게 낡은 교복을 물려 입은 것은 남학생도 예외가 아니었다.

어느 날, 수녀님께서 수녀실이 있는 4층으로 나를 불렀다. 4층에 있는 수녀실은 수녀님들께서 숙식을 하는 곳으로 아무나 드나들지 못하는 곳이었기에 4층으로 올라가는 동안 내가 무엇을 잘못하였기에 부르나 싶어 걱정이 앞섰다. 현관문을 열고 들어섰을 때 복도를 중앙으로 양옆으로 방이 여러 개 있었는데, 삐끔 열려 있는 두어 평 남짓의 방안엔 아무런 장식품도 없었고 작은 목침대 한 개와 벽에 붙어 있는 성모상이 보였다. 너무나 간결한 방 안의 모습에 놀란 나에게 수녀님께선 웃으시며 새 교복 한 벌을 내미셨다.

그 당시 우리 학교는 중고등학교가 분리되지 않아서 교사들도 교실도 다 함께 생활하고 있어 고등학교 1학년이 되어서도 중학교 교복을 그대로 입고 다니는 내 모습을 눈여겨보신 모양이다. 교복을 받고 우두커니 서 있는 나에게 수녀님께서 해 주신 말씀이 "깨어 있는 자만이 복을 받을 수 있단다. 잠든 자는 기뻐할 수도 없다."라는 말씀이셨다. 힘들고 어렵지만 절대 절망해선 안 되며 늘 준비하고 깨어있어야만 기쁜 일을 받을 수가 있다며 내 어깨를 두드려 주셨다.

그때 나는 내 아픔을 어루만져 주시는 수녀님으로부터 무엇인지 모르는 편안함과 감사함과 희망의 메시지를 받게 되었고 그 메시지는 내 삶의 희망이 되어 주었다. 물론 이런 희망의 메시지는 모든 학생을 대상으로 자주 실시되었다. 교장 선생님이셨던 신부님께서 아침 조회 때마다 들려주셨던 훈화도 우리를 감동시켰다. 한 번도 공부를 열심히 하라는 소리는 듣지 못했고, 행복은 자신의 가슴에 있기에 그 행복을 느낄 수 있는 힘을 길러야 한다는 말씀을 해 주셨다.

이런 교육의 기회를 통해 앞으로의 삶의 비전과 희망을 알려 주어 우리는 가장 예민하고 감성적인 시기를 슬기롭게 보낼 수 있었고, 그 힘들고 암울했던 가난의 세월도 마음 풍성하게 보낼 수 있었던 것 같다. 누군가 모르는 분이 우리를 포근하게 감싸 주고 있어 학교 내외가 편했고 안심하고 하루를 보낼 수 있는 행복함이었다고나 할까?

프란치스코 교황이 4박 5일 동안 100시간의 한국 방문을 마치고 떠났다. 한국 방문 내내 희망의 손길로 가장 낮은 곳을 보듬어 주셨고, 안아 주고 손을 잡아 주어 그와 마주한 사람들은 한없는 기쁨을 감추지 못했다. 특별히 해미읍성에서 열린 제6회 아시아 청년대회 폐막 미사에서 젊은이들에게 늘 깨어 기뻐하며 세상 속으로 나아갈 것을 당부했다. 그뿐만 아니라 젊은이들의 특징인 낙관주의와 선의의 에너지를 선용할 것을 당부했다.

그 누가 이렇게 모두에게 행복한 표정을 짓게 할 수 있을까? 그 누가 이념과 종교, 빈부, 지역을 넘어 우리 모두에게 사랑과 평화 희망의 100시간을 선물할 수 있을까?

우리는 모두 혼자만의 아픔을 갖고 살아가고 있고, 혼자의 힘으론 도저히 치유할 수 없는 그 아픔을 누군가가 치유해주기를 기대하고 있다. 가장 예민했던 중고등학교 시절에 수녀님 앞에만 서면 궁핍함도, 어려움도 봄눈 녹듯 사라지고 마음이 풍성해졌던 그 시절이 떠오른다. 어려움 속에서도 학생 시절이 행복했던 그 기억은, 바로 신부님과 수녀님께서 우리에게 보여 준 행복의 메시지와 따스한 손길이었다. 아마 교황의 방문으로 많은 사람이 받은 이 훈훈함도 이런 심정과 같지 않을까? 내 학생 시절의 꿈을 갖게 해 준 '잠들어 있는 사람은 기뻐할 수도 없다'라는 메시지를 교황의 메시지로 다시 듣고 보니 사람의 마음을 치유해 주는 것은 물질과 능력과 부가 아니라 진정 따뜻한 마음임을 다시 깨닫게 된다.

2014. 08. 21. 목

이곳에 서면

◇◇◇

지난 6월 25일 6.25 전쟁 61주년을 기념하여 한국문협거제지부에서는 전쟁문학세미나를 가졌다. 진행에 따라 '한국소설에 나타난 한국전쟁 반영 양상'의 발제와 두 분의 열띤 토론으로 이어졌다.

발제자는 이병주의 소설 「지리산」을 통해 이데올로기적 단절과 소통을 모색하였고, 조정래의 소설 「태백산맥」에서는 역사의 방향성과 민족주의의 전망을, 그리고 김원일의 「불의 제전」에서는 서사의 객관성과 민족공동체 회복을 논하여 참석자로부터 호평을 받았다.

이어서 제2부에서는 '거제포로수용소에 감금되었던 포로 수기' 발표가 있었다. 해마다 전쟁문학세미나를 준비하면서 '거제포로수용소 수기'를 찾고자 노력하였지만 그런 자료를 찾을 수 없어 안타까이 여기며 6회의 전쟁문학세미나를 보내왔다. 그러던 중 올해는 참으로 귀한 자료를 얻을 수 있었는데, 그 수기의 주인공이 바로 거제문화예술회관 김호일 관장님의 부친께서 직접 기록한 거제포로수용소 수기여서 더욱 의미가 깊었다.

이 글은 김호일 관장의 부친인 김중섭(95년 작고) 선생의 생전 자서전에 적은 내용으로 6.25 전쟁에서 거제도 포로수용소의 생활까지를 기록한 실제 경험의 글이다. 이 글은 그동안 포로수용소 현장을 말로만 들어왔던 이야기들이 사실이었음을 확인하는 기회가 되었고 포로수용소의 역사적 의미를 되새겨 보는 귀한 자료가 되었다.

"전쟁이 터진 후 전쟁으로 수난을 받던 남북의 젊은이들이 포로라는 이름으로 남쪽 바다의 한 섬에 갇혔다. 우리 민족의 처절한 현장을 연출하고 있었으니, 그곳이 바로 '거제포로수용소'였다."라고 시작되는 이 글을 보면 당시의 포로 생활을 알 수 있다. 반공 친공 포로들의 알력과 그리고 그런 알력에서 죽어가는 동료들을 보면서, 살아남기 위해 몸부림쳤던 포로들의 생각과 행동이 눈앞에 펼쳐진다.

하룻밤을 자고 나면 쥐도 새도 모르게 한 사람씩 죽어가는 동료들을 보아야 했다. 이런 숨 막히는 62막사에서 살아남기 위해 예수를 믿는 교인이라는 거짓말로 생지옥에서 구출되어 65교인 천막으로 옮겼더니, 그곳에서는 친공분자일지도 모른다는 의심으로 정신을 차릴 수 없을 만큼 두들겨 맞게 되었다. 이 과정을 통해 주인공 김중섭은 '이 기구한 운명이여! 이 기구한 나라여! 이 기구한 민족이여!'를 글 속에서 외치고 있다. 김중섭의 수기가 이처럼 우리에게 가슴 깊이 다가오는 것은 이런 현실이 일어난 거제포로수용소가 바로 우리 눈앞에 있는 역사의 현장이기 때문인 것 같다.

몇 해 전까지만 해도 고현 대로변에 중국인이 직접 운영하는 중국음식점이 있었다. 말도 잘 통하지 않는 중국인 주방장이지만 음식 맛이 일품이라 가족들이 그 집을 자주 찾았다. 단골이 되고부터 그 부인과 친해져 주방장 아저씨가 중국인임을 알게 되었고, 그 중국인 주방장이 중국에서 여기까지 와서 중국집을 차린 이유를 듣게 되었다.

주방장 아저씨가 10살쯤 되었을 때 아버지는 육이오전쟁에 참여한 중공군으로서 거제포로수용소에 포로로 수감되었다고 했다. 중국에서 이 소식을 들은 주방장 할아버지는 이제 10살 정도가 된 손주를 데리고 아들이 있는 거제포로수용소를 찾아와서 수감 중인 아버지와 잠시 면회를 했다고 한다. 그렇게 아버지의 얼굴을 잠시 만나고 다시 중국으로 돌아갔지만 끝내 아버지는 돌아오지 않았다고 한다.

어른이 된 주방장 아저씨는 어쩌다 한국으로 들어와 중국집에서 일하게 되었는데, 어린 시절 아버지가 계셨던 곳을 찾아보고 싶어서 고현으로 와서 중국집을 운영하고 있다고 했다. 참 어린 시절이었지만 할아버지의 손을 잡고 긴 여정 끝에 아버지를 만났던 이곳 거제포로수용소가 늘 머리 속에서 떠나지 않았다고 했다.

아버지가 이곳 포로수용소에 수감되었던 두 아들이 각기 다른 모습으로 이곳을 찾아서 그때 그 역사의 아픔 속에서 희생되었던 아버지의 잔영을 찾고 있는 모습에 참으로 많은 생각을 갖게 된다. 김중섭의 아들인 김호일 관장은 그때 아버지가 거제도의 악몽으로 얼룩진 이곳에 찾아와 거제 사람으로서의 역사를 일구고 있다. 그리고 지금은 어디론지 가 버린 그 중국 주방장 아저씨도 머나먼 길을 찾아서 아버지가 억류되어 있었던 이곳에서 몇 년간 생활하고 갔다.

　그때 그 몸서리쳤던 역사의 현장이, 숱한 젊은이들의 청춘을 앗아간 그 어둠의 현장이 이제 거제시의 관광지로 자리매김하며 많은 사람이 찾아들고 있다. 우리는 이곳 거제포로수용소가 단지 거제시의 세수를 올리는 관광지로서만 생각해서는 안 될 것이다. 이제 이곳에 서면 전쟁의 불행과 평화의 의미를 되새겨 보고, 거제포로수용소 유적공원의 가치와 의미를 되새기는 기회가 되어 전쟁을 겪어 보지 못한 대한민국의 모든 젊은 세대들에게 참으로 의미를 더하는 공간이 되길 바랄 뿐이다.

2011. 07. 08. 금

밸런타인데이와 화이트데이

◇◇◇

출근을 하고 조금 있으니 노크도 없이 교장실 문이 살며시 열렸다. '들어오세요'라는 신호를 몇 번이나 해도 반쯤 열린 문은 더 이상 열리지 않고 있어 벌떡 일어서서 출입문을 열어 보았다. 1학년 여학생 세 명이 교장실 문 앞에 수줍은 듯 서 있었고, 가만히 보니 등 뒤에 숨긴 손에 초콜릿과 사탕이 들어 있었다. 오늘이 밸런타인데이라서 교장 선생님께 초콜릿을 선물하고 싶었단다. 생각이 하도 기특하여 교장실에 불러놓고 "너희는 초콜릿 먹었니?"라고 물으니 아무도 선물해 주지 않아서 먹지 못했다며 손바닥에 들어 있는 초콜릿을 조몰락거리고 있었다.

우리는 같이 먹자고 하며 가지고 온 초콜릿을 같이 앉아서 맛있게 먹었다. 그리고 돌아가는 아이들 손에 어린 방문객들을 위하여 마련해 놓은 피카츄(어린이들이 좋아하는 과일 과자) 몇 알을 손에 쥐어 주었다.

언제부터인가 우리나라에 밸런타인데이와 화이트데이라는 정체 모를 기념일이 자리를 차지하게 되었다. 2월 14일로 알려진 이 밸런타인데이를 여자가 남자에게 사랑을 고백하는 날로 알고 있다면, 한 달 후인 3월 14일은 화이트데이로 남자가 여자에게 사랑을 고백하는 날이다. 남자가 여자에게 사랑을 고백하는 게 특별한 건 아니지만 우리나라에서는 사랑을 고백한 여자의 마음을 받아들일 것인가를 결정하는 의미로 해석되기도 한다. 물론 연인 사이에는 밸런타인데이에 받은 선물에 답례를 하는 날이기도 하다.

그렇다면 정말 우리가 어렸을 때 알았던 '어버이날, 어린이날, 스승의 날' 등의 의미 있는 날 외의 이런 날들은 도대체 어디에서 유래되어 지금은 젊은이들은 물론 기혼자들까지, 직장에서까지 이날을 대단한 의미로 받아들이는 지경까지 왔는지 알아볼 일이다.

여러 가지 설이 있지만 2월 14일 밸런타인데이의 유래는 3세기 경(269년), 로마 시대로 거슬러 올라간다. 로마의 황제 클라우디우스 2세가 금혼령을 내린다. 이유는 아라망족을 정벌하기 위하여 원정을 떠나야 하는데, 결혼을 한 사람은 병역을 기피했기 때문이다. 그래서 황제는 병역 기피를 막기 위해 금혼령을 내렸고, 그래서 당시 결혼은 황제의 허락이 없이는 절대 할 수 없게 되었다. 그러나 주교인 밸런타인은 황제의 명령에 따르지 않았고, 몰래 찾아온 젊은 연인들의 결혼식을 거행해 주었다. 황제는 이 사실을 알고 주교 밸런타인을 잡아와 로마신을 믿으라고 권하지만, 끝끝내 거부해 죽음을 맞이하게 된다. 밸런타인 주교가 순교한 날이 바로 2월 14일이다. 로마 황제의 압력에도 불구하고 젊은이들의 사랑을 인정하고 맺어 주다 순교한 밸런타인 주교를 기념하는 젊은이들이 많아지게 되었는데, 그 2월 14일이 바로 젊은이들이 사랑을 고백하는 날로 발전되었다는 이야기다.

초콜릿을 선물하게 된 것은 19세기 후반 영국에서 시작되었다고 한다. 1868년 캐드버리사 사장인 리처드 캐드버리가 예쁜 그림이 그려진 선물용 초콜릿 상자를 팔기 시작하면서 유래가 되어 지금까지 초콜릿을 주고받는다고 한다.

반면에 이제 곧 돌아올 3월 14일 화이트데이의 유래도 알아보자.

화이트데이는 남성이 사랑하는 여성에게 사탕을 주며 사랑을 고백하는 날로 밸런타인데이와 더불어 연인을 주제로 한 기념일 중 하나다.

일설에 따르면, 일본의 제조업자들이 재고로 남은 사탕을 소진하기 위하여 만든 날이라고 하니 어떻게 보면 판매를 위한 회사의 마케팅 전술이라고 볼 수 있다. 그런데 근래 몇 년 전부터는 이 화이트데이에 사탕을 선물하는 사람이 줄어들고 있다고 하는데 이유는 수입산 초콜릿과 수제 초콜릿에 밀리고 있기 때문이라고 한다. 그러니 화이트데이는 별다른 유래가 없다고 볼 수 있고, 화이트라고 붙인 이유는 마시멜로우(marshmallow : 초코파이 속에 들어 있는 크림을 굳힌 것)의 색깔이 흰색이라서 붙인 이름이라고 한다. 밸런타인데이에 아름다운 의미가 숨어 있었다면 화이트데이엔 상술의 의미가 부여되어 씁쓸하기만 하다.

그런데 이런 남녀의 사랑을 고백하는 날이 외국에서만 있었다고 생각했는데, 우리나라에서도 밸런타인데이와 비슷한 사랑을 고백하는 공식적으로 인정하는 날이 있었다는 사실에 깜짝 놀랐다. '탑돌이'라는 의식이 있는데, 이 의식은 보름달 밤에 처녀들이 밤새워 탑을 도는데,

세 번만 눈이 맞으면 결실을 맺게 된다고 한다. 삼국유사에 따르면 금현이란 사나이가 이 '탑돌이'에서 사랑을 맺었다는 이야기가 나와 있다고 한다.

그뿐만 아니라, 견우직녀가 만나는 칠월칠석날, 총각이 처녀가 있는 집의 담을 넘어가는 허용적인 풍속이 있었다고 한다. 그런데 이날은 머슴이 몽둥이를 들고 월담을 지켰다고 하나, 이런 지킴이를 따돌려 성사가 이루어졌다고 하니 우리네 문화의 사랑 고백은 서양보다 훨씬 앞섰던 게 아닌가 싶다. 하여튼 사람이 사람을 생각하는 것은 참 아름다운 것이다. 그동안 가슴만 앓아온 처녀, 총각에게 의미 있는 날을 택해 사랑 고백을 하는 것도 좋고, 사위어져 가는 중년들에게 격식을 차리기 위한 의미로도 괜찮고, 아니면 무덤덤한 사이를 진하게 엮어 줄 기회를 갖는 것도 관계 형성을 위해 참 아름다운 일이다. 한마디 덧붙인다면 내 부모의 생신, 우리나라의 어버이날을 가장 먼저 챙긴 후, 과하지 않은 정도를 지키는 의미 있는 날로 부여해 보자. 3월 14일 화이트데이에 나는 1학년 학생 3명에게 정말 맛있는 마시멜로우(marshmallow)를 선물할 것이다.

2015. 03. 13. 금

내 인생의 결산보고서

✦✦✦

또 한 해를 넘긴다. 마지막 달력 한 장이 주는 의미를 해마다 지켜보며 살아왔지만, 올해는 유달리 생각이 깊어지고 삶에 회의가 더해짐은 다른 해보다 가슴 아픈 일들이 많았기 때문이 아닐까?

한 해를 보내면서 자신이 지내온 1년의 보고서를 작성해 보자. 다가오는 새해의 계획이 우선이지 지난 세월의 결산보고서가 무슨 소용이 있겠느냐고 하겠지만 우리의 과거는 미래를 결정짓는 소중한 자산이 아니던가? 대부분의 사람은 1년의 마지막 섣달을 보내면서 자신이 보낸 삶의 흐뭇함보다는 삶의 후회가 더 많을 것으로 본다. 후회란 오늘 여기까지의 삶의 관리에 관한 실패에 이은 후속 현상이라고 볼 수 있을 것이다. 한 해를 보내면서 대부분의 사람이 한 해를 뜻깊게 보냈다기보다 오히려 후회하는 사람이 많음은, 내 자신이 잡은 목표의 무한대에 있지는 않았는지 되돌아보자.

몇 달 전 KBS 라디오 시사고전에서 '3분 고전' 강의를 했던 성균관대학교 박재희 교수의 강의를 직접 들은 적이 있다. 두 시간에 걸친 그의 열정에 찬 강의 내용은 우리 국민에게 인생의 본질과 미래의 생활을 새롭게 열어 주는 의미 있는 철학을 가진 강의여서 돌아오자마자 그가 쓴 '3분 고전'을 구입하여 탐독하였다. 치열한 경쟁 속에서 살아가는 현대인들에게 박재희 교수의 '3분 고전'은, 소통의 지침서이며, 참다운 나를 찾아가는 나침반이자 삶을 풍요롭게 만드는 윤활유와 같은 진리가 책 속에 들어 있었다.

그뿐만 아니라, 그의 저서 속에는 앞뒤도 모른 채, 너무나 각박하게 달려가는 현대인들에게, 인생의 아름다움이 진정 어디에 있는지를 깨닫지 못하고 살아가는 우리에게 뜨겁게 다가오는 샘물과 같은 담백함이 숨어 있었다. 인생은 유유히 흘러가는 강물처럼 살아가는 것이 가장 아름다우며, 우리가 위기를 느끼고 패닉 상태에 빠져있을 때, 기회가 찾아올 수 있다는 생각을 실업자로 고생하는 젊은이에게 노자철학에서 찾게 하고 있었다. 또한 힘들고 어려운 환경 속에서 전나무는 가장 화려하게 꽃을 피운다는 섭생의 원리도, 어깨에 잠시 힘을 빼면 진정 최고가 된다는 철학도 보석처럼 빛나고 있었다. 어디 그뿐인가? 가지려고 하는 소유보다는 지켜보는 것만 해도 사랑이라는 진리는 모든 사람과 공유하고 싶은 내용이었다. 이런 소중한 철학을 안고 있던 그가 지난 목요일 KBS 인문학 강의에서 절전의 미학을 강의하였는데 그가 전해 준 절전의 철학을 2014년에 관한 자신의 결산 보고서와 2015년을 위한 인생 계획서 작성에 빗대어 볼까 한다.

우리가 한 해를 보내며 자신의 삶의 결산서를 작성하며 후회를 많이 하는 이유는, 내가 너무 높게 잡아 놓은 목표치 때문에 오는 책임감 때문이라고 말하고 싶다. 너무 많은 관계를 맺고 살아가다 보니 어느 것하나 제대로 된 관계가 이루어지지 않았고, 그 때문에 후회를 하게 된다. 또 한 가지의 후회는 자신이 잡고 있는 모든 인연을 쉽게 놓지 못하는 집념의 끈에 두고 있다. 우리는 그 사람을, 그 일을, 그리고 그 관계를 놓치면 큰일이라도 날 것 같아서 쉽게 그 끈을 놓지 못하고 살아간다. 그냥 놓아버려도 세상은 굴러가며 그 끈을 놓지 못하면 살아남지못할 것 같지만, 그 집념을 놓는 순간 오히려 창의적이고 독창적인 삶을찾을 수 있다고 했다.

정말 그럴 것 같다. 우리가 너무 많은 물질을 원하고, 너무 많은 사람과의 관계를 원하며 살아가는 것은 아닐까? 자신의 마음을 쉽게 놓지 못하고 자신의 마음을 담금질하는 바로 나 자신 때문에, 뒤돌아보면 자신의 1년 결산 보고서가 후회로 뒤덮이게 된다고 생각한다. 결국사람은 자신의 모든 생활 중에서 너무 많은 것을 얻기 위함으로 말미암은 후회, 너무 높게 잡은 목표치, 그리고 쉽게 놓지 못한 순간 때문에스스로 후회하고 절망한다는 말이 진리인 것 같다.

그렇다면 우리는 2015년의 계획서를 정말 제대로 작성해야겠다.
미래를 알려거든 먼저 지나간 삶을 살펴보자고 명심보감에서 말하고 있지 않던가! 우리의 미래는 결코 내가 그동안 살아온 과거에서 벗어날 수 없다. 그 지나온 흔적들이 앞으로의 나를 만드는 자양분이 되어 또 다른 미래를 만들어 줄 것이다.

새해엔 내 지내온 흔적을 생각하면서 내 분수에 맞는, 내 능력에 어울리는, 그리고 나를 좀 쉬게 하면서 보낼 수 있는 알찬 인생을 설계하여 보자. 내가 잡은 목표의 무한대에 쫓겨 내 스스로를 채찍질하는 후회가 없도록 2015년의 인생 설계도를 근사하게 만들어 보자.

　'우물쭈물하다가 내 그럴 줄 알았다(I knew if I stayed around long enough, something like this would happen).' 영국의 극작가 버나드 쇼의 묘비에 적힌 글이다. 우리의 삶은 그야말로 우물쭈물하다가 끝나 버리는 인생인데도 우리의 하루는 그렇게 짧게 느껴지지 않기에 우리는 1년을 보내면서 아직 시간이 많이 남아 있다고 착각하면서 지금과 같은 섣달을 맞게 된다.

　너무 높지 않게, 너무 힘들게 하지 않고 절제하며, 그러나 절대 방심하지 않고 열심히 나에게 주어진 1년을 알뜰하게 보낼 수 있는 최적의 2015년 설계도를 꾸며 보자. 작고 사소하지만, 그 속에 기쁨이 있는 옹골찬 나만의 미래를 가꾸어 갈 2015년을 계획해 보자.

2014. 12. 22. 월.

다산의 목민심서

◇◇◇

'목민심서'는 다산이 강진 유배 시절에 지은 책으로 유배가 끝나던 1818년에 완성된 책이다. 그 누구보다 백성을 사랑했으나 백성을 직접 가르칠 기회가 없었던 다산은 고금의 여러 서적 중 목민, 즉 백성을 가르치는 일에 관한 사례를 모아 책으로 묶어 냈다. 그리고 직접 실행할 수는 없고 다만 마음으로 쓴 글이라는 뜻에서 심서라는 제목을 붙였다. 그러니까 목민심서는 백성을 기르는 목자인 목민관이 한 고을을 다스림에 있어 지녀야 할 자세와 치국안민을 실천하는 방법론을 담은 책이라고 할 수 있다.

다산은 그 누구보다 청렴한 목민관이자 올곧은 정치가였지만 그것이 다는 아니었다. 그는 구체적으로 백성을 사랑하는 방법을 아는 유능한 행정가였다. '목민심서'에서 다산은 부임에서부터 관직을 떠날 때까지 목민관으로서 해야 할 일을 낱낱이 정리해 놓고, 공직자로서 자신과 주변을 다스리는 방법을 세밀하게 밝히고 있다. 백성들이 흉년이나 수해를 당해 도탄에 빠져 있을 때는 어떻게 대처해야 하는지 철저하게 사실에 근거하여 서술하고 있다.

그러나 다산의 삶은 결코 행복하지 않았다. 항상 정적들로부터 목숨의 위협을 받아 마치 살얼음을 밟는 것처럼 조심스럽게 살아가야만 했다. 백성을 사랑하고 개혁의 정치를 펼치고 나라를 구하고자 하는 웅지가 가슴속에 있었지만, 그에게는 자신의 뜻을 펼칠 기회가 한 번도 없었다. 어쩌면 이런 기회가 없었기에 목민심서라는 훌륭한 저서가 이 세상에 태어났는지도 모른다.

　그러나 다산은 그 기나긴 유배의 시간을 헛되이 보내지 않았다. 유배 기간을 거치면서 백성들의 헐벗은 현실을 눈여겨볼 수 있었고, 백성에 관한 다산의 이런 바른 생각들은 백성의 혼을 일깨울 수 있었으며, 백성들의 삶 속으로 들어갈 수 있었다.

　목민심서에서는 이렇게 말하고 있다. 목민관은 몸가짐을 절도 있게 해서 위엄을 갖추어야 한다. 위엄이란 아랫사람이나 백성을 너그럽게 대하는 동시에 원칙을 지키는 것을 통해 자연스럽게 나타날 수 있다. 그리고 여가가 있으면 반드시 정신을 모아 어떻게 하면 백성들을 편안하게 행복하게 할 수 있을까 하는 방책을 헤아려 지성으로 잘 되기를 강구해야 한다. 그리고 목민관의 마음가짐은 언제나 청렴결백해야 한다. 다른 사람의 청탁을 사사로이 받아서는 안 되며, 생활은 언제나 검소해야 한다. 청렴하게 한다는 것은 수령된 자의 본연과 의무로서 온갖 선정의 원천이 되고 모든 덕행의 근본이 된다. 청렴하지 않고 목민관 노릇을 제대로 한 사람이 아직은 없다.

그리고 목민관은 공적 사물들을 아껴야 현명한 목민관이다. 개인적으로 절약하는 것은 많은 사람이 능히 할 수 있으나, 나라의 돈과 물건을 절약하는 것은 능히 할 수 있는 사람이 드물다. 다산 사상의 핵심은 우리나라를 책임지고 있는 국가공무원에게 고하는 국가 개혁의 마스터플랜이라고 말하고 싶다. 부패 청산이 되지 않고 국가 발전은 절대 이루어질 수 없으며, 도덕성을 회복하지 않고는 일류 국가가 될 수 없다. 세상이 이런 시대가 되었다. 이 목민심서엔 공직자들은 국가의 근간이기 때문에 공직자들이 깨끗하고 정직하면 나라가 잘될 수 있다고 결론을 내리고 있다.

  우리나라는 유사 이래 가장 많은 경제적 부와 인권, 자유를 누리고 있지만 왜 아직 선진국가가 되지 못하고 있는가? 이것은 아직도 한국 사회에 만연한 부패와 도덕성 상실 등이 선진국이 되는 길을 막고 있다는 생각이 든다. 이젠 국민의 눈이 아주 밝다. 국민의 귀도 이젠 열려 있다. 그뿐만 아니라, 보고 들은 사실을 입 다물고 있지도 않는다. 그게 옳은 일인지 그른 일인지는 모르지만, 아버지의 공직 진출에 가족적인 도덕성을 놓고 그 앞길을 열어 주어서는 안 된다고, 그런 분께 대한민국 수도 서울의 교육을 맡겨서는 안 된다고 호소를 하는 자식도 있지 않던가. 어디 그뿐이랴! 이젠 대한민국의 중요한 관직을 맡겨야 할 사람이 선정되면 사정없이 그의 모든 일생을 훑어 내며 잘잘못을 가려 그가 앉을 자리를 쉽게 내주지 않는 시대가 되었다.

  2014년 6월 4일 지방의 행정을 책임질 관리를 뽑는 선거가 끝났다.

한차례 폭풍우가 지나간 것 같은 시간이 흐르고 이젠 우리 거제의 행정을 책임질 목민관과 기초 의원들이 결정되었다. 누구나 첫 시작은 대단한 결심과 다부진 의욕과 지방 책임관으로서 자신을 지지해 준 지역민들의 기대에 부응한 사명과 책임을 단단히 하겠다는 각오로 시작할 것이다. 그러나 살다 보면, 그 다부진 언약도 사명도 자의와 타의로 지키지 못할 경우가 생겨, 믿고 따랐던 지역민들이 등을 돌리고 마는 목민관이 되면 어쩌나 심히 걱정이 된다. 우리 거제의 목민관에게 목민심서를 권하고 싶다.

　지금부터 출발하는 목민관들이 지역민에게 신뢰와 희망을 주고, 거제시의 앞날을 미리 내다보는 미래지향적인 행정 실천과 공무원의 청렴성과 윤리 의식을 제고해 시민들로부터 신뢰받는 목민관이 될 것으로 기대해 본다. 4년 후 오늘의 이 목민관들이 관직을 떠날 때, 지역민 모두가 길바닥에 엎드려 그 목민관의 업적과 책임관과 사명을 다한 모습과 행동에 감격하여 또다시 이 자리에 돌아와 거제의 목민관으로서의 재임을 재촉하는 그런 근사한 목민관이 되길 부디 바라본다.

2014. 06. 21. 토

공명지조의 자세와 어목혼주

◇◇◇

사자성어와 고사성어는 그렇게 차이가 나는 말은 아니다. 일단 성어 成語라는 말 자체가 옛사람이 만든 말이라는 뜻인데, 굳이 정리해 보라면 고사성어는 그 출처가 어딘가에 있다고 보면 될 것이다. 실제 있었던 일이나, 신화, 설화, 전설, 역사, 문학 고전 등에서 유래하거나 관련된 말이라고 볼 수 있다. 고사성어는 글자 수가 두 자에서 일곱 자까지도 존재하고 있다. 그러나 사자성어는 옛사람이 만든 말이긴 하나 그 출처가 나와 있지 않고, 글자 수는 말 그대로 4자로 되어 있다. 이 고사성어와 사자성어는 우리들의 삶에 다양하게 의미를 던져 주고 있다.

2019학년도 2학기가 끝나갈 무렵 '교육 철학과 교육사'를 수강하는 1학년 학생들에게 '교육 철학을 통한 우리나라 교육의 미래'라는 그룹 과제를 제시하였다. 일주일의 여유를 준 후 해당 교재와 관련 없이 지금껏 학습한 내용을 바탕으로 주제를 찾고 문제점과 대안 방안을 제시하며 미래 교육 철학의 방향을 발표해 보는 과제였다.

'포스트모더니즘이 한국 사회에 미치는 교육적 문제의 장단점과 대안 제시'라는 주제를 발표하는 장면이었다. 발표를 맡은 학생은 먼저 그룹 구성원들이 문제점을 찾고, 관련된 사례를 찾는 과정을 아주 자세하게 알려 주었다. 조사 내용을 분류하고, 분석하고, 버리는 작업까지를 어떻게 이끌어 갔으며, 그리고 가장 중요한 것은 그들이 이 문제를 교육철학과 어떻게 귀결시켰는지를 자세히 설명하였다. 이들의 화합은 만점이었다.

반대로 각각의 생각과 분석력이 너무나 뛰어나 그룹 구성원의 한 사람도 자신의 주장을 버리지 못하여 일치된 길을 찾지 못하는 그룹이 두 그룹이나 있었다. 그런 그룹일수록 소위 자신의 능력이 뛰어나다고 믿는 구성원이 많은 그룹이었다.

교수신문은 '올해의 사자성어' 설문 조사를 실시한 결과 응답을 한 교수 1,046명 가운데 가장 많은 347명(33%)이 '공명지조共命之鳥'를 선택했다고 밝혔다. 공명조共命鳥는 여러 불교 경전에 등장하는 상상 속의 새로 공명조, 상생조, 공생조라고 불리기도 한다. 히말라야 기슭이나 극락에서 사는 아름다운 목소리를 내며 살아가는 새로 특이하게도 몸체 하나에 머리는 두 개가 달려 있으며, 한 마리는 낮에 일어나고, 다른 한 마리는 밤에 일어난다고 한다. 어느 날, 한 머리가 맛있고 향기가 나는 과일을 따 먹었다. 그러나 이 향기를 맡은 다른 머리가 시기와 질투로 독이 든 과일을 몰래 먹였다가 둘 다 죽고 만다는 설화 속의 상상새다. 목숨을 공유하는 새鳥라는 뜻을 가진 공명조는 어느 한쪽이 사라지면 자신만이 살 수 있을 것이라고 생각하지만, 결국 공멸하게 된다는 '운명공동체'의 뜻을 갖고 있다. 공명지조를 올해의 사자성어로 추천한 최재목 영남대 교수(철학과)는 교수신문 측에 "한국의 현재 상황은 상징적으로 마치 공명조를 바라보는 것만 같다"라면서 "서로를 이기려고 하고 자기만 살려고 하지만, 어느 한쪽이 사라지면 죽게 되는 것을 모르는 한국 사회에 대한 안타까움이 들어 선정하게 됐다"라고 설명했다.

우리 사회는 지금 이런 공명조의 진풍경이 일어나고 있다. 정치도, 사회도, 교육도 모두 이런 어려움 속에 쌓여 누구든 물러설 줄 모르고 자신의 목소리만 내고 있다. 그런데 문제는 자기의 목소리가 던져져서 두 머리만 희생되는 게 아니라 누군가에게 희망을 빼앗고, 피해를 주며 사회를 혼란시키는 일이 된다는 것을 모르는 데 있다. 차라리 모르는 것이라면 이해도 해 줄 수 있지만, 공명조의 파국이 어떤 결과를 가져올 것이라는 것을 뻔히 알면서도 목소리를 높이고 물러서지 않는다는 게 더 가슴 아픈 일이다.

이런 파국을 건져 낼 수 있는 길은 우리가 구별할 수 있는 눈을 가져야 한다.

남부터미널에서 버스를 기다리고 있었다. 어디선가 '오천 원이요. 오천 원이요.' 하고 외치는 소리가 들렸다. 요즘은 오천 원으로 점심 한 끼도 먹기 어려운데 무엇이 오천 원이라는 말일까? 마침 버스 출발 시간이 많이 남아 있어 외치는 소리가 있는 곳으로 갔다. 아르바이트생이라고 밝히는 예쁜 여학생이 인조 진주가 박힌 반지를 들고 오천 원이라고 외치고 있었지만 아무도 사지 않았다. 당연히 그 반지의 진주는 아주 하찮은 가짜임을 모두가 분별할 수 있었기 때문이리라. 그렇게 외쳐도 아무도 반지를 사지 않기에 안타까워 오천 원을 꺼내어 그 반지를 샀다.

　여름 방학이 지나고 어느 초등학교의 학부모 연수 강사로 갔다. 여름이라 모시 치마저고리를 입고 '바른 가정이 바른 자녀를 만든다'는 제목으로 강의를 끝내고 연수장을 나올 때였다. 학부모 한 분이 옆으로 다가왔다. 내 반지가 오늘 입은 옥색 모시 치마저고리와 너무나 어울린다고 칭찬해 주었다. 그리고 이 옷이 빛날 수 있는 것은 강사의 손가락에 끼고 있는 진주 반지 때문이라고 극찬을 해 주었다. 나는 결국 이 반지 가격이 오천 원임을 밝히지 못했다.

　공명지조에 이어 두 번째로 많은 29%(300명)의 선택을 받은 사자성어는 '어목혼주魚目混珠'였다. 물고기 눈(어목)이 진주와 마구 섞여 있으니 어느 것이 진짜 진주인지 분간하기 힘들다는 상황을 나타내는 말이다.

　아름다운 세상을 만들려고 하면 모두가 진짜와 가짜를 분별할 수 있는 식견을 가져야 한다. 그래서 그런 가짜가 함부로 세상을 이끌어 가는 무대를 만들어 주어서는 안 된다.

　새해가 밝았다. 올해는 특별히 공명지조共命之鳥와 어목혼주魚目混珠의 사자성어에 관심을 모아 보자. 몸 하나에 머리가 둘이든 셋이든 함께 힘을 모아 보자. 조금은 부족한 그룹의 구성원들이었지만 서로를 인정하고 힘을 모아 최선의 결과를 도출한 학생들의 주제 발표처럼 말이다. 그리고 올해는 오천 원 반지와 진짜 진주를 구별할 수 있는 안목도 길러 보자. 내가 낀 오천 원 반지를 구별하지 못한 그 학부모의 분별력은 타인에게 아무런 피해를 주지 않았지만 진정 우리 사회를 이끌어 갈 모든 분야의 어목혼주漁目混珠의 무분별한 선택은 대한민국 전체를 무너지게 하는 원인이 될 테니까 말이다.

22020. 01. 05. 일

세상에 나눌 수 없는 것은 없어

◇◇◇

우연한 기회에 함께 근무하는 동료로부터 어떤 목사님의 이야기를 들었다. 작은 교회에서 시무하다 보니 목사 사례금을 제대로 받지 못해 3명의 자녀 교육을 위하여 밤에 대리운전을 하신다는 이야기였다.

참으로 딱한 소식이었다. 목사님은 교회와 성도들을 위하여 설교를 준비하고, 성도들의 가정을 방문하며 힘들고 어려운 성도들을 위하여 상담하고 기도하는 시간이 가장 많아야 하는데, 자녀 교육을 위하여 대리운전을 하신다는 이야기는 얼마나 가슴 아픈 일인가.

그 선생님의 이야기를 듣다가 하도 답답하여 이제 고등학교 1학년에 입학한 그 목사님 아들의 고등학교 3년을 내가 책임지겠다는 약속을 하게 되었다. 3년 동안의 학비를 약속하기 위하여 목사님의 아들이 다닌다는 부산의 고등학교 행정실에 전화를 해서 그 학생의 신상을 알아보던 중 나는 정말 놀라운 사실을 알게 되었다. 대리운전을 하신다는 그 목사님은 내가 섬마을의 분교에 근무할 당시에 그 섬의 작은 교회에 시무하셨던 분이었으며, 그 아들은 내가 1학년을 담임했던 바로 나의 제자였기 때문이었다. 이름을 들었을 땐 똑같은 이름도 있구나 싶었지만, 설마 그 학생이 바로 나의 제자였으며, 그 목사님이 그 섬의 교회에 계셨던 목사님이었음은 전혀 생각지 못한 일이었다.

바닷가 작은 섬의 분교엔 11명의 학생이 있었고, 우리 반엔 1학년 1명과 2학년 1명이 있었는데 1학년 학생이 바로 지금 고등학생이 되었다는 목사님의 아들이었다. 그리고 그 교회엔 노인 성도 대여섯 분만 모여서 기도를 하고 있었는데 목사님과 사모님은 늘 그 노인 분들께 점심을 정성껏 제공하여 노인 성도분들은 사모님의 맛난 점심 덕분에 일요일 점심을 거르지 않게 되었다. 그리고 사모님은 그 당시 조손 가정의 학생 한 명을 목욕도 시켜 주고, 숙제도 봐 주시며 늘 그 아이의 어머니 역할을 해 주셨다.

또한 그 당시 목사님은 컴퓨터를 일찍 배워서 분교 학생들에게 컴퓨터 워드 학습을 하루에 한 시간씩 가르쳐 주셨고, 손길이 부족한 분교 교사들을 위해 여러 가지로 도움을 주셨다. 그래서 우리는 늘 같은 가족으로 생각할 만큼 잘 지내던 사이로 학교를 떠나 올 때엔 두고 와야 하는 제자들과의 헤어짐도 가슴 아팠지만, 목사님 내외분과의 헤어짐도 참으로 가슴 아팠다.

섬을 떠나온 뒤 목사님은 부산으로 교회를 옮겼으며, 그 사이에 셋째 아이가 태어났다는 소식을 뒤로 영 다른 소식을 접하지 못한 것이 10년이나 지나 버렸다. 그 사이에 1학년이던 그 학생이 고등학교 1학년이 되어 동료 교사로부터 나에게 그 사연이 전해진 것이다.

그렇게 헤어진 그 학생이 어떻게 옆 반 선생님과 인연이 연결되었는지는 모르지만, 하여튼 그런 인연으로 나는 그 제자의 3년 동안의 학비를 송금하였고, 그 학생은 올해 고등학교를 졸업하고 외국어대학에 거뜬하게 입학하게 되어 나는 정말 무어라고 말할 수 없을 만큼의 기쁨을 맛보게 되었다.

　며칠 전 그 제자가 노란 양란이 화사하게 핀 화분을 사 들고 어머니와 함께 학교로 찾아왔다. 시원한 이마도 그대로였다. 어린 나이 때보다 도수 높은 안경을 썼기에 사람을 쳐다볼 땐 코끝을 찡그려 안경을 치켜세우던 그 버릇도 그대로였으며, 더욱 신기한 것은 발표할 때마다 눈웃음을 치던 그 습관도 고쳐지지 않고 있었다. 근무 시간에 학교로 찾아왔기에 가까운 곳에서 점심을 먹고 긴 이야기를 나누지 못한 채 두 사람을 보내야 했다. 헤어질 때, 그 훤칠한 키를 절반이나 숙이며 아무 말도 못하고 버스를 타고 부산으로 떠나던 그 모자를 잊을 수가 없다. 내가 그 제자를 도운 게 아니라, 그 제자가 나에게 기쁨을 주고 간 것이다.

　기부 천사 하면 떠오르는 얼굴이 있다. 바로 김장훈 씨다. 학문을 연구하는 학생들을 위해서, 보육 시설을 위해서, 독도 홍보를 위해서, 어려운 사람들을 위하여 선뜻 재산을 내놓은 김장훈 씨가 한 말이 가슴에 와닿는다. "내가 공개 기부를 한다고 손가락질을 할지 모르지만, 그리고 내가 10억을 기부한다고 세상이 바뀌지 않겠지만, 누군가 이 기부 소식을 듣고 자신도 이 기부 문화에 진심으로 동참한다면 그게 바로 세상을 바꾸어 놓는 결과가 될 것으로 믿는다"라고.

지난 2월 1일자 지역신문에 경남사회복지 공동 모금회에서 실시한 나눔캠페인 모금액이 57억 원으로 사상 최고치를 기록하였다는 보도를 접했다. 이는 당초 예정액이었던 37억 원을 훨씬 웃도는 수치였고, 경남지역 나눔 캠페인 전개 이래 가장 높은 금액이었으며 서울지역을 제외한 전국 15개 지회 가운데 가장 높은 사랑의 온도를 기록한 것으로 나타났다. 이 얼마나 아름다운 소식인가?

　진실로 나눈다는 것의 의미는 무엇일까? 진정 나눈다는 것은 나의 부족을 다 채우고 나누는 것이 아니다. 나의 욕망을 다 채우고는 절대 다른 사람을 도울 수 없다. 재능도, 물질도, 건강을 이용한 봉사도, 지식 나눔도 세상에 나눌 수 없는 것은 하나도 없다, 신년이 시작된 지 이제 1개월이 지났다. 2012년 목표 중에 우리 모두 나눔의 대열에 서서 사랑의 온도를 높이는 목표 하나쯤 정하여 실천하는 주인공이 되어보면 어떨까?

2012. 02. 09. 목

용사의 뒷이야기

◇◇◇

지난 3월 26일 천안함 피격 1주년 추모식이 거행되었다.

참석한 모든 사람의 얼굴에서 침울함이 묻어났다. 정해진 절차에 따라 추모식이 거행되었다. 침몰 당시의 현장을 영상으로 본 후, 참석자들의 헌화가 있었다. 영정 앞에서 헌화를 한 참석자들도 울었고, 모든 가족은 자리를 떠나지 못하고 이름을 목 놓아 부르며 오열했다.

그 장면을 지켜보면서 무어라고 말할 수 없는 미안함과 그들을 지켜주지 못한 죄책감에 머리가 숙여졌다. 추모식이 끝난 후 후 장렬하게 나라를 구하다 순직한 영원히 꺼지지 않는 불꽃인 46명 용사들의 뒷이야기가 방영되었다.

고 박정훈 용사의 부모님이 비석 위에 박정훈 병사가 평소에 입고 있었던 코트를 입혀 주며 비석을 붙들고 오열을 터뜨렸다. 며칠 전이 제대를 할 날짜인데 군복을 벗고 이 코트를 입고 웃으며 들어서야 할 아들이 다시는 돌아올 수 없는 길로 가 버린 것이 아직도 받아들여지지 않는다며 비석을 끌어안고 통곡을 했다.

화면은 다시 이상준 용사의 집으로 옮겨졌다. 마흔이 넘어 아들을 낳자 온 동네 사람들이 뛰어나와 자신의 일인 양 기뻐해 준 것이 엊그제 같다고 했다. 그렇게 축복받으며 태어난 아들, 누구보다도 훤칠하고 잘 생긴 아들이 왜 그렇게 저 세상으로 가야 하느냐며 하늘을 원망하였다. 아들이 이렇게 돌아오지 못할 세상으로 가 버린 후, 어머님은 바깥세상이 싫어 나들이를 절대 하지 않는다고 했다.

　8개월의 훈련 시간을 보낸 후 임관식을 할 때 입었던 옷을 손으로 쓰다듬는다. 그때 이 옷을 입은 아들의 모습이 얼마나 늠름하고 대견했는지 모른다며, 아들이 훈련을 받던 진해로 면회를 가며 보았던 그 벚꽃이 보기 싫어 남편이 진해로 벚꽃 구경을 가자는 소리도 외면하며 살고 있다고 했다. 그리고는 '우리 아들도 이 꽃봉오리인데' 하고 흐느꼈다.

　다시 화면은 이용상 용사의 집으로 옮겨졌다. 생존자와 사망자의 명단이 적힌 한 장의 종이에 부모님은 세상이 무너짐을 느꼈다고 한다. 제대를 1개월 앞둔 아들은 이제 제대를 하면 아버지와 스킨스쿠버를 하자며 웃음을 보내던 그 아들이 지금도 살아 돌아올 것만 같아서, 아직도 군 생활을 잘하고 있을 것이란 착각에 놀란다고 한다. 누구보다도 건강했던 아들, 운동, 놀이, 민첩함이 남달라 가족들도 본인도 군 생활은 걱정도 하지 않았다는 부모님은 아들이 학생 때 촬영해 두었던 태권도 장면을 매일 쳐다보면서 통곡을 달랜다고 했다.

　고 이상민 용사의 누나는 지금도 동생의 홈페이지 관리를 하고 있었다. 멋진 호텔지배인이 되겠다는 동생이 지금도 방문 앞에서 불쑥불쑥

들어서는 것 같다고 했다. 남자지만 언제나 누나에게 살갑게 굴던 동생이 그리워 동생의 홈페이지에 사연을 올리고 찾아드는 방문객들에게 일일이 답하며 동생 생각을 잊지 못하는 1년을 보냈다고 한다.

화면은 다시 김선명 용사의 집으로 옮겨졌다. 일찍 어머니를 여읜 김선명 용사는 참 고생을 많이 하면서 어린 시절을 보냈다고 한다. 어머니가 안 계신 동생의 뒷바라지를 투정 한번 부리지 않고 받아 주었고, 할머니와 아버지와 함께 살면서 걱정 한번 끼치지 않는 착한 아들로, 손자로 잘 자라주었다고 한다. 대학을 포기한 후 회사에 다니면서 절약하며 모은 돈이 들어 있는 통장을 아버지께 드리고 해군에 입대했다며 아버지는 그 통장을 가슴에 안고 혼자만의 눈물을 삼켰다.

상근 예비역으로 입대하라는 통지를 받고도 남자의 병역 의무는 현역이어야 한다며 상근 입대를 마다하고 굳이 해군 입대를 하였다고 한다. 김선명 용사를 키운 할머니는 하도 기가 차서 눈물도 나지 않는다고 했다. 할머니는 손자 생각을 하면서 하늘을 바라보면 온 하늘이 손자 얼굴로 가득해진다고 한다. 손자 생각만 하면 억장이 무너진다며 김선명 용사의 어머니와 할아버지의 산소를 찾은 할머니는 '애미와 할아버지 두 명이나 산속에 누워서 저 손자 한 명을 지키지 못했느냐'고 울부짖었다.

그들이 갔다. 거칠고 험한 바다 위에서 그들의 사명을 다했던 용사들! 우리의 아들이요, 손자요, 동생이었고 삼촌이었던 그 늠름한 용사들이 이 세상을 떠난 지 벌써 1년이나 지났다. 그들은 참 많은 꿈을 가지고 있었을 것이다. 그 활기차고 용맹하고, 패기에 넘치던 젊은이들의 꿈도 그렇게 바닷속에 빠져버리고 말았다.

다시 화면은 천안함의 절단된 모습을 비추어 주었다. 잘리고 휘어진 절단만큼이나 가슴 찢어진 현장. 누가, 아직도 피지 못한 꽃봉오리들의 희망을 저렇게 사정없이 잘라버린 것일까? 무엇이 저들의 저 희망과 꿈을 빼앗아 가 버린 것일까?

"저들은 대한민국에서 태어나, 대한민국에서 살고, 대한민국을 지키려다 귀한 생명을 잃은 사람들임을 절대 잊어서는 안 된다"라는 천안함 유족 대표의 마지막 한 마디를 우리는 절대 잊어서는 안 될 것이다. 천안함 폭침으로 희생된 46용사는 영원히 꺼지지 않는 불꽃으로 남을 것이다.

2011. 03. 31. 목

수단의 슈바이처 고 이태석 신부

◇◇◇

　지난 연말부터 2월을 넘어선 지금까지 극장가를 눈물로 적신 영화로 고 이태석 신부님의 '울지마 톤즈'를 꼽을 수 있다. 남수단과 북수단의 분쟁 때문에 내란이 끊이지 않았고, 가난과 질병, 굶주림으로 이어지는 죽음의 그림자가 드리운 나라로 날아가 생의 마지막 삶을 토해 내며 수단 사람들의 슈바이처로 살다 48세의 젊은 나이로 불꽃 같은 삶을 마감한 고 이태석 신부의 삶은, 보는 이로 하여금 가슴을 도려내는 눈물을 머금게 한 실존 영화이다.

　그는 인제의대를 졸업하고 삶이 보장된 의사로서의 앞길이 열려 있었지만 모든 것을 내려놓고 다시 사제의 길을 택해 한국인으로서는 처음으로 아프리카의 수단으로 날아가 병원과 의사가 없는 톤즈에 그의 둥지를 틀었다.

　그는 그곳에서 종교를 넘어선 의술을 제일 먼저 펼쳤다. 그는 주민들과 힘을 합하여 50도가 넘는 더위 속에서 직접 벽돌을 찍어 병원을 세워 톤즈의 유일한 의사가 되었다. 많은 사람이 그에게 진료를 받기 위해 모여들기 시작했다. 그를 만나면 살 수 있다는 신념으로 100km가 넘는 곳에서도 환자들이 몰려왔으며, 한밤중에도 그를 찾는 환자가 끊이지 않았지만 그는 한 명의 환자도 그냥 돌려보내는 일이 없었다.

특히 한센병과 결핵으로 고생하는 환자들을 찾아다니는 이동 진료를 하며 그는 톤즈 사람들의 손과 발이 되어 주었다. 다음으로 그는 톤즈 청소년들을 위한 학교를 지었다. 12년 과정의 초중고등학교를 설립하여 그도 직접 고등학교 과정의 수학을 가르쳤다. 그는 이 힘들고 어려운 수단의 앞길에 빛을 심어 주는 길은 자라나는 청소년들에게 교육의 기회를 제공하여 이들이 무지에서 벗어나 스스로 일어서 모국의 앞날을 이끌어 가는 것이라고 판단했기 때문이다.

이 일이 끝난 후 그는 이제 아이들의 심성 변화에 눈을 돌렸다. 장기간의 전쟁으로 상처받은 청소년들의 마음을 음악으로 치료하기 위해 35인조 브라스밴드를 조직하여 직접 학생들에게 악기 연주를 가르쳤다. 그리고 한국 지인들의 도움으로 단복을 입혀 총 대신 악기를 들고 정부의 각 기간에서 실시하는 행사에 연주를 하였다. 그로 말미암아 톤즈 사람들은 아픈 몸을 치료받을 수 있었고, 학생들은 교육을 받을 수 있었고, 전쟁으로 얼룩진 수단의 톤즈 사람들에게 희망의 햇살을 뿌려 주었다.

한 사람의 헌신이 수단의 톤즈에 기적을 낳게 한 것이다. 그런 그가 세상을 떠났다. 휴가차 한국에 나와 건강검진을 받은 그의 몸은 간암 말기로 그가 그토록 아끼고 사랑하며 그의 삶을 불태웠던 톤즈로 돌아가지 못하고 하늘나라로 간 것이다. 영화의 끝부분에 톤즈 사람들이고 이태석 신부의 투병 생활과 장례식 장면을 보고 흘리던 그 눈물의 의미를 우리는 모두 알고 있다. 그는 이렇게 떠나갔지만 그가 뿌린 의술과 교육과 사랑이 그 언젠가는 피어나 수단 사람들의 앞날에 빛이 더해지는 날이 오리라.

주여!
지금은 아무것도 보이지 않습니다./ 메마르고 가난한 땅, 나무 한 그루시원하게 자랄 수 없는 이 땅에 저희들을 옮겨와 앉히셨습니다./ 중략/지금은 예배드릴 예배당도 없고 학교도 없고 그저 경계와 의심과 멸시와천대함이 가득한 조선 땅이지만 이곳이 머지않아 은총의 땅이 되리라는것을 믿습니다.

1885년 영국 출신의 미국 선교사 언더우드가 조선에 선교사로 건너와 무지와 굶주림과 희망이 보이지 않는 조선을 향해 쓴 '보이지 않는조선의 마음'이라는 언더우드 선교사의 묘에 기록되어 있는 기도문이다.

우리나라도 그랬다. 서양 문물 속에서 살아온 선교사의 눈에 비친조선은 이태석 신부의 눈에 비친 수단과 똑같았을 것이다. 이런 조선에이태석 신부와 같은 마음을 가진 언더우드 선교사가 날아와 이 땅에복음보다 먼저 교육을 위한 연세대학을 설립하여 조선의 청소년들에게배움의 눈을 뜨게 하였고, 알렌과 에비슨 선교사의 헌신과 미국 부호인세브란스 씨가 기증한 돈으로 세브란스병원을 설립하여 죽어가는 조선 사람들의 생명을 구했다.

　우리도 그랬다. 우리나라도 그렇게 서양 선교사들의 헌신과 봉사가 밑거름이 되어 찬란한 오늘을 이룬 것을 잊어서는 안 된다. 서양 선교사들이 조선에 부었던 그 헌신이 120여 년이 지난 지금 이태석 신부와 같은 많은 선교사로 태어나 이제 우리보다 힘들고 어려운 나라로 날아가 의술로 사람을 구하고, 교육을 시키며, 가난과 무지로 감긴 그들의 눈을 틔우는 일에 봉사와 헌신을 다하고 있다.

　내가 아닌 다른 사람들을 위한 삶을 산다는 것은 아무나 하는 일이 아니다. 다른 사람들을 위한다는 것은 나를 포기해야 하며, 다른 사람이 생각할 수 없는 어려움을 이겨 내야 하며, 그 사람의 처지가 되어 그들의 마음속으로 들어가지 않으면 안 된다. 수단의 빛이 되었던 이태석 신부도, 조선의 어둠을 물리쳤던 언더우드 신부도, 그리고 조선의 백성을 위하여 2만 5천 달러를 보내어 병원을 지은 세브란스 씨도 자신이 아닌 다른 사람을 위하여 내 삶을 내어 준 사람들이다.

　새해가 시작된 지 이제 한 달이 지나가고 있다. 우리는 다른 나라까지 찾아가서 봉사는 못 할지라도 내 주변에 있는 어려운 사람들의 신음 소리를 들을 수 있는 귀 하나쯤, 어려운 사람들의 삶을 볼 수 있는 눈 하나쯤은 열어 두고 살아가는 한 해가 되었으면 좋겠다.

2011. 02. 11. 금

세상에서 가장 훌륭한 스승은

◇◇◇

　오랫동안 학생들과 생활하다 보면 깜짝깜짝 놀랄 만큼 학생들에게 배울 내용이 참 많다. 어린 나이에 어떻게 저런 생각을 다 할 수 있을까 하는 학생도 있고, 어떨 땐, 어른으로서 고개를 들지 못할 만한 꼬집음을 들려주는 학생도 있다.

　첫 번째 이야기다.
　1학년 종식이가 교장실로 찾아왔다. 출입문이 열려 있으니 불쑥 들어와서는 몇 학년 몇 반 담임선생님이냐고 물었다. 아직 입학을 한 지 얼마 되지 않았기에 아침 훈화 시간에 몇 번 본 교장의 얼굴을 기억할 리가 만무하고, 그땐 아직 1학년 교육 과정 중에 학교 돌아보기를 하지 않아 당연히 교장실도, 교장 선생님도 몰랐을 것이다.

　교장실을 한 번 다녀간 종식이는 매일 교장실을 드나들었다. 행여 출장을 가는 날이면 다음 날 어김없이 찾아와 왜 어제 교장실에 계시지 않았느냐고 되묻곤 했다. 그러던 어느 날 종식이가 다른 학생 한 명을 데리고 나타났다. 종식이는 데리고 온 친구에게 자기가 교장 선생님과 아주 친하다고 소개했고, 자기가 친한 교장 선생님께 친구를 소개하러 온 것이다. 교장실에 들어와 마치 자기 할머니에게 이야기 하듯 종알종알 말문을 트는 두 녀석에게 맞장구를 쳐 주었다. 그러자 종식이는 자기도 꼭 교장 선생님이 되겠다고 말해 나는 종식이를 내 의자에 앉혀 준 후 다음에 꼭 교장이 되라고 어깨를 두드려 주고 교실로 돌려보냈다.

그런데 조금 후 함께 왔던 종식이 친구가 혼자서 교장실로 찾아왔다. 행여 손에 쥐고 있었던 구슬이라도 놓고 갔나 싶어 무얼 놓고 갔느냐고 물었다.

"교장 선생님, 아까 종식이만 교장 선생님 되라고 했나요? 저는 교장 선생님 되면 안 되나요? 저도 교장 선생님이 되고 싶은데…."

녀석의 물음에 너무나 놀라 무어라고 대답을 해야 할지 난감하기만 했다. 그리고 오랜 교직 생활을 한, 나이를 먹을 만큼 먹은 내가 얼마나 우둔한 사람이었는지 부끄러워 내 무지에 고개를 들 수가 없었다.

"아니야, 너도 교장 선생님이 될 수 있어. 이리 와. 너도 종식이처럼 교장 선생님 자리에 앉아 봐. 그리고 꼭 너의 꿈처럼 교장 선생님이 되어라."

종식이 친구를 돌려보내고 검정소와 누렁소 중 누가 일을 잘하느냐고 묻는 어느 정승의 물음에, 귀에다 대고 조용히 일을 잘하는 소를 알려 준 농부의 이야기가 생각났다. 동물도 둘을 비교하여 말하지 않는 농부의 지혜를 생각하며 종식이 말만 들었다고 종식이만 교장 의자에 앉혀 축복의 말을 해 준 이 우둔한 교장의 미련함이 얼마나 부끄러웠

던지….

두 번째 이야기다.

아이들은 어떤 상대를 만나느냐에 따라 말문이 술술 열리기도 하고 막히기도 한다. 몇 마디 질문을 던지다가 원하던 답이 나오지 않으면 성급한 어른들은 10분도 기다려 주지 못한다. 그래서 기다려 주지 못하는 어른 앞에서 다시는 말을 하지 않으려 한다. 그러나 아이들의 이야기에 맞장구를 쳐주고, 설사 틀린 이야기를 해도 아이의 이야기를 틀렸다고 말하지 않고, 너의 생각은 다른 친구와 다르구나 하고 이야기를 해 주면 아이들은 말하는 것에 자신감을 갖게 된다.

우리 학교는 동시 낭송, 동시 창작 학교다. 1학년 교과서부터 6학년 교과서까지 교과서에 수록되어 있는 동시를 모두 분석하여 '콩꼬투리의 속삭임'이라는 낭송시집을 만들어 모든 학생에게 배부하고, 1년에 10편의 동시를 암송하게 하고 있다. 동시 암송 교육이 어느 정도 이루어지고 나면 이번엔 동시 창작 대회를 가지는데, 동시 창작 대회의 이름이 '장원급제 백일장'이다. 모든 학생이 운동장에 가로, 세로 1미터 간격으로 앉아 징을 침과 동시에 시제가 내려오고 학생들은 마치 장원급제 시험을 치는 것처럼 시 창작 대회를 가진다. 이렇게 하여 장원이 된 시는 시화로 제작하여 시화전을 가진다. 시화전이 한참 계속되고 있을 때, 1학년 학생이 교장실로 찾아와 공책을 쭉 찢어 적어 온 시 한 편을 가져왔는데, 그 제목이 '우리 교장 선생님'이다.

우리 교장 선생님은 예뻐요/ 힘차고 씩씩해요/ 우리 교장 선생님은 당당해요.

아이의 눈에 비친 교장 선생님의 모습을 아주 간단한 시로 지어 자기가 사용하는 공책에 적어 가져온 것이다. 그 학생은 자기의 시는 '장원급제 백일장'에 당선되지 않아 시화 전시회에 나가지 못하여 너무 속상하다고 했다. 그래서 교장 선생님에 관한 시를 지어 왔으니 자기의 작품도 만들어 달라고 당부하여 얼른 시화로 만들어 작품 전시회에 함께 전시해 주었다.

얼마나 예쁜 아이들인가? 교장 선생님 앞에서 친구를 소개하기도 하고, 자신이 되고 싶은 꿈도 자신 있게 말할 수 있고, 더구나 돌아가서 생각해 보고 다시 찾아와 당당히 전하지 못한 자신의 생각을 바르게 전하고 가는 저 똑똑한 아이들!

아이들은 우리가 바라보는 대로 자라게 된다. 우리가 살았던 시절을 생각한다면 담임 선생님 앞에서도 부끄럽고 겁이 나서 묻는 말에도 대답을 하지 못했다. 어디 그뿐인가? 질문을 하는 기미가 보이면 선생님과 눈이 마주칠까 봐 고개를 먼저 떨구고 그 시간이 지나가기를 바랄 뿐이었다. 그렇게 학생 시절을 보내다 보니 어른이 되어서도 여러 사람이 모인 자리에서 자신의 생각을 제대로 전달하지 못하는 사람이 대부분이다. 그런데 지금은 우리 아이들이 이렇게 변하고 있다. 교장 선생님 앞에서도 당당하고 뚜렷하게 자신의 이야기를 바르게 전하는 아이들로 자라고 있다. 그런데 문제는 부모님이다.

아이들의 이야기를 빌리면 제일 자기 이야기를 들어주지 않은 사람이 부모님이란다. 아이들도 자신의 이야기가 있다. 아이들의 이야기에 그들의 의지와 생각과 행동이 들어 있음을 재빨리 확인해야 하고 인정해야 한다. 아이들의 이야기를 잘 들어준다는 것은 아이들의 생각을 인정하는 것이고, 아이들을 존중한다는 뜻이다. 어른으로부터 존중을 받게 되는 학생은 절대 나쁜 행동을 하지 않는다. 이렇게 자란 아이들은 언제 어디서나 자신의 생각을 자신 있게 전할 수 있는 당당함이 있는 어른으로 성장하게 될 것이다. 5월이다. 세상에서 가장 훌륭한 스승은 바로 부모님이다. 우리는 아이들이 잘 자라주기를 기대하면서 정작 아이들이 잘 자라기 위한 뒷받침은 물질적 뒷바라지에만 관심을 갖고 있지 않나 걱정이 된다.

2015. 05. 01. 금

제3부 : 우리는 빚진 자들이다

우리는 빚진 자들이다

◇◇◇

    시상식장은 술렁거리기 시작했다. 참석한 '유재라 봉사상'을 수상한 역대 수상자들도 이 시상식을 주관한 유한양행의 모든 관계자도 노안의 그 파란 눈 할머니 수상자에 관한 호기심을 보였다. 그리고 무어라 한 마디 건네고 싶었지만, 그 파란 눈 할머니는 한국말을 한마디도 하지 않고 그냥 조용히 웃고만 있었다. 그 자리는 유한양행의 유일한 회장의 따님인 고 유재라 여사가 대한민국의 교사와 간호사와 약사 중에서 참으로 세상 사람들을 위해 봉사한 삶을 보인 여성을 택하여 유재라 봉사상을 수여하는 식장이었다.

    수상자의 간단한 약력이 소개되자 나의 가슴이 뛰기 시작했다. 그날의 수상자인 메리슨 부인은 우리나라 여성이 아니라 호주 출신의 76세 노인이셨고, 그 업적에 내 자신이 스스로 부끄러워졌기 때문이다. 수상자에 관한 소개에 따르면 그녀는 둘째 오빠로 말미암아 대한민국을 알게 되었다고 한다. 대한민국의 6.25 전쟁에 참여한 둘째 오빠가 한국 전쟁이 휴전을 한 53년에 고국으로 돌아와 대한민국 전쟁의 실상을 이야기해 주었고, 특별히 대한민국에는 전쟁 때문에 부모를 잃은 고아들이

거리를 헤매며 먹을 것, 입을 것이 없어 죽어가고 있다는 소리를 전해 주었다고 한다.

그때 스물다섯 살밖에 안 된 메리슨은 오빠의 이야기만 듣고도 대한민국의 실상이 머리에서 떠나지 않았고, 부모를 잃은 고아들이 굶주림에 떠는 모습이 머릿속에 떠올라 도저히 잠을 이룰 수가 없어 이대로 있어서는 안 된다는 생각이 들었다고 한다. 그녀는 지구본을 내놓고 한 번도 이름을 들어본 적이 없는 대한민국을 찾은 다음 부모의 허락을 받고 지참금을 마련하여 이 지구의 동쪽 끄트머리에 매달려 있는 대한민국을 찾아왔다고 한다.

이렇게 하여 대한민국에 발을 들여놓은 메리슨은 충주의 어느 작은 마을의 허물어진 초가집을 얻어서 스무 명 정도의 고아들을 모아 그들을 돌보기 시작했다고 한다. 말도 통하지 않았고 문화도 너무나 다른 나라, 더구나 의식주 생활이 너무나 낙오되어 도저히 생활이 어려웠으나 소문을 듣고 데리고 온 고아들을 두고 도저히 한국을 떠날 수가 없었다고 한다. 메리슨은 모국의 가족과 친척에게 도움을 청했고, 모국의 교회에서 자금을 전달받아 고아들을 정식으로 돌보기 시작하였단다. 고아들이 차츰차츰 행복을 찾아가는 기쁨에 스물다섯의 처녀는 여든을 바라보는 나이가 될 때까지 그들과 함께했으며, 전쟁고아들이 사라진 후에도 부모를 잃은 고아들과 함께 대한민국에서 60여 년을 보내고 있다고 소개했다.

그런데 그녀는 아직까지 오로지 한국의 고아들과 생활을 하면서 고아원 밖의 세상을 경험하지 않았기에 팔순이 될 때까지 한국말에 익숙하지 않다고 통역을 해 주었다. 점심을 먹으면서 메리슨 부인과 함께 이야기를 나누다가 대한민국의 국민인 우리가 얼마나 빚진 자들인가를 깨닫게 되었다. 대한민국의 국민이 아니면서도 전쟁의 아픔을 보듬어 주기 위하여 꽃다운 청춘을 이 나라의 고아들에게 바친 메리슨 부인의 눈빛을 차마 똑바로 쳐다볼 수가 없었다.

한국 전쟁이 일어난 지 올해로 60회를 맞게 된다. 전쟁의 상처를 몰아내고 이 땅에 평화를 가져다준 역할에 참여한 사람은 메리슨 부인뿐만 아니라 세계의 각 나라에서 대한민국을 오늘에 이르기까지 돕고 지켜 준 사람들이 많다. 고아를 돌본 사람, 굶주리는 한국 국민을 위하여 구호 물품을 보내 준 사람, 교육을 책임져 준 사람, 그리고 그중에서도 대한민국의 자유를 위해 전쟁에 참여하여 목숨을 바친 세계 젊은이들이 있었다. 이들의 고마움을 어떻게 표현할 수 있단 말인가? 내 나라를 지키다 억울한 죽음을 당한 천안함 사건의 장병들을 보면서 국민 모두는 얼마나 억울했으며 얼마나 오열했던가를 우리는 아직도 생생하게 기억하고 있다.

그런데 6.25 전쟁엔 대한민국과 아무런 관계도 없는 나라의 젊은이들이 오로지 대한민국의 자유를 위하여 목숨을 바쳤다. 그런 가슴 아픈 세계 젊은이들의 피로 구한 나라가 바로 대한민국이다. 그래서 우린 빚진 자들이다. 세계에 빚진 나라이다. 빚은 갚아야 한다. 누가 갚으라는 압력을 가하지 않아도 무엇인가를 받았다면 갚아야 하는 것이 사람 사는 도리이다. 갚을 수 있는 능력이 부족할 땐 빚을 갚으라는 독촉도 하지 않는다. 먹고 살기도 힘든 집안을 보고 빚을 갚으라는 독촉은 비인간적이다. 그러나 먹고 살고도 남음이 있는 집안에서 받은 것을 갚지 않는다는 것은 그 나라 국민성에 문제가 있지 않을까?

이젠 갚아야 한다. 이제 우리가 받은 것을 갚을 수 있는 국민이 되자. 갚는다는 의미는 여러 가지로 생각해 볼 수 있다. 그들의 피로 값 주고 지켜 준 우리나라를 잘 지켜 나가는 것도 갚는 길이다. 그리고 우리가 받은 그 나라에, 그 사람에게 받은 것을 되돌려주기는 어렵다. 우리의 도움이 필요한 또 다른 나라에, 어떤 의미의 갚음이 될지 모르지만 받은 것을 갚을 수 있는 국민이 되어야겠다. 그게 지금 이 시대를 살아가고 있는 우리의 '몫'이 아닐까?

2010. 06. 10. 목

만남의 축복

◇◇◇

따지고 보면 인생은 만남에서 시작하여 만남으로 끝난다고 해도 과언이 아니다. 이 만남은 사람의 의지로 선택의 기회를 갖기도 하지만, 대부분 내가 원하지 않아도 그 만남이 필연적으로 이루어지는 경우도 많다.

필연적인 만남의 대표적 만남은 부모와 자식 간의 만남이다. 부모는 우리가 선택하여 만날 수 없는 그야말로 하늘이 내린 인연이다. 만일 자녀들에게 자신의 부모를 선택해서 이 세상에 나오라고 했다면, 우리는 어쩌면 자식에게 선택받지 못하여 부모가 되지 못했을지도 모른다. 정말 부모를 선택하라고 했다면, 학벌이 좋고, 인물이 훤칠하고, 돈도 많은 부모를 만나 평생 호강하며 걱정 없이 살 수 있는 부모를 만나고 싶어 할 것이다. 가끔씩 자녀들이 속을 썩일 경우에 대부분의 부모가, 저 녀석이 어떻게 내 아들로 태어났느냐고 야단을 치면서 속상해 하는 경우가 많다. 부모는 왜 저런 자식이 내 자녀로 태어났느냐고 탓하겠지만, 정작 애먹이는 그 자식에게 현재 부모가 부모로서의 괜찮은 만남이었느냐고 물어 본다면 과연 어떤 대답을 들을 수 있을까?

다음은 선택에 따른 만남이다. 배우자의 만남, 친구와의 만남, 직장 동료와의 만남, 사업 파트너 등 우리는 많은 선택적 만남을 통하여 삶을 항해하고 있다.

이 선택을 통한 만남은 오랜 생각 끝에 이루어진 만남이라고 해도 과언이 아니다. 이 선택의 만남에는 자신의 의지와 생각이 들어 있다. 이 선택을 통해 만남을 추구할 때, 이 만남의 가장 마지막 단계는 행복하고 의미 있는 만남이 될 것으로 믿고 이 만남을 결정한다.

그러나 그렇게 심사숙고하여 결정한 만남이라도 세월이 흐르다 보면, 처음 결정할 때의 생각과는 달라서 가는 길에 생채기도 생기고, 허점도 보이고, 그리고 서로 사소한 일도 용서하지 못하여 차라리 만나지 않았더라면 하는 한탄을 하는 경우가 많다. 그래서 이 선택에 따른 만남을 잘하느냐 못하느냐에 따라 우리의 인생이 행복과 불행, 그리고 성공과 실패로 끝나기도 한다. 그래서 만남이란 그렇게 중요한 것이다.

만남은 개인과 개인과의 만남도 중요하지만 어떤 군주를 만나느냐에 따라서 그 나라 백성의 삶이 달라지기도 한다. 군주를 잘 만나 백성의 삶이 태평성대를 이룬 시대를 들라면 세종대왕 시대를 들 수 있겠다. 지혜롭고 창의적인 군주를 만난 세종 시대 사람들은 백성을 사랑하는 군주의 마음으로 발명한 문자로 말미암아 무지렁뱅이도 글자를 알게 되어 자신의 생각을 표현할 수 있게 하였다. 또한 7년의 가뭄을 인지한 요셉 덕분에 7년간의 혹독한 가뭄에 주변 모든 국가의 백성들이 굶어 죽어도 이집트 백성들은 굶어 죽지 않고 살아날 수 있었다. 어디 그뿐이랴! 전쟁과 가난으로 넉넉한 살림 한번 꾸려보지 못한 우리나라도 국민을 위하는 군주의 생각으로 굶주림에서 벗어나, 이제는 다른 세상 사람들을 돕는 부강한 나라가 되었다. 이처럼 우리의 만남은 필연적인 만남도 중요하지만 내가 소속되어 있는 나라의 군주를 만나는 일도 대단히 중요한 일이다.

6월 4일은 지방자치를 맡아줄 사람을 뽑는 지방자치 선거일이다. 우리의 의지와 판단으로 선택한 의원들이 지역의 살림살이를 살펴보고, 지방 교육 문제와 세금 문제, 환경 문제, 산업 문제 등 우리 거제를 잘 이끌어갈 수 있는 지방자치단체장과 지방의회의원을 선택해야 한다. 지금 한창 선거 홍보 통로를 통해 출마한 사람들을 소개하고 있다. 우리는 이 홍보 내용을 잘 들어 보아야 한다. 다른 후보자와 비교해 보고 어떤 사람이 우리 거제를 이끌어 갈 대표자로 선택해야 할지 심각하게 생각하고 고민한 후, 선택의 한 표를 결정해야 할 것이다. 우리가 선택한 사람과의 만남을 통해 우리의 지역 주민들의 삶의 질이 바뀌게 될 것이다. 우리의 선택에 따라 지방자치단체의 성공 여부가 결정될 것이다.

우리가 만나게 되는 지방자체단체장을 제대로 선택할 때, 유권자들의 심오하고 깊은 사고에 따른 판단으로 선택한 사람과의 만남으로 말미암아 우리의 민주주의가 살아나고, 우리의 삶에 희망의 등불이 피어날 것이다.

우리가 선택한 이 만남이 후회되지 않으려면 우리는 정확한 판단을 할 줄 알아야 한다. 혼자만이 아닌 이웃을 사랑하고, 소외자를 배려하고, 주민들의 아픔이 무엇인지를 찾아 긁어 줄 줄 아는 사람을 찾아야 할 것이다. 누가 우리 삶의 어두운 곳을 찾아 등불을 밝혀 줄 것이며, 어떤 사람이 미래지향적인 안목으로 정책을 펼쳐 갈 것이며, 자신의 영달을 위해서가 아니라 지역민에게 희망의 횃불을 밝혀 줄 봉사자인가를 정확히 판단할 줄 알아야 할 것이다. 참으로 사람의 진의를 볼 수 있는 안목과 사람을 정확히 판단할 줄 아는 지혜를 가질 때, 지역 주민들과 지방자치 일꾼들과의 만남의 축복으로 모두가 행복할 것이다.

　선거를 치를 때마다, 모든 사람이 최선을 다한 선택이었다고 말하지만, 시간이 흐르다 보면 또 다른 그늘을 발견하게 되고, 우리가 선택한 만남에 서운함을 느끼게 된다. 이번만은 정말 잘해 보자.
　오래전 이야기지만 '순간의 선택이 평생을 좌우한다'는 전자제품 선전이 있었다. 우리가 사용하는 물건도 순간의 선택으로 평생을 좌우한다고 하는데, 하물며 지역 일꾼을 뽑는 선택적 만남이야말로 오죽하랴!

2014. 04. 26. 토

30년 만에 찾아온 손님

◇◇◇

연말연시이다. 왠지 누군가가 날 찾아올 것만 같아 목을 쭉 빼고 창문을 바라보기도 하고, 스쳐 지나간 세월을 떠올려보면서 나도 몰래 다른 사람에게 상처를 준 적이 없는지 걸어온 1년이 뒤돌아 보이기도 한다, 그리고 마지막엔 빙그레 미소가 지어지기도 하는 것은 아마도 계절 탓인 것 같다. 마지막 남은 한 장의 달력 때문인 것 같기도 하다.

그러던 중 지난 토요일 저녁, 내 바람의 소원이 닿았는지 30년 만에 찾아온 손님이 있었다. 말이 쉬워 30년이지 강산이 세 번이나 바뀐 30년이란 세월이 흐른 후에도 그 손님들의 모습 속에는 옛 그 얼굴이 그대로 숨어 있었고, 그들을 보는 순간 30년 전 그들의 모습들이 주마등처럼 스쳐 갔다.

1979년 5월, 나는 7년의 회사원 생활을 청산하고 가슴에만 그려온 교직의 길로 들어서게 되었다. 그 당시 초임 교사의 나이는 대략 스물두어 살 정도였는데, 나는 초임 교사치고는 꽤나 나이를 먹었고, 더구나 임산부의 몸으로 첫 발령을 받았으니 교장 선생님과 직원 모두에게는 그렇게 반가운 직원은 아니었을 것이다. 그렇게 해서 만난 아이들이 오늘 30년 만에 찾아온 이 손님들이다.

나를 빨아들일 듯한 눈망울의 아이들을 보는 순간 현기증이 나는 것 같은 두려움이 앞섰다. 더구나, 수업을 어떻게 이끌어 나가야 하는지도 모르겠고, 밀려오는 학교 업무는 나를 지치게 했고, 더욱 힘들게 하는 것은 회사원 생활과 전혀 다른 교직원과의 생활이었다. 이런 준비되지 않은 상태로 만난 우리 반 아이들은 모두 60명이 넘었는데 나는 이 아이들을 책임지는 담임 교사로서 자질을 전혀 갖추지 못한 채로 그렇게 하루하루를 담임 교사 역할을 꾸려 가고 있었다.

그렇게 첫해를 보내고 났을 때, 교장 선생님께선 그 아이들을 그대로 연임하여 4학년 담임을 하라는 분부를 내리셨다. 그뿐만 아니라, 다음 해는 5학년을, 그다음 해는 6학년을 담임하게 하여 나는 무슨 영문인지도 모르고 학교에서 시키는 대로 처음 만났던 그 학년의 아이들을 4년간 연임 담임을 하여 졸업을 시키게 된 것이다. 지금 생각하면 도저히 있을 수 없는 일이다. 아이들은 새 학년이 시작되면 새로운 담임에 대한 희망으로 부풀어 있다. 해마다 다양한 소양을 갖춘 선생님을 만나서 그 선생님만의 또 다른 교육적 가치를 배워 가며 행복하게 보낼 꿈에 부풀어 있다. 그런데 그 당시엔 왜 이런 일이 있었는지 모르겠지만, 하여튼 그 아이들은 초등학교 3학년부터 똑같은 담임을 4년이나 만나게 된 것이다. 이렇게 초임 4년을 지나는 동안 4년간의 연속 담임에 별다른 반항 없이, 학교에서 시키는 대로 열심히 담임 역할을 완수했다.

그러나 내 교육 경력이 쌓여 갈수록 그 아이들에게 죄스러움이 마음을 괴롭혔다. 그 귀한 초등학교 생활을 그 아이들은 재미없는 동일 담임을 4년이나 보아야 하는 괴로움을 당해야 했기 때문이다.

이렇게 4년을 맡아오다 졸업을 앞둔 2월이 되었을 때부터 내 가슴속에는 이 아이들이 구석구석 꽉 차 있다는 사실을 알게 되었다. 이 아이들을 졸업시킬 생각을 하니 눈물이 앞을 가렸다. 누구네 집은 할머니가 편찮으시고, 누구네 집은 아버지가 약주만 드시면 학교로 찾아와 아이를 내놓으라고 야단을 치시고, 누구는 씩씩하게 나서는 일은 없어도 책임감은 대단하고….

나는 4년을 그 아이들과 함께 지내면서 그 아이들은 물론 아버지, 어머니, 그리고 할아버지 할머니의 모습까지도 다 꿰뚫고 있었다. 그리고 아이들과 학부모들도 우리 집 일을 훤히 알고 있었다. 4년을 지내는 동안 3학년 담임 때엔 장남을 낳았고, 5학년 담임 때는 둘째인 딸아이를 낳아서 제자들은 아기를 낳을 때마다 수시로 우리 집을 드나들며 우리 아이의 얼굴을 만져보기도 하고, 기저귀를 접어주기도 했다. 이런 아이들이 바로 오늘 나를 찾아온 이 손님들이다.

이들이 30년을 지내는 동안 마흔넷이라는 불혹의 나이를 넘기고, 그 당시의 담임을 잊지 않고 이 바쁜 연말에 나를 찾아온 것이다. 제자들은 줄을 서서 큰절을 했다. 한 사람 한 사람을 안아 줄 때 우리도 몰래 펑펑 눈물을 쏟았다. 왜 눈물이 그렇게 흘렀는지 나도 모른다. 밤이 깊어지는 줄도 모르고 우리는 이야기꽃을 피웠다.

이야기의 내용은 자연히 30년 전의 그 시절로 돌아갔다. 제자들은 한결같이 그 부족했던 시절이 재미있었다고 했다. 어떤 제자는 봄 소풍 가서 역할극을 할 때 찍었던 사진을 갖고 와 친구들을 웃기기도 했고, 어떤 제자는 자신이 그렇게 같이 짝을 하고 싶었던 친구를 한 번도 자기와 함께 앉을 수 있는 기회를 주지 않았노라고 투정을 부렸다.

제자들의 이야기를 듣고 있던 나의 얼굴이 갑자기 달아오르기 시작했다. 잊고 있었던 지나간 30년 전의 채 여물지 못한 나의 부족한 모습이 되살아나기 시작했다. 아이들을 지도하는 바른길을 모른 채 부딪히기도 하고, 돌아가기도 하고, 때론 걸었던 길을 다시 걸어가며 시간을 허비하기도 하고 과오를 저지른 적이 얼마나 많았던가? 그야말로 내 시행착오로 가르친 아이들이 바로 이 제자들이 아닌가?

그런데도 제자들은 4년간이나 저지른 담임 선생님의 그 허물을 덮어 두고 무르익은 마흔넷 절정의 나이를 유감없이 발휘하며 정말 의젓한 모습으로 나타나게 된 것이다. 이들은 내가 가장 갖추어지지 않았을 때, 그것도 1년도 아니고 4년이란 긴 세월을 함께했던 내 잘못을 닮지 않고 반듯하고 아름다운 가정주부로, 건강한 직장인으로, 시부모님을 잘 모시는 귀한 며느리로 우리 사회를 든든하게 지키는 귀한 사람이 되어 내 앞에 이렇게 나타난 것이다. 이날 나는 제자들에게 내 부족함과, 좋은 담임을 만날 수 있는 기회를 박탈한 것을 진심으로 사과했다. 그런데도 이렇게 반듯하게 잘 자라 내 앞에 찾아온 사실에 고맙다는 말을 진심으로 전했다.

세월이 가는 길목에서 나를 뒤돌아보아야 하는 시점이다.

보고 싶은 사람을 찾아보기도 하고, 오랫동안 잊고 있었던 사람들을 찾아서 안부 전화도 해 보자. 무엇보다도 삶의 과정 중 내 부족함으로 알게 모르게 다른 사람에게 상처를 주었던 시린 기억들을 찾아내어 미안하다는 말 한 번쯤 전해 보자. 이 해가 다 가기 전에.

2013. 12. 23. 월

박수 받고 떠나고 싶다는 대통령의 염원

◇◇◇

세상이 많이 바뀌었다. 많이 바뀐 것 중의 하나는 여성들의 사회 진출을 들 수 있겠다. 이 여성 진출은 그동안 남성들이 담당했던 다양한 분야의 진출을 넘어서서 세계를 이끌어 가는 여성 대통령과 총리가 9명이나 탄생했으며 우리 박근혜 대통령도 이 대열에 들었다.

먼저 태국의 잉락 친나왓 대통령을 들 수 있겠다. 탁신 대통령의 동생이자 전남편과의 사이에 두 아이를 두고 있는 승무원 출신의 대통령이다. 그동안 군부와 탁신파 간의 정치 불안 속에서 비교적 내란에 안정을 가져왔다는 평을 받고 있다. 다음은 아이슬란드의 요한나 시귀르다르 도티르 총리로 승무원 출신의 대통령이다. 국가의 경제적 어려움을 이겨 내기 위하여 고군분투하고 있으며, 세계 최초의 동성애자이며 전남편과의 사이에 두 아이를 두고 있으나 대통령궁을 둘러싸고 있는 시위대에게 따뜻한 커피를 건네준 미담이 한때 언론에 오르내리기도 했다. 이 외에도, 오스트레일리아의 역사상 최고의 위치에 오른 길라드 총리, 과감한 추진력으로 나라 안팎의 존경을 받고 있는 브라질의 자우민 호세프 대통령, 아르헨티나의 페르난데스 대통령, 그리고 부정부패를 위해 노력했지만 본인이 스스로 부패 스캔들로 연루되어 국민이 어려움에서 벗어나지 못하고 있는 필리핀의 글로리아 아로요 대통령이다.

이런 여성 대통령 중에서 국내외의 모든 사람으로부터 존경을 받고 있는 여성 대통령을 말하라면 독일의 앙겔라 메르겔 총리와 핀란드의 타르야 할로넨 대통령을 말할 수 있겠다.

독일의 앙겔라 메르겔 총리는 2012년 포브스 선정의 가장 영향력 있는 여성 1위 대통령이다. 2005년부터 총리직을 역임한 동독 출신으로 예전 대처 수상에 이어 철의 여인으로 불리고 있다. 메르겔 총리는 강력한 리더십을 발휘하여 남자 못지않은 카리스마와 냉철한 분석력, 서릿발 같은 판단력으로 어려움과 문제점이 많은 독일을 잘 이끌어 가고 있다.

그리고 핀란드의 타르야 할로넨 대통령은 세계에서 가장 추앙을 받고 있는 여성 대통령이다. 2000년 2월 핀란드 사상 최초의 첫 여성 대통령으로 당선 후 임기 동안 지지율 88%를 유지하며 핀란드 국민으로부터 존경과 찬사를 받으며 나라를 이끌어 갔다. 이런 지지율은 2006년 연임에 성공하고 무려 12년 동안 국민으로부터 전폭적인 지지를 받으며 임기를 마치고 퇴임했다. 보통의 경우 대통령 임기 말년이 되면 레임덕에 허덕이며 지지율이 바닥을 치는 일반적인 경우와는 달리 할로넨은 퇴임 때까지 지지율 80%를 넘어서서 국가 청렴도 1위, 국가 경쟁력 1위, 환경 지수 1위라는 놀라운 결과를 낳았다.

할로넨 대통령은 재임하는 동안 많은 일을 했지만, 그중에서도 한 가지 들고 싶은 것이 바로 여성들의 편에 서서 여성들을 위하여 많은 일을 했다는 점이다. 사교육비를 없애고, 유아 교육 시설을 무상으로 이용할 수 있도록 하였으며, 점심시간이면 여성 근무자들이 집으로 돌아가 가정일을 돌볼 수 있도록 점심시간을 보장해 주었다. 또한 아이들이 돌아올 시간이 되면 자녀를 돌볼 수 있는 배려도 아끼지 않아 여성들이 '슈퍼 맘'이 되는 길에 큰 힘이 되어 주었다. 그리고 아내와 남편이 가사와 육아를 함께 이끌어 가도록 하는데 버팀목을 놓아주었고, 사회보장제도와 양성평등 그리고 이민자를 배려하는 정책도 자리 잡게 하였다.

핀란드에는 핀란드 국민의 무민에 등장하는 캐릭터가 있는데 그것이 바로 무민의 어머니인 무민맘마(Moomin Manma)인데 필란드 국민은 이 캐릭터를 타르야 할로넨 대통령의 이미지에 부합되는 모성과 연결시키고 있을 만큼 할로넨 대통령의 위상은 핀란드 국민에게 대단한 존경을 받았다.

핀란드는 한국과 비슷한 부분이 많다. 한국도, 필리핀도 주변의 강대국에 치여 오랜 세월 몸살을 앓았으며 내란의 아픔도 수없이 겪은 나라이다. 그뿐만 아니라 그런 어려움을 잘 이겨 내고 강한 정신력과 성실함으로 잘사는 나라가 되었다는 점도 비슷한 점이다.

박근혜 대통령이 이 나라를 이끌어 가는 출발선을 띄운 지 1개월이 지났다. 청와대로 들어간 지 한 달이 지났지만, 아직도 제대로 된 배를 띄우지 못하고 있는 것이 안타깝기만 하다. 대통령으로서 해야 할 일이 산더미처럼 쌓여 있을 것이고 이 일 외에도 수백 년 내려온 전통 고수와 민족성, 종교의 다양성과 고령화 사회, 그리고 이제부터 뿌리를 내리려고 하는 사회복지제도와 이민자와의 갈등도 무척이나 큰 걸림돌이다. 이런 수많은 어려움을 안고 있는 대통령이 이 나라를 잘 이끌어갈 수 있도록 길을 열어 주고, 일을 할 수 있도록 밀어 주고, 그리고 어깨에 힘을 실어 주어야 할 것이다.

할로넨 대통령도 핀란드 국민이 양보하고 기다려 주고 제대로 정립되지 않은 정책일 경우에도 국민이 어려움을 참아 주었기에 88%의 지지율로 퇴임을 하지 않았는가? "모든 지도자는 사람들의 이야기를 잘 들어야 하며 잘 듣고 나아갈 방침을 제시할 수 있어야 한다. 그리고 대통령은 모든 판단의 기준을 국민의 상황에 맞춰서 결정해야 하며, 양보와 타협만이 이상 국가를 만들어 간다."라는 할로넨의 철학이 있었기에 용접공 아버지와 재봉사 어머니로 태어난 할로넨이 오늘의 핀란드를 만들었다고 생각한다.

박근혜 대통령은 취임 당시 떠날 때 박수 받으며 떠나고 싶다고 하지 않았는가? 그 말의 실천은 대통령 본인은 물론이겠지만 그 절반의 책임은 기본 덕목을 갖추어야 하는 정치인과 모든 국민에게 있지 않을까?

2013. 03. 31. 일

친정어머님의 독서 생활

◇◇◇

다른 계절보다 가을은 어쩐지 사람의 마음을 스산하게 만든다. 지금까지 잘도 살아왔던 삶을 반추해 보기도 하고, 내 잘못을 찾아 스스로 자학해 보기도 하며, 잊고 살았던 누구에게라도 전화를 걸어 보고 싶은 마음이 불쑥불쑥 솟는 계절이기도 하다. 새싹이 움트고, 신록이 세상을 초록으로 물들게 만드는 계절과는 확실하게 다른 성정이 움트는 아름다운 심미적 인간이 되어지는 계절이기도 하다. 그뿐만 아니라, 자신도 몰래 서점을 둘러보기도 하고 먼지 쌓였던 책꽂이에서 묵은 시집이라도 꺼내 책 속으로 빠져드는 독서의 계절이라고도 말한다.

그러나 원래 가을은 가장 책이 안 팔리는 계절이라고 한다. 새해가 시작된 1월이나, 휴가철인 7월보다 10월은 책 판매율이 4배 정도나 떨어지는 계절이라고 한다. 그런데 왜 사람들은 가을 하면 이구동성으로 독서의 계절이라고 말할까? 그것은 책이 가장 팔리지 않는 달이라서 책을 팔리게 하기 위해 가을을 독서의 계절이라고 지칭했다는 말이 있지만 신빙성은 없는 이야기이다.

독서는 문화 활동 중의 가장 으뜸인 고급적 문화생활의 일면이다. 어쩌면 우리가 살아가는 데 필요한 모든 것은 독서 활동을 통해 그 자양분을 마련한다고 해도 과언이 아니다. 인류 이래 지식 습득의 가장 좋은 방법은 독서만큼 좋은 것은 없다고 한다. 독서를 통해 자신을 뒤돌아볼 수 있고, 자신만의 가치관을 정립할 수 있으며, 삶의 중요한 고비마다 그 해결점을 찾아주는 원동력이 되기도 한다. 이런 중요한 독서 활동이 인터넷 문화와 컴퓨터에 밀려 이제 우리 국민의 독서 수준은 OECD 가입 국가 중 최하위 수준에 속하며, 국민의 독서량은 년 약 1,59권(갤럽 조사)에 그친다고 한다. 또한 우리나라는 문화비보다 통신비가 훨씬 더 많이 지출된다고 하니 우리나라 국민의 독서 문화 생활 수준이 어느 정도인지를 추측할 수 있다.

어머님이 하루 일과를 보내고 계시는 노인정을 찾아갔더니, 열 분 정도의 할머니들은 즐거운 놀이에 빠져 있고, 몇 분의 할아버지께선 바둑을 두고 계셨고, 친정어머님은 허리에 베개를 받쳐 두고 책을 읽고 계셨다. 누렇게 빛바랜 가로 10센티, 세로 15센티의 아주 오래된 춘향전이다. 그 책을 보자마자 눈물이 왈칵 쏟아졌다. 종갓집 맏며느리인 어머님은 할아버지 때부터 살아왔던 종갓집을 떠나 몇 번 이사를 해야 하는 어려움을 겪으셨다. 이사를 할 때마다 종갓집을 지키기 위해 필요했던 그 많은 생활용품과 집기들은 한 가지 한 가지씩 설 자리를 잃어 어머님과 함께 하지 못하는 비운을 겪어야 했다.

조상을 지키던 성주 단지도, 제사를 잘 지내기 위해 논 한 마지기를 팔아서 마련했다던 유기그릇도, 안청에 떡 버티고 가문의 역사를 지키고 섰던 그 많은 생활 집기와 장독들도 결국 어머님 곁을 따라오지 못하는 슬픔을 당할 때 친정을 떠나온 지 30년이 넘은 둘째 딸도 그 슬픔에 가슴 아파했다. 그런데 그 와중에도 어머님은 어린 시절 우리에게 읽어 주었던 그 이야기책들을 챙겨 어떻게 지금까지 간수해 왔단 말인가? 누런 황색 종이에 요즘 컴퓨터 글씨로 보면 13포인트 정도의 아주 작은 글자를 세로로 쓴 책이다, 제목도 달아나고 책 네 모서리가 반질반질 닳아서 너덜너덜 다 해진 그 책을 어머님은 하루도 손에서 놓지 않고 읽고 계신다고 곁에 계신 할머니 한 분이 귀띔을 해 주셨다.

어릴 적 어머님은 농사일이 아무리 바빠도 호롱 불빛 밑에서 우리에게 책을 읽어 주셨다. 춘향전 이야기도, 숙향전 이야기도, 구운몽도 어머님을 통해 어린 시절에 몇 번이나 들었다. 하루 일과를 마치고 나면 우리 일곱 남매는 그 작은 방의 호롱불 밑에서 어머님의 책 읽어 주는 재미에 푹 빠졌다. 춘향이가 십장가를 부르며 서울 간 이 도령을 기다리는 장면을 읽을 땐 우리도 눈물을 흘렸고, 어린 심청이가 아버지의 눈을 구하기 위하여 인당수에 빠졌을 때 그 어미가 나타나 어린 심청이의 손을 잡고 불렀던 노래를 들려주시던 어머님의 노래를 나는 지금까지도 기억하고 있다.

"아가 내 딸 청아/ 손발이 고운 것은 어찌 이리 날 닮았고/ 눈매로 고운 것은 너희 아비 영판이네."

우리는 이런 어머니의 낭송을 하도 많이 들어서 어떤 대목에서 어머니가 노래를 부르며, 어떤 장면은 어머님께서 벌떡 일어나셔서 행동으로 그 장면을 연출하는지를 훤히 꿰뚫고 있었다. 그 시절 우리를 그렇게 즐겁게 상상의 세계를 꿈꾸게 했던 그 이야기책들을 어머님은 아직도 그렇게 신줏단지처럼 모시고 계셨던 것이다.

우리의 삶은 모두 습관으로 말미암아 그 사람의 평생을 좌우하게 된다. 바른생활, 반듯한 자세, 정직한 마음도 어릴 때 습관이 잘 되어 있기 때문에 평생을 편안하게 생활하게 되는 것이다. 독서도 습관이다. 어릴 적 어머님의 독서 습관은 어린 나에게 무언의 습관으로 굳어져 잠자기 전 책을 읽지 않으면 잠이 오지 않을 만큼의 독서 생활을 생활화하게 만들어 주었다.

어머님의 독서 생활이 바로 자녀의 독서 습관을 결정짓는 것이다.
참 좋은 계절이다.
손닿는 곳에 책 한 권을 올려 두고 이 가을을 보내 보자.

2009. 10. 29. 목

하여가何如歌와 단심가丹心歌

◇◇◇

    고려말의 학자이자 충신이었던 정몽주는 그릇된 기강을 정비하여 국체를 확립하고 훌륭한 인재를 등용하여 제반 제도를 재정비하는 등 기울어져 가는 국운을 바로 세우고자 노력하였다. 이에 반해 이방원은 정도전 등과 함께 아버지인 이성계를 추대해 새로운 나라 조선왕조를 열고자 하였다. 그때 마침 사냥을 나갔다가 낙마하여 병석에 누운 이성계를 병문안 온 정몽주의 마음을 슬쩍 떠보기 위해서 이방원은 '하여가'를 읊었다.

    此亦何如彼亦何如(차역하여피역하여) 城隍堂後垣頹落亦何如(성황당후원퇴락역하여) 我輩若此爲不死亦何如(아배약차위불사역하여)

    이런들 어떠하며 저런들 어떠하리/ 만수산 드렁칡이 얽혀진들 어떠하리/ 우리도 이같이 하여 백년까지 누리리라(이방원)

이에 답하여 정몽주가 부른 시조가 '단심가'이다.

    此身死了死了一百番更死了(차신사료사료일백번갱사료) 白骨爲塵土魂

魄有無也(백골위진토혼백유무야) 鄕主一片丹心寧有改理歟(향주일편단심영유개리여)

이 몸이 죽고 죽어 일백 번 고쳐 죽어/ 백골이 진토 되어 넋이라도 있고 없고/ 임 향한 일편단심이야 가실 줄이 있으랴

참 멋지고 근사한 한판 승부다. 우리 조상들은 나라 하나를 죽이고 살리는 일에도 이처럼 한 편의 글로 멋진 대결을 했던 것이다. 칼을 쓰는 이방원은 1367년생이고, 학자인 정몽주는 1337년생이니 정몽주보다 이방원이 30년이나 후배다. 그뿐만 아니라, 칼을 사용했던 무인들은 글과는 무관한 사람인 줄 알았다. 그런데 칼을 쓰는 이방원이 학자인 정몽주 못지않게 멋진 '하여가'란 시조를 지었다는 사실은 놀라운 일이 아닐 수 없다. 글을 한 편 탄생시킨다는 것은 참으로 힘든 일이다. 더구나 설명문이나, 논설문이 아니라 함축된 글인 詩로 자신의 생각을 정확하게 전달하기란 참으로 어려운 일이다. 특히 그 상대가 대학자인 정몽주에게 대역죄를 꿈꾸는 회유의 글을 전하기 위한 한 편의 글을 탄생시키기 위해 이방원은 밤마다 얼마나 고심했을까?

결국 이방원은 정몽주가 절대로 자기편이 될 수 없음을 확인하고 돌아가는 길인 선죽교에서 정몽주를 죽인다. 어쩌면 정몽주는 이 한 편의 단심가 때문에 죽었다고 볼 수도 있다. 행여 그 일에 동참하겠다든지, 아니면 조금 두고 보자는 식의 말미를 주는 시를 지었다면 또 다른 역사가 일어났을지도 모를 일이다. 글은 이처럼 보이지 않는 대단한 힘을 갖고 있는 것이다.

박근혜 대통령이 중국을 방문했다. 박근혜 대통령과 시진핑 중국 국가 주석은 이틀간(7시간 30분)을 함께 하면서 정상 간의 우의를 다졌다. 특히 시 주석의 요청으로 마련된 특별 오찬은 두 정상의 친밀도를 보여 주는 상징적인 행사라는 평가를 받았다고 한다. 이 행사에는 시 주석의 부인 평리위안 여사까지 함께한 오찬이었고, 화기애애하고 친밀한 분위기였다고 했다. 그런데 이 행사장에서 박 대통령은 오찬 시작 무렵 비즈니스 포럼에서 '선주붕우 후주생의先做朋友 後做生意'라는 중국 고사성어를 사용하여 연설을 했다고 한다. 먼저 친구를 만든 후에 비즈니스를 하라는 말을 중국어로 전하자, 시 주석은 이 말이 분명히 중국 사람들의 마음에 깊은 감명을 주었을 것이라고 답하며 반겼다고 한다.

　국가를 대표하는 대통령이 다른 나라를 방문할 땐 서로 선물을 주고받는 예의를 표하고 있다. 박 대통령과 시 주석 역시 방문의 기념으로 서로 선물을 주고받았는데, 시 주석이 박 대통령에게 전한 귀한 선물 이야기를 하고 싶다.

　먼저 우리 박 대통령은 시 주석에게 춘천옥으로 만든 찻잔 세트를 선물하며 "우리나라 춘천에서 나오는 옥으로 만든 찻잔인데 옥은 예부터 여러 잡귀를 쫓아낸다는 의미를 가지고 있다"라고 설명하며 이 선물을 전했다. 이에 시 주석이 박 대통령에게 전한 선물은 한중 관계의 발전을 의미하는 왕지환(王之換. 688~742)의 한시 시구詩句가 담긴 서예 작품을 선물했다. 이 시는 우리말로 해석하면 '해는 뉘엿뉘엿 서녘 하늘로 저물고/ 황하는 바다로 흘러가네/ 천리 너머까지 보기 위해/ 다시

한 층 누각을 오르네'라는 뜻이라고 한다.

　박 대통령께서 선물 받은 이 왕지환의 시는 중국인들 사이에는 초등
학생들도 암송할 정도로 널리 알려진 시라고 한다.

　시진핑 주석은 이 시를 선물하며 두 정상의 만남을 계기로 한중 양
국 관계를 한층 더 발전시키자는 메시지가 담겨 있다고 전했다. 이 시
의 의미를 설명한 시진핑의 이야기를 듣고 우리 박 대통령께서도 이 시
를 잘 알고 있으며 한국에서도 널리 알려진 시라 많은 분이 암송하고
있다는 말을 전했다고 한다.

　언젠가 텔레비전에서 우리나라의 역대 대통령들이 외국을 방문하고
돌아오며 받아 온 선물을 진열해 놓은 것을 방영한 적이 있었다. 그 선
물의 대부분이 그 나라의 특산물이거나 그 나라의 장인이 만든 귀한
특산품이나 공예품이었다. 그리고 대한민국 역대 대통령들이 외국을
방문할 때도 지금까지는 대부분 찻잔이나 우리나라 공예품을 전달한
다고 한다. 그런데 이번 시진핑이 선물한 것은 공예품이거나 그 나라의
특산품이 아니라 바로 왕지환의 한시 한 편이었다.

　이 얼마나 멋지고 황홀한 선물인가?

　이방원과 정몽주가 한 편의 글을 통해 거사를 넌지시 타진했고, 이
시를 듣고 단호하게 자신의 소신을 밝힌 정몽주의 시조처럼 글은 이렇
게 대단한 의미를 갖고 있는 것이다. 이번 중국 방문을 통하여 이 선물
을 준 시진핑 주석이나, 선물을 받은 박근혜 대통령은 이글의 뜻을 항

상 깊이 생각해 볼 것이라는 느낌이 든다. 글은 말보다 힘이 세다. 특히 詩는 많은 생각과 의미가 그 몇 문장 속에 함축되어 있다. 양국 우의의 뜻이 과연 어떠한 것인지를 모르지만 이 선물에 적혀진 왕지환의 시처럼 제발 아름답고, 바른 관계를 이루어 나가는 양국 관계가 되었으면 한다.

2013. 07. 05. 금

양반만 만들어 먹었다는 '숭어국찜'

◇◇◇

모든 사람에게는 자기만이 간직하고 있는 다양한 추억이 있다. 살면서 경험했던 일들이 자기에게 특별한 의미로 다가오는 그 경험이 바로 그 사람만이 간직한 추억의 기록이 되는 것이다. 그 많은 추억 중에서도 특히 어머니가 만들어 주었던 그 시절에 먹었던 유년의 음식들은 잊히지 않는다.

세상엔 맛있는 음식들이 참 많다. 신기하고 처음 보는 음식들도 많다. 그런데도 그 어렵고 어려웠던 시절에 어머니께서 해 주셨던 그 계절에 먹었던 음식이 유독 생각나는 것은 그 음식 속에 어머님의 사랑이 녹아 있기 때문이 아닐까?

친정어머님의 음식 중에 내가 잊지 못하고 있는 것이 바로 '숭어국찜'이다. 우리가 먹는 음식 중에 다양한 찜이 있다. 특히 거제도 음식 중에 봄이 되면 시골의 집집마다 즐겨 먹었던 것이 산나물 멸치찜이었다. 바다에서 건져 올린 멸치를 잘 다듬어 산나물과 섞어서 찜을 쪄서 먹는 것은 거제도 사람이면 누구나 알고 있다. 그런데 멸치 산나물찜도 맛이 있었지만, 그 시절 친정어머님이 만들어 주셨던 '숭어국찜'을 잊지 못하고 있다. 그리고 중요한 것은 멸치 산나물찜은 다 알고 있지만 거제도 사람들도 '숭어국찜'을 알고 있는 사람은 보지도 못했고, 또 '숭어국찜'을 만들어 파는 곳을 한 번도 보지 못했다.

봄이 되면 팔뚝만한 숭어가 내가 살았던 일운면 앞바다에 지천으로 나왔다. 또 숭어는 잡는 방법이 좀 특이했다. 정확한 용어로 어떻게 표현하는지 모르지만 우리는 '숭어둘이'라고 불렀다. 숭어가 잘 지나가는 바다목에 그물을 던져 놓고 언덕 위에서 숭어가 들어오는 것을 관찰하는 사람이 명령을 내리면 어김없이 그물 속엔 물 반 숭어 반이 되는 수확이 올랐다. 그 숭어는 봄 한철 우리에게 밥반찬으로 대단한 역할을 해 주었다.

내가 어릴 때 먹었던 '숭어국찜'을 만들었던 과정이 지금도 생생해 소개하고자 한다.

먼저 봄이 되면 잎이 돋는 엄나무, 두릅나무, 챔빗쟁이, 합다리 나물 등 여러 다양한 나물을 살짝 데쳐서 물기를 짠 후, 촘촘히 다져 놓는다. 그리고 싱싱한 숭어를 잘 다듬어 양쪽 살의 포를 뜬 후 남아 있는 숭어의 머리와 뼈를 무쇠솥에 넣고 장작불로 육수를 만들었다. 육수가 만들어지는 동안 익히지 않은 숭어의 포를 도마 위에 놓고 칼질을 하여 듬성듬성 다져 놓았다. 이때 너무 잘게 다지면 나중에 숭어 맛이 제대로 나지 않기 때문이다.

큰 양푼에 다져 놓은 숭어살과 다져 놓은 산나물을 올려놓고 된장을 먼저 풀어 고춧가루는 넣지 않고 마늘 찧은 것과 소금으로 섞으면서 간을 맞춘다. 이렇게 숭어살과 산나물을 잘 섞어 간을 맞추어 놓고 다음은 콩가루와 찹쌀가루를 뿌려 반죽을 만들었다. 반죽이 다 되고 나면 가족끼리 둘러앉아 그 반죽을 숟가락으로 조금 떠서 경단을 만들었다. 온 식구가 앉아서 숭어산나물 반죽을 경단으로 빚어놓으면 정말 소쿠리에 가득 쌓이게 된다.

경단을 다 빚을 때쯤이면 무쇠솥에서는 숭어뼈와 머리에서 육수가 나와 아주 맛난 국물로 변신한다. 이때 건더기를 모두 걸러 낸 후 맑은 숭어국물이 되면 조선간장으로 맛을 본 후 만들었던 그 경단을 무쇠솥에 넣어 익힌다. 다 익을 때까지 주걱을 부지런히 저어가면서 익히게 되는데, 이때 잘 젓지 않으면 경단이 터져버리거나, 무쇠솥에 눌어붙게 되므로 단단히 조심하면서 저어 주어야 한다. 무쇠솥에서 국찜이 소리를 내면서 보글보글 익는 소리가 나면 어머님은 경단을 건져서 시식을 먼저 하셨다. 간을 맞추기 위한 시식이기도 하지만 섣불리 건져내면 제법 알이 굵은 경단이 설익을 수 있기에 어머님은 경단을 몇 개씩 건져서 확인을 하셨다. 어린 시절에 내가 본 '숭어국찜'은 국물이 노란색이었다. 노란 국물에 채소와 숭어살이 어우러진 동글동글한 경단 덩어리가 듬뿍 들어 있는 모습이었다.

옛날에는 가족이 보통 예닐곱은 넘었다. 제일 먼저 할아버지 상에 경단이 듬뿍 들어가도록 한 그릇을 담아드린 후, 나이 든 어른의 순위대로 국찜을 담아냈다. 우리들의 몫은 말이 국찜이지 경단이 겨우 서너 개가 들어 있는 그야말로 멀건 국물뿐이었다. 그래도 그 맛은 일품이었고 봄이 되어야 맛볼 수 있는 음식이어서 더 맛이 있었다. '숭어국찜'을 한 그릇 뜬 후 그 위에 방아의 잎을 몇 개 얹어서 할아버지 상에 올리시던 그 모습이 봄이면 꼭 그리워진다.

그런데 그 '숭어국찜'은 우리 마을 다른 어머니들은 한 번도 만들어 먹지 않았다. 내 기억에 '숭어국찜'을 하게 되면 할아버지께서 마을 친구분들을 여럿 모시고 오셨다. 그리고 며느리가 만든 '숭어국찜'을 선보이고 자랑을 하셨다.

어머님은 고향이 거제면 내간리이다. 내가 살고 있는 옥림은 바로 바다와 접해 있어 어머님의 고향인 내간리보다 훨씬 생선 음식은 더 많이 먹을 수 있는 조건이었다. 그런데도 우리 마을에 '숭어국찜'은 없었다. 어린 기억에 어머님은 '숭어국찜'은 양반 음식이라고 했다. 그때 양반이 무엇인지도 몰랐던 시절이었지만, 그 '숭어국찜'은 외할아버지께서 즐겨 드셨던 음식이고 외할아버지께서 '숭어국찜'이 양반 음식이라고 하셨단다.

외할아버지께선 '거제 향교'에 다니신다고 하면서 가끔씩 우리 집에 오시면 마당에 멍석을 깔아 놓고 한시를 적으셨다. 그땐 향교가 어떤 곳인지 몰랐다. 향교는 조선 시대의 국가 주도의 학교 교육 기관으로 성균관과 사학이 있었고, 그 아래 지방에 설치된 유학 교육 기관으로서 관립 중등 교육 기관이 향교였다. 그러다 보니 외할아버지께선 향교에서 글을 읽는 사람들과의 친분이 있었을 것이란 생각이 들고, 또 외할아버지께서 직접 양반이 먹는 음식이라는 이야기를 어머니께 해 주셨다는 이야기도 머리에 남는다. 거제, 둔덕 지역은 고려 18대 의종 임금이 유배를 왔던 폐왕성에서 흘러나온 다양한 문화가 전수되었던 것 같

으니 그 '숭어국찜'도 행여 궁중 음식은 아니었던가 하는 순전히 혼자만
의 생각을 해 본다.

2020. 05. 18. 월

내 꿈은 좋은 아빠

✧✧✧

퇴근 무렵 전화가 한 통이 들어왔다.

몇 마디 나눈 이야기로는 도대체 누구인지를 몰라서 재차 확인한즉 2003년에 1학년을 담임했던 학생이었다. 마침 동료 직원 자녀의 첫돌잔치가 있어 잠깐 얼굴만 내민 다음 집으로 돌아오니 교복을 입은 아홉 명의 학생들이 와르르 내 앞에 달려들며 '선생님'을 외쳤다.

그러니까 이 녀석들을 담임했던 때가 꼭 9년째 접어드는 셈이다.

코흘리개로 1학년을 맡았던 녀석들은 벌써 중학교 3학년이 되어 남학생들의 얼굴엔 불쑥불쑥 여드름이 솟아올랐고, 어떤 녀석은 코밑에 수염이 발름발름 돋아나 있었으며, 여학생 두 명은 눈, 코, 입이 반듯반듯 윤곽이 드러나며 얼굴엔 제법 예쁜 티가 줄줄 흐르고 있었다. 이렇게 세월이 흐른 선생님을 잊지 않고 찾아왔다는 사실이 고맙기만 했다.

참 반가웠다. 모두 오래전 이야기를 쉼 없이 쏟아 내며 1학년 때의 이야기에 꽃을 피웠다. 이럴 때마다 늘 느끼는 일이지만, 내가 맡았던 아이들을 만날 때마다 나는 지금 꼭 그때 그 교실에 있는 것 같은 착각에 빠지곤 한다. 그리고 녀석들은 그 당시의 수업 현장을 즐겁게 이야기하지만, 그때 내 교육 방법과 내 교육 신조가 왜 그밖에 되지 못했을까 하는 교사로서의 아쉬움과 허점이 드러나는 순간을 맛보기도 하는 시간이 되기도 했다.

이 시간이면 얼마나 배가 고플까 싶어 우선 녀석들이 포식할 만큼의 저녁을 준비했다. 중학교 3학년이면 돌을 씹어도 소화가 될 나이다. 모두 맛있게 저녁을 먹으면서 한마디씩 했다.

"선생님, 할머니 되면요, 저희들이 오늘 저희에게 사 주셨던 음식 일일이 다 적어 두었다가 꼭 이만큼 사 드릴게요."

거짓말이라도 정말 듣기 좋았다.

저녁을 먹은 후 앞으로 자기들이 어떤 사람으로 살고 싶은지 꿈 이야기를 했다. 아홉 명의 녀석들이 모두 돌아가면서 희망을 이야기했다. 어디서 들었는지 변리사가 돈이 벌린다고 하니까 자기는 변리사가 될 거라고 하는 녀석, 마이스터고는 학비를 안 내니까 그 학교를 졸업하고 일찌감치 아버지처럼 조선소에서 일을 해 돈을 벌 것이라는 녀석, 그리고 포클레인 기사가 되겠다는 녀석도 있었고, 여학생 두 명은 모두 선생님 같은 좋은 선생님이 되고 싶다고 했다. 그것도 듣기 좋았다. 그런데 동영이는 말이 없었다. 내가 동영이의 희망을 묻자 머뭇거리다가 이렇게 말했다.

"저는 좋은 아빠가 되는 것이 꿈이에요."

나도 몰래 눈물이 픽 쏟아졌다. 나는 아이들이 혹시 내 눈을 쳐다보나 놀라서 어서 뒤로 돌아서 버렸다. 얼른 눈물을 훔치고 돌아서서 동영이를 쳐다보니 1학년 때 모습이 떠올랐다.

아버지와 어머니의 이혼으로 두 누나와 같이 할머니의 손에서 자라는 아이였다. 더구나 아직 적령기가 안 되었는데도 할머니께서 집에 혼자 둘 수 없으니 입학시켜 달라는 부탁으로 동영이는 또래와 비교해 꼭 1년이 늦은 나이인데도 1학년이 되었다. 오뉴월 볕도 하루가 다르다고. 1학년의 경우엔 1년 차이가 무서울 만큼 뒤처짐의 결과를 보여 주었다. 이런 뒤처짐의 원인 중엔 할머니께서 동영이의 교과서와 학습 준비물을 전혀 신경 써 주지 못하는 것도 큰 원인이 되고 있었다. 이러다 보니 동영인 자연히 동년배보다 학력도, 또래와의 생활 모습도 한 발짝 뒷전에서 힘들게 따라오게 되었다. 1학년을 마칠 즈음 동영인 겨우 한글을 깨우치게 되었고, 셈을 할 수 있게 되었다.

그렇지만 늘 웃는 얼굴을 보여 주어 출근하여 동영이의 얼굴만 보면 걱정이 전혀 없는 아이처럼 보였다. 방학이 되면 동영인 누나들을 따라 어머니를 만나러 도시로 가 있다 왔다. 그럴 때면 동영이 얼굴엔 까만 때가 벗겨지고, 한참이나 어머니 이야기를 들려주곤 했다.

나는 동영이가 좋은 아빠가 되겠다는 이야기에 내 잘못이 생각나 가슴이 아려왔다. 왜 그때 1학년밖에 안 된 동영이의 그 아픈 마음을 더 쓰다듬어 주지 못했을까? 왜 좀 더 그 아이에게 관심 가져 주지 못했을까? 허황된 꿈이라도 한참 큰 꿈에 부풀어 있어야 할 동영이가 '좋은 아빠가 되는 것이 꿈'이라고 한 것이 과연 누구의 잘못일까?

물론 좋은 아빠가 꿈이라는 이야기 자체가 나쁘다는 것이 아니다. 동영이가 말한 '좋은 아빠가 되는 것이 꿈'이라는 이야기엔 그 아이가 지금까지 성장하면서 가장 아픈 곳의 소원이었는지도 모른다. 동영이의 등을 두드려 주며 좋은 아빠가 되면 인생에 성공한 어른이 된다고 모든 아이에게 이야기를 해 주었다. 아이들이 모두 돌아가고 그날 저녁 정말 많은 생각을 하게 되었다.

가장 좋은 부모는 어떤 사람일까? 가장 좋은 스승은 어떤 사람일까?

학부모 강의를 다니면서 강의 마지막엔 가장 좋은 부모는 내가 낳은 자녀를 끝까지 책임지는 부모임을 말하고 있다. 그리고 자녀를 책임진다는 것은 교육을 잘 시키는 것도 중요하지만, 부부가 절대 헤어지지 않고 죽을 때까지 부모의 자리를 내놓지 않아야 한다는 이야기를 강조하고 있다. 부모가 헤어지는 일은 몇 달만 고생하면 해결되는 일도 아니고, 몇 년만 참으면 해결되는 일도 아니며, 죽을 때까지 자녀들이 짊어지고 갈 멍에이기 때문이다.

가장 좋은 스승도 바로 부모이다. 자녀들은 부모의 모습을 보고 자란다. 부모님께 하는 행동도, 이웃을 대하는 생활 태도도, 그리고 말과 지혜까지도 부모를 보고 자란다. 지적인 요소를 가르치는 담임 선생님보다 더욱 큰 스승이 바로 부모가 아닐까? 가정의 달이다. 우리는 어떤 부모의 모습을 보여 주고 있는 것일까 한 번쯤 생각해 보는 5월이 되었으면 한다.

———————

2011. 05. 21. 토

선택

◇◇◇

선택의 뜻을 사전에서 찾아보면 여럿 가운데도 원하는 것을 뽑아내는 것을 말하며, 문제를 해결하기 위한 몇 가지 수단을 의식하고, 그 어느 것을 골라내는 작용이 선택이라고 설명되어 있다. 인간은 어쩌면 태어나서 죽을 때까지 자신이 선택한 길을 가고 있거나, 아니면 타인의 선택에 따라서 자신이 그 길을 걸어가고 있다고 해도 과언이 아닐 것이다.

자신이 그 일을 선택할 때는 그 일의 상황이나, 시대적 현상이나, 자기가 처해 있는 여러 가지 사정을 심사숙고하게 된다. 밤을 새워가며 주변의 조언과 이미 그 길을 선택했던 결과를 되새겨 보면서 최선의 방법을 결정하게 된다. 그런데 최선의 방법은 아닐지언정 그 길을 택하지 않으면 안 되는 주변 환경이나, 아니면 다른 사람을 배려하기 위하여 원하지 않아도 그 길을, 그 방법을, 그 사람을 택해야만 하는 선택의 길도 있다.

선택의 과정에서 이렇게 심사숙고하고, 고민하고, 깊게 넓게 생각해야 하는 이유는 선택엔 책임이 따르기 때문이다. 그래서 물건을 구입할 때는 그 물건의 가치와 쓰임새와 그걸 맞는 금액을 대충 생각해서는 안 된다. 그렇게 심사숙고하여 구입한 물건은 그 몫을 다하게 되며, 사용할 때마다 그 물건을 정말 잘 샀다고 혼자만의 기쁨을 맛보게 된다.

또한 직장을 택할 때는 내 적성과 전망과, 그 일의 가치를 여러 분야로 생각하며 길을 찾아가야 할 것이다. 그렇게 결정한 직장에서는 힘들고 어려운 일도 거뜬하게 넘길 수 있으며 자신에게 맡겨진 일을 한 가지 한 가지 이루어 낼 때마다 희열을 느끼는 행복한 마음으로 근무할 수 있으며, 직장에 애착심 또한 대단한 것이다.

그뿐만 아니라, 문제를 해결하는 선택의 경우엔 옳고 그름을 판단하는 척도가 정확해야 하며, 그 판단 때문에 누군가 억울함을 당하는 일이 없어야 하고, 누가 들어도 현명하고 바른길임을 인정할 수 있는 지혜로움이 동반되어야 한다. 오죽했으면 왕의 자리에 오른 솔로몬이 자신이 왕이 된 후에 올린 기도 중에서 지혜를 달라는 기도를 제일 먼저 했을까?

그런 다양한 종류의 선택 중에서도 가장 중요하고 신중한 선택이 바로 사람을 선택하는 일인 것 같다. 사람을 선택하는 일이 정말 많겠지만 그 중에서 나라를 책임질 정치가를 선택하는 일은 대단히 중요한 일!이다.

선택에 관한 성인들의 말을 빌리자면 톨스토이의 명언을 생각하지 않을 수 없다. 다른 사람에게 자신이 믿고 따르는 가치관과 종교를 믿도록 강요하는 사람이 있는가 하면 자기가 결정하기보다는 다른 사람의 말을 맹목적으로 믿고 그들에게 선택을 맡기는 사람이 있다고 했다. 그런데 이런 결정을 한 전자나 후자나 똑같은 잘못을 저지르고 있다고 했다.

또한 논어에는 즉흥적인 생각으로 하는 행동에는 과오가 많다고 했다. 그러나 지나치게 생각만 하면 실행력이 둔해지기에 두 번 생각해서 옳다고 판단되면 행동해 봄직도 하다는 말을 남기고 있다.

톨스토이의 명언을 살펴보면 그 선택을 심사숙고하여 자신이 결정하였거나, 아니면 다른 사람들의 논의에 따라서 결정된 선택을 추종하는 사람이라고 하더라도 그 선택은 모두 잘못을 저지르고 있다고 했다. 또한 논어에 나와 있는 명언을 살펴볼 때 즉흥적인 판단으로 선택을 하면 과오가 많다고 밝히고 있다. 그러나 옳다고 하는 일을 너무 오랫동안 생각하면 실천력이 둔해진다고 말하고 있다. 그럼 어떻게 해야 올바른 선택이란 말인가? 그만큼 선택이라는 것이 힘들고 어려우며 책임이 따른다는 뜻이다.

요즈음 우리나라 국민이 사람을 선택해야 하는 선택의 기로에 서 있다.
내가 택한 선택에 따라 우리 지역의 정치가, 우리나라의 정치가 어떤 길을 가게 될 것인가를 결정하는 '총선'의 선택은 대단히 중요한 일이다.
정치인들이 국민에게 약속한 사항들이 다 지켜졌다면 지금 국민이 경제고에 시달리지 않고 안정된 사회에서 풍요로운 생활을 구가하고 있을 것이다. 또한 선거 기간 동안 내뿜는 거창한 공약이 다 지켜졌다면 우리가 선택한 사람에게서의 실망은 없었을 것이다.

정치권이 이렇게 된 데에는 정치권 못지않게 유권자들의 뒤떨어진 정치의식도 한몫을 하였을 것이다. 4년 혹은 5년 만에 한 번 오는 단 한 번의 권리 행사로 정치권을 바꿔 보자고 단단히 벼르고 있지만, 실지로 선거 때가 되면 학연과 지역감정에 휩쓸려 대표 '선택'에 실수를 반복하고 있다.

정치가 개혁되려면 올바른 선거 문화가 이루어져야 한다. 정치인들은 선거용 약속이 아닌 자기 능력과 노력으로 꼭 지킬 수 있는 약속만 하고, 유권자는 학연이나 지연 등에 얽매이지 않고 인물됨을 정확히 판단해 진실되고 일 잘하는 인물을 '선택'하는 일에 신중을 기해야 할 것이다. 그래서 정치인이나 국민이 옳다고 생각한 대로 행동하지 않아 그 후유증이 국민의 몫으로 돌아와 역사 앞에 부끄러운 모습으로 비쳐지는 일이 있어서는 안 되는 성숙한 모습을 이번 총선에서 보여 주어야 할 것이다.

2012. 03. 29. 목

구세군의 자선냄비

◇◇◇

지난 11월 30일 한겨울, 거리를 울리는 구세군의 종소리가 울렸다. 이 구세군의 자선냄비는 12월 24일까지 모금 활동이 실시되는데 구세군 종소리가 울리자 당장에 많은 사람의 손길이 모아져 구세군 자선냄비의 출발 온도는 31도에서 시작될 만큼 밝은 전망을 알려 주고 있다는 기분 좋은 뉴스를 들었다.

해마다 이때가 되면 거리를 밝히는 이 구세군 자선냄비의 유래는 어디서부터 출발하였을까? 구세군의 창립은 영국에서부터 시작되었다. 그 당시 영국의 사회 현실은 산업 혁명 후기증상으로 많은 실업자와 빈민들이 생겨나게 되었고, 정신적 타락과 알콜 중독, 윤락 행위 등의 제반 사회 문제가 심각해지는 데도 교회가 아무런 제안을 제시하지 못하고, 당사자들도 교회에 무관심하자 윌리암 뿌드 목사는 가난한 사람을 위한 교회 운동을 펼치게 되었는데 그것이 구세군의 효시가 되었다.

당시 구세군의 표어인 [3S] 운동을 중심으로 런던 빈민가에서 시작한 이 선교 운동은, 가난한 사람들과 소외당한 사람들에게 새 힘을 불러일으켜 기독교 정신 그대로 영혼이 구원받고 자립된 시민으로 살아가게 하는 생명력 있는 기독교 선교 운동이 되었다. [3S] 운동이란 Soup(:국의 뜻), Soap(소프:비누의 뜻), Salvation(샐베이션:구원의 뜻)의 영어 첫 글자로서, 글자 그대로 가난하고 소외된 이웃에게 전도지를 한 장 나누어주기보다는 먼저 따뜻한 국으로 몸을 지탱케 하고, 비누로 더러움(죄, 무지, 미자립, 가난의 습관 등)을 깨끗이 씻어 내어 스스로 건전한 사회인이 되게 하며, 이와 더불어 복음(성경 말씀=예수 그리스도)을 전함으로 참된 기독교적 구원을 받는 사람이 되도록 한다는 뜻이 들어 있다고 한다.

이후 1891년 성탄이 가까워 오던 미국의 샌프란시스코에서 자선냄비는 그 첫 종소리를 울리게 되었다. 도시 빈민들과 갑작스러운 재난을 당하여 슬픈 성탄을 맞이하게 된 천여 명의 사람들을 먹여야 했던 한 구세군 사관은 어떻게 이 문제를 해결할 수 있을까를 고민하던 중 기발한 생각이 떠올랐다.

바로 옛날 영국에서 가난한 사람들을 돕기 위해 누군가가 사용했던 방법이었다. 그는 오클랜드 부두로 나아가 주방에서 사용하던 큰 쇠솥을 거리에 내걸었다. 그리고 그 위에 이렇게 써 붙였다. '이 국솥을 끓게 합시다.' 얼마 지나지 않아 그는 성탄절에 불우한 이들에게 따뜻한 식사를 제공할 만큼의 충분한 기금을 마련하게 되었다.

이렇게 이웃을 돕기 위해 새벽까지 고민하며 기도하던 한 사관의 깊은 마음이 오늘날 전 세계 100여 개국에서 매년 성탄이 가까워지면 실시하게 되는 구세군 자선냄비의 출발점이 되었다. 그리고 그 정신은 오늘날 모든 구세군 자선냄비의 종소리를 타고 우리 사회 깊숙이 파고들어 모든 이들에게 이웃 사랑의 절실한 필요성을 되살려 주고 있으며, 모두가 더불어 잘 살아가는 아름다운 사회 만들기에 기여하고 있는 것이다.

한국에서는 1928년 12월 15일 당시 한국 구세군 사령관이었던 박준섭(조셉 바아) 사관이 서울의 도심에 자선냄비를 설치하고 불우 이웃 돕기를 시작하게 되었다. 그 당시 조선은 일제의 약탈로 거리에 내몰린 거지와 부랑아들이 너무나 많았다. 이들에게 나눔의 기쁨과 먹거리를 제공해 주기 위하여 스웨덴 선교사가 서울시 번화가에 자선냄비를 달아 847환의 돈을 모금하게 되었는데 그 돈으로 쌀 20가마니를 사서 죽을 쑤어 이들에게 먹거리를 제공하였다.

이렇게 시작한 우리나라 구세군의 출발은 지금은 76개 지역, 300여 곳에서 온정의 손길이 모아지고 있는데 지난 2011년 구세군의 모금 금액은 48억 9천만 원에 이를 만큼 많은 금액이 모여 어려운 사람을 도왔으며 올해 모금액의 예상 금액은 50억 원이라고 한다.

구세군 자선냄비가 만들어진 후 일어난 많은 훈훈한 이야기 중 익명의 60대 신사 한 분이 자선냄비에 하얀 봉투 한 장을 놓고 사라졌는데 그 속엔 1억 1천만 원의 성금이 들어 있었고, 봉투 속엔 거동이 불편하고 소외된 어르신을 위하여 사용하여 달라는 내용이 있었다. 이 신사뿐만 아니라, 3천만 원, 4천 5백만 원의 큰돈을 익명으로 자선냄비에 넣고 가는 사람이 있었다고 하니 우리네 세상은 아직은 살아볼 만큼 훈훈하고 행복한 사회가 틀림없다.

특히 올해는 자선냄비에 디지털 신용카드 단말기가 부착되어 있어 현금이 없는 사람들도 그곳이 어디라도, 당신이 어디에 있어도, 지구의 아이들을 웃게 할 수 있다는 표어를 실천할 수 있을 만큼 편리한 자선냄비를 마련하여 사람들의 손길을 기다리고 있다고 한다.

계절이 가고 있다. 한 해가 마무리되는 시점이다. 이때쯤이면 우리는 내 삶의 1년을 결실해야 할 때이다. 2012년 새해를 열 때 세웠던 내 삶의 목표를 다시 살펴보며 사업의 손익계산서뿐만 아니라, 사회 환원 손익계산서를 한 번쯤 만들어 보자. 나는 따뜻한 대한민국을 위하여 2012년 어떤 일을 했던가?

2012. 12. 08. 토

선물로 받은 아오자이

◇◇◇

지난 겨울 방학 나는 참으로 귀한 경험을 하였다. 그동안 함께 공부하고 있던 외국인 결혼 이민자들과 그들의 친정 방문을 함께 다녀온 일이다. 조선족 결혼 이민자 3명과 함께 중국을 먼저 다녀왔고, 다시 학년 말 방학을 맞이하여 베트남 누엔티리 가족 3명과, 레티슈언 가족 3명이 베트남을 방문한 일이다.

이들과 동행한 겨울 나들이는 지금까지 내가 알고 있었던 외국인 여성 결혼 이민자들에 대한 인식을 바꾸어 놓은 계기가 되었다. 2006년부터 4년간이나 그들과 함께 머리를 맞대고 체험 활동을 통한 글쓰기 지도를 해 오고 있었기에 다른 사람보다 외국인 여성 결혼 이민자들에 관하여서는 어느 정도는 알고 있다고 스스로 자부하고 있었다. 그러나 그들과 함께 음식을 나누어 먹으며, 놀이를 함께 하면서 서툰 언어로 주고받은 이야기 속엔 그들의 한국생활의 어려움이나 눈치챘을 뿐이지 그들이 진정 누구인지는 알지 못했음을 이제사 깨닫게 되었다.

정말 그들이 태어난 곳, 그들의 부모님, 그들이 살아온 모습, 그리고 무엇보다도 그들이 한국으로 시집 와야 했던 속내를 전혀 알지 못하고 그들을 안다고 생각한 내 자신이 부끄러웠다.

중국에서 본 그들의 가족은 너무나 행복한 가정이었다. 아직도 젊음이 넘치는 아버님과 심양사범대학을 나와 중학교 교사를 지낸 어머님, 그리고 고등학교 교사인 언니, 항상 웃는 얼굴로 우리를 대했던 형제들. 우리를 맞이한 그 가족의 모습은 풍요롭고도 안정된 가족임이 몸으로 느껴졌다. 조선인 W 씨가 위생대학을 나와 간호사로 일하며 행복하고 경제적 어려움이 없는 중국 생활을 두고 굳이 한국 사람과 결혼한 이유를 알고는 정말 놀라움을 금할 수 없었다.

W 씨의 가족은 중국에서 상류층의 생활을 누리고 있으면서도 한 시도 그들이 조선족임을 잊지 않고 있었다고 한다. 그래서 그의 아버지는 딸을 중국 사람과 결혼시키지 않으려 한국 남자를 찾았고, 사랑하는 딸이 결혼하는 사람이 어떤 사람인지도 모른 채 단지 대한민국 남자라는 이유 하나로 한 남자를 딸려 시집을 보냈다고 한다. 그뿐만 아니라 아버지는 두고 온 북쪽의 고향인 신의주를 못 잊어 압록강변의 21층 아파트를 사 놓고 지금도 고향인 신의주를 바라보면서 살고 있었다. 그러니까 W 씨는 자신의 딸이 대한민국 국민이 되길 바라는 아버지의 강한 민족혼 덕분에 결혼 이민자가 된 셈이다.

베트남 가족인 레티슈언 역시 참으로 행복한 시골집의 셋째딸이었다. 넓은 들녘 한가운데에 아담한 양옥집을 지어놓고 고추를 심고, 벼를 심으며 울도 담도 없이 망고나무 한 그루 건너에 삼촌 집이 있고, 야

자수 건너서 고모 집이 있어 그냥 소리치면 한달음에 달려오는 인정이 넘치는 그런 시골에서 자란 고운 아가씨였다. 가족 모두가 서로를 위하고 아끼며 대한민국 국민이 겪었던 70년대의 그 모습으로 예쁘게 커 온 아가씨였다.

누엔티리도 역시 마찬가지다. 한국에서 친정 나들이를 나온 딸과 사위를 위해 온 가족이 공항으로 달려 나와 얼싸안고 부둥켜 우는 그 모습이 아직도 눈에 선하다. 낯선 사람인 나에게 보여 주었던 이웃 사람들의 정스러움이 지금도 잊히지 않는 아름다운 가정의 아가씨였다. 이들의 한국행은 부모님의 한국인에 관한 선호도가 아니었다. 이들의 한국행은 보다 나은 미래를 위해 과감하게 자신의 자리를 박차고 나온 위대한 여성들이었다. 경제적 궁핍으로 언제 형편이 펴질지도 모르는 모국의 어려움을 지켜보기보다는 경제력이 우수한 대한민국으로 시집가 자신의 꿈을 키워보겠다는 대단한 모험심과 적극성과 선각자적인 앞선 의식을 가진 아가씨들이었다.

세계 인류학자들의 의견에 따르면 세계의 인구는 보다 나은 삶의 향상을 위하여 이동하고 있는데 그중에서도 여성들의 이동이 눈에 띄게 드러나는 현상을 보이고 있다고 한다. 한국으로 시집온 이들도 세계 여성의 인구 이동에 동승한 사람들인 셈이다. 한국으로 시집와 그들의 꿈을 키우고, 가난한 가족도 돕겠다는 장한 의지를 가지고 처음 본 한 남자를 따라서 대한민국으로 시집온 것이다.

이런 건강한 의식을 갖고 한국으로 시집왔기에 그들의 삶은 정말 적

극적이고 긍정적이다. 배움에 충실하고, 한국을 하루빨리 알고자 노력하는 태도가 돋보이는 삶을 살고 있다. 남편을 알뜰하게 잘 모시고, 농촌 생활의 어려움을 이겨 내면서 노부모를 잘 모시고 있다. 그리고 이젠 대한민국 아줌마가 다 되어 자녀들의 교육을 위해 학원가를 더듬고 다니며, 한국 문화 속으로 달려가기 위해 열심히 살아가고 있다.

베트남을 방문한 첫날은 레티슈언의 집에서 보냈다. 가족들과 월남쌈도 만들고 망고 열매 수액을 바가지에 담아 함께 마시며, 물소와 병아리와 돼지가 함께 살고 있는 뒤뜰에서 사진도 찍으며 즐겁게 보냈다. 레티슈언의 집을 떠나올 때 레티슈언의 어머니는 내 손을 붙잡고 눈물을 흘리며 딸을 부탁한다는 이야기를 전했다. 이튿날은 누엔티리의 집에서 묵었다. 마침 그날이 누엔티리 친정어머님의 제삿날이어서 베트남의 제사 풍습을 눈여겨볼 수 있었다. 베트남은 제사를 밤에 지내는 것이 아니라 낮에 지냈다.

별다른 의식 없이 많은 음식을 차려놓고 장남이 묵념만 올린 후 온마을의 사람들을 초대해 잔치를 열었고, 마을 사람들은 음식을 먹고 마시며 정담을 나누고 처음 만난 한국 사람인 나를 살갑게 맞이해 주었다. 12시부터 시작한 이 잔치는 3시경이 되어서야 사람들이 모두 돌아갔다.

레티슈언 가족과 누엔티리 가족은 친정 나들이를 시켜 준 나에게 선물을 주겠다는 제안을 했다. 그 선물이 바로 베트남의 전통 의상인 '아오자이'이다. 흔히 가게에서 판매하는 것을 선물하는 것이 아니라 누엔티리의 친정 올케가 직접 만들어 주겠다며 여러 사람 앞에서 목덜미부터 몸의 부분 부분을 열심히 쟀다. 나는 그때 논문 발표 일정에 바빠 레티슈언과 누엔티리 가족을 베트남에 남겨 두고 3박 4일의 일정을 마치고 내가 먼저 돌아왔다. 두 가족은 한 달간 친정에서 지내고 돌아왔는데, 그때 치수를 쟀던 검정 바탕에 황금빛 수를 놓은 '아오자이'를 갖고 와 나에게 전하며 이들이 한마디 했다.

"선생님, 밥 많이 먹으면 '아오자이' 안 예뻐요. 베트남 아가씨들은 아오자이 입으려면 며칠씩 굶어요. 선생님도 굶어야겠어요. 그리고 한국 사람이 많이 모이는 날에 우리 아오자이 많이 입어 소개해 주세요."

나는 레티슈언과 누엔티리의 부탁을 잊지 않고 지금도 다문화 강의를 하게 되면 이들이 선물해 준 아오자이를 꼭 입고 가서 강의를 하곤 한다.

2009. 03. 26. 목

또 다른 출발

◇◇◇

학교는 다른 기관과는 달리 1월에 한 해를 출발하여 12월에 업무의
끝을 맺는 것이 아니라, 3월에 시업식을 시작하여 2월이면 한 학년을
끝나는 종업식으로 마무리를 한다. 그래서 해마다 2월이 되면 정들었
던 아이들을 보내는 졸업식을 갖게 되고, 또 1년 동안 함께 했던 학급
의 아이들을 진급시키는 이별을 하게 된다. 그뿐만 아니라, 교사들도 자
신의 희망에 따라 원하는 학교로 이동을 하게 되어 학교는 2월이 되면
왠지 모르게 스산하고, 쓸쓸한 기운이 감돌기 시작한다.

졸업 시즌이다. 졸업이라는 낱말이 주는 의미는 새로운 출발이라는
의미보다는 어떤 일을 끝내야 하는 아쉬움과 허전함이 뒤섞이는 느낌이
많다. 까마득한 이야기지만 우리들의 초등학교 졸업식은 참으로 슬펐다.
내 기억으로 초등학교를 졸업할 때 여자 친구들의 절반이 중학교 진학
을 못하고 열네 살 어린 나이로 봉제공장을 찾아 일하러 떠났다. 그래서
그 친구들이 도시로 떠나기 전날, 시골 여자아이들은 함께 모여 호롱불
밑에서 서로를 붙들고 밤을 지새우며 눈물을 흘리고 헤어져야만 했다.
이렇게 중학생이 된 절반의 친구들이 3년의 중학교 시절을 보낸 후, 졸업

을 하게 되면, 또 절반의 친구들은 고등학교를 진학하지 못하고 취업 전선에 들어서게 되어 중학교의 졸업식장은 더 큰 눈물바다를 이루었다.

어느 고등학교 졸업식에 참석하게 되었다. 강당으로 들어서다 나도 몰래 멈춰서고 말았다. 질서정연하게 줄을 지어 앉아 있는 재학생과 졸업장을 받기 위해 단상 앞으로 나가고 있는 학생들의 모습이 근래에 보기 드물 정도로 반듯하고 진지하여 감격하고 말았다. 가지런히 빗어 넘긴 머리에 반듯하게 교복을 차려입은 졸업생들의 모습을 보니 내 마음이 다 후련해졌다. 고등학교와 중학교 졸업식장에서 이런 진지한 모습을 만난 지가 참으로 오래된 것 같다는 생각이 들었다.

내 기억에 남은 눈물의 졸업식장보다 세월의 흐름에 따라 졸업식도 변화를 가져와 요즈음은 졸업식이 축제의 날처럼 행복하고 희망차다. 졸업식이면 당연하게 자리 잡은 내빈 축사도 없애고, 이런저런 대외상도 대표 학생 한 명만 받게 했다. 그러나 3년 동안 최선을 다한 학교생활을 상징하는 졸업장만은 교장 선생님께서 직접 한 사람씩 앞으로 나오게 하여 전해 주셨다. 이때 졸업생들이 직접 제작한 동영상이 상영되었는데, 이 동영상의 내용이 참석했던 모든 학부모와 재학생에게 즐거움을 선사했고, 재학생들이 준비한 조촐한 노래와 합창도 신선함을 보태어 주었다.

한 사람 한 사람 단상으로 올라가 교장 선생님께 졸업장을 받고 담임 선생님과 마지막 악수를 나누는 장면을 보다가 참으로 요즈음 보기 드문 감동의 장면을 목격하게 되었다. 고래만큼 덩치가 큰 남학생 한 명이 노장의 담임 선생님을 안고 펑펑 눈물을 흘리는 게 아닌가? 모두 숙연해졌고, 잠시 동안 졸업식장은 정적이 감돌았다. 담임 선생님은 눈물을 닦아 준 후 그 학생을 다정하게 안아 주었다.

이어서 다음 반이 단상에 올라왔다. 이번엔 정반대의 장면이 연출되었다. 역시 덩치 큰 남학생 서너 명이 담임 선생님을 번쩍 들어 헹가래를 쳤다. 이번엔 참석했던 모든 사람이 환호성을 질렀다. 반전의 웃음소리가 졸업식장을 채웠고, 다시 졸업식장은 희망과 행복함으로 번져 갔다. 특히 졸업장을 받는 순간 본인의 재미있는 스냅사진이 정면의 화면에 나와 졸업생을 모르는 사람들도 그 학생의 학교생활을 대충 짐작할 수 있을 만큼 학생들의 행동과 표정이 신선하고 아름다워 보였다. 정말 축제의 졸업식이었다. 졸업식이 끝나고 운동장에서 졸업생들의 행동을 살펴보았다. 가족과 친구들과 사진을 찍기도 하고, 학교 스탠드에 앉아 담소를 나누기도 하다가 조용히 학교를 빠져나가고 있었다.

몇 년 전 이 학교의 졸업식장 장면을 떠올려 봤다.
학생들은 '졸업'이라는 말이 진정 무엇을 뜻하는지를 정확히 모르고 있는 것 같았다. 졸업식을 진행하는 것은 담당 교사뿐이었고, 학생들은 졸업식의 행사를 거들떠보지도 않고 소란을 피우고, 잡담으로 시간을 보냈다. 졸업식이 끝난 후의 행동은 더욱 심했다. 교복을 찢기도 하고, 달걀을 던지고 밀가루를 뿌리기도 하며, 심지어 어떤 학생은 케이크를 얼굴에 던져 친구가 숨도 쉬지 못할 만한 행동을 하는 학생도 있었다.
몇 년 전, 소란이 난무했던 졸업 현장이 반듯한 교복, 진지한 참여, 그리고 담임 선생님을 부둥켜안고 눈물을 흘리고, 헹가래로 담임 교사의 고마움을 기억하고자 하는, 이 변화를 가져오게 한 것은 과연 누구였을까? 졸업식장을 빠져나오며 졸업식 분위기가 이렇게 변화되기까지 이 학교의 학생들을 바르게 지도해 오신 모든 선생님께 저절로 고개가 숙여졌다.

> 흔들리지 않고 피는 꽃이 어디 있으랴!/ 이 세상 그 어떤 아름다운 꽃들도 다 흔들리며 피었나니/ 흔들리면서 줄기를 곧게 세웠나니/ 흔들리지 않고 가는 사랑이 어디 있으랴/
>
> 젖지 않고 피는 꽃이 어디 있으랴/ 이 세상 그 어떤 빛나는 꽃들도 다 젖으며 젖으며 피었나니/ 바람과 비에 젖으며/ 꽃잎 따뜻하게 피었나니/ 젖지 않고 가는 삶이 어디 있으랴 (도종환)

졸업은 끝이 아니라 또 다른 시작이다. 졸업하는 학생들은 각기 나름대로 또 다른 세상을 향해 새로운 출발을 하는 것이다. 도종환의 시처럼 이들이 더 큰 세상을 향하여 항해를 하는 동안 비와 바람을 맞게될 수도 있고 많은 시련을 당하기도 할 것이다. 이 세상에 흔들리지 않고 피는 꽃은 없다고 했다. 비와 바람에 흔들리며 젖으며 아름다운 꽃을 피운다고 했다. 이제 졸업을 한 학생들이 더 큰 세상으로 나가는 도중 만나는 시련을 이겨 내고 아름다운 꽃을 피우게 하는 데 밑거름이되어 줄 사람이 우리 사회이다. 사회는 이렇게 모든 학생이 바른길로 가도록 걱정없이 뒷바라지를 해 주는 비고츠키가 말한 비계 설정의 주인공이 되어야 하지 않을까?

2014. 02. 21. 금

제4부 : 문학의 고향

문학의 고향

◇◇◇

한 발자국도 물러서지 않을 것 같았던 더위가 구월로 들어서자 아무런 미련도 없이 머리를 숙이고 초저녁 풀벌레 소리에서 가을이 묻어난다. 세상에서 가장 자기 몫을 잘하는 이가 자연인 것 같다. 누가 귀띔해 주지 않아도 잎을 피우고, 열매를 달고, 물러설 때를 알고 옷을 갈아입는 자연의 순리에 저절로 고개가 숙여지는 계절이다.

아직 설익은 가을 초입에 우리 거제엔 문학의 향기가 섬 전체를 뒤덮었다. 한국문협거제지부에서 해마다 실시해 온 선상문학회와 유배문학의 밤, 그리고 청마문학제로 문학축제의 가을을 열었다.

전국의 문인들이 대거 참석한 유배문학의 논쟁에서 행사장은 어느 해보다도 뜨거워지기 시작했다. 우리가 고등학교 교과서에서 배웠던 정서의 '정과정곡'이 지금까지 부산의 동래에서 창작된 것으로 알려져 왔지만, 오랜 기간 동안 거제유배문학을 연구해 온 고영화 선생님에 따르면 어쩌면 정과정곡의 출생지가 거제임을 거론할 수 있는 증거를 내세웠기 때문이다. 물론 이 거론에 맞대결을 하는 진주교대 송희복 교수님의 증거 제시도 만만치 않았고, 이에 정서의 후손인 부산 거주 수필가가 후손으로서 정과정곡이 탄생한 곳에 관한 논거도 대단한 흥미를 주었다.

'정과정곡'은 우리말로 전하는 고려가요 가운데 작자가 확실한 유일한 노래이다. '고려사' 악지에 따르면 작자는 인종과 동서지간으로 오랫동안 왕의 총애를 받아 왔는데, 의종이 즉위한 뒤 참소를 받아 고향인 동래로 유배되었다. 이때 의종은 머지않아 다시 소환하겠다고 약속했으나 오래 기다려도 소식이 없었다. 이에 거문고를 잡고 이 노래를 불렀다고 한다. 작자가 귀양에서 풀려난 것은 무신의 난이 일어나 명종이 즉위한 해였다. 작자의 호를 따서 후세 사람들이 이 노래를 '정과정'이라 하였다. 유배지에서 신하가 임금을 그리워하는 정을 절실하고 애달프게 노래하였다 하여 '충신연주지사忠臣戀主之詞'로 널리 알려졌으며, 그 때문에 궁중의 속악 악장으로 채택되어 기녀는 물론 사대부 간에도 학습의 대상이 되었다고 한다.

'정과정곡'이 어디서 탄생된 것인지는 우리는 아무도 모른다. 부산에서 탄생된 것이라고 주장하는 문인들은 부산에서 탄생된 타당한 근거를 제시하였고, 부산이 아니라, 거제에서 탄생했을 것이라고 주장하는 학자도 그 근거를 제시하였다. 그러나 우리는 아무도 모른다. 그 작품을 창작한 본인이 이 작품의 고향을 말하지 않은 한 우리는 아무도 어느 것이 옳다고 말할 수 없는 것이다. 다만 그 작품을 쓴 본인만이 알 수 있을 뿐이다.

내가 고등학교 3학년일 때이다. 그때도 거제도엔 옥포대첩백일장이 있어서 거제도 전역의 문학 청소년들은 옥포대첩백일장에서 장원을 하는 것이 마치 학생문학 등단의 출입문이 되는 것처럼 공인되어 있어 글을 쓰는 청소년들은 그곳의 통과를 꿈으로 여기고 있었다.

그해 옥포대첩백일장의 시제는 '옥포만'이었다. 참석한 학생들은 옥포만의 수채화를 문자로 표현하기 위해 노심초사하며 글을 쓰기 시작했고, 필자도 점심시간이 지나갈 무렵 백일장의 종료를 알리는 징 소리에 마지막 손질을 한 작품을 제출했다.

요즘은 백일장이 끝나 작품만 제출하고 돌아오면, 후에 심사 결과가 공문으로 전달되지만, 그 당시엔 문인들이 직접 그 자리에서 심사를 했고, 그 자리에서 시상식까지 하여 참여한 학생들은 작품 제출 후 서너 시간은 족히 그 자리에서 결과를 기다려야만 했다. 드디어 심사 결과가 나오고 나는 꿈에도 그리는 '장원'을 하게 되어 함께 수상했던 친구들과 기쁨을 나누고 있을 때였다. 내 기억으로는 부산일보라고 생각되는데 그 기자가 장원한 학생을 찾아 인터뷰를 한다고 나를 찾았다.

나는 지금도 그때의 그 당혹함을 아직도 잊지 못하고 있다. 옥포만이라는 시제를 받고 옥포만을 어떻게 그려 갈까 망설이다가 마침 그곳에서 멸치를 잡고 있는 어선을 보고, 어부들의 억센 팔뚝과 첫 승전을 울렸던 병사들의 모습을 은유하며 그 전설이 옥포만에 휘돌아 거제를 빛내고 있다고 표현하였던 것 같다.

그런데 그 기자는 어부의 팔뚝과 전쟁에 참여하는 병사의 팔뚝을 그린 나의 생각과는 전혀 다른 질문을 하며, 그런 표현을 고등학교 3학년 학생이 어떻게 할 수 있느냐고 내 문학성에 감탄하는 찬사를 보냈다.

그때 나는 분명히 내가 표현한 것은 그런 의미가 아님을 전해야 했었다. 그런데도 나는 용기가 부족했던 탓이었는지, 아니면 그 기자가 말한 것처럼 고등학생이 할 수 있는 의미 부여가 아닐 만큼 대단한 작품이라는 칭찬에 더욱더 진실을 말하지 못한 것이 아닌지 모르겠다. 하여튼 그렇게 내 작품은 내 의도와는 전혀 다른 해석으로 부산일보를 장식하였고, 그 신문을 읽은 국어 선생님께선 내 작품을 칭찬하며 앞으로 큰 문인이 될 것이란 축복과 함께 그 작품을 시화로 만들어 학교에 전시해 주었다.

나는 그 작품이 전시되어 있는 골마루를 지날 때마다 정말 눈을 감고 지나가야만 했다. 글은 분명히 내 작품이었지만 신문의 인터뷰 내용은 전혀 내 것이 아니기에 그 뒤에 시에 관한 나의 생각은 달라지기 시작했다. 시는 시를 쓴 사람만 그 내용을 안다는 것을 어렸을 때부터 경험하였기 때문이다.

정말 정서의 정과정곡이 의종을 향한 사모의 노래였는지? 부산에서 탄생하였는지? 아니면 거제에서 탄생하였는지는 아무도 모른다. 그 작품을 쓴 작자만이 알 뿐이다.

유배문학의 밤에서 사회자로, 주제 발표자로, 토론자로 나온 모든 분이 내린 마지막의 결론은 정서의 정과정곡이 어디에서 탄생 되었던지 부산에도, 거제에도 정서의 혼이 묻어나는 자리가 되었으면 좋겠다는 문중 대표의 인사로 그날 행사의 열기는 끝이 났다.

우리 거제의 유배문학을 연구한 고영화 선생님의 기나긴 세월의 연구 업적과 노력에 큰 박수를 보낸다. 우리 거제가 유배지라는 것은 익히 알려진 바이지만, 그 유배자들의 작품이 거제의 구석구석에서 창작되고 애창되고, 불려졌다는 사실을 밝혀내어 주었으니 얼마나 대단한 유산의 발굴인가?

우리 거제에 유배 온 유배자들이 남긴 시를 시비로 제작하여 일운면에서 동부면으로 넘어가는 황제의 고개에 거제 출신 시인의 시와 함께 세워져 오가는 행인들의 눈길을 끌고 있다. 가을이 깊어간다. 이 가을엔 어떤 향기보다도 문학의 향기에 푹 젖어 보자.

2015. 09. 30. 수

시가 있는 명품거리 '황제의 길'

◇◇◇

　세상 돌아가는 이야기를 제일 많이 알고 있는 사람이 택시 기사인 것 같다. 여러 사람이 탑승하여 각자 자신이 살아가는 이야기를 나누다 보니 각 분야의 해박한 지식과 국민이 가장 열망하고 있는 희망 사항과 그리고 가장 따끈따끈한 소식을 제일 많이 알고 있는 것 같다. 나에게는 멋진 택시 기사 친구가 한 명 있는데 바로 K 여사이다. 덩치도 참 그럴 듯하고, 생각의 폭도 넓고, 무엇보다도 자신의 일에 참으로 진한 애착을 갖고 있어 그 친구의 이야기를 통해 세상 돌아가는 이야기를 많이 듣는 편이다. 특히 그 친구의 이야기는 바로 우리 거제 시민들의 생각이고 바람이며, 또한 거제를 찾는 사람들의 희망이라고 볼 수 있기에 가끔씩 만나는 기회가 있으면 나는 그 친구의 이야기에 귀를 기울이게 된다.

　택시 기사를 하는 그 친구는 여러 지역에서 거제를 방문한 사람들이 자신의 차를 타게 되는데, 그때마다 거제의 아름다운 관광지를 안내해 줄 것을 부탁받는다고 한다. 처음엔 별 망설임 없이 거제 팔경을 소개하고, 거제 팔미를 안내하며 다른 지방과 다른 섬 특유의 명소를 소개해 왔다고 한다. 몇 년 전만 해도 이렇게 거제를 안내를 하게 되면 별다른 무리 없이 감사하며 거제의 그 절경에 감탄했다고 한다. 그런데 언제부터인가 거제를 찾는 사람들이 요구하는 관광지가 달라지고 있다고 한다. 그들은 대부분 거제를 몇 번이나 찾아온 사람들이라 어지간한 거제 관광지는 다 알고 있어 지금까지 잘 알려진 관광지 외에 다른 볼거리를 요구한다고 한다. 이런 사실은 그만큼 거제를 다녀간 사람들이 이젠 많아졌다고 볼 수도 있고, 또 거제를 한두 번 다녀갔지만 그래도 거제는 다시 찾아올 만큼 매력 있는 관광지라고 생각할 수도 있다.

지금까지 거제의 관광은 자연 경관에 국한되어 있기에 자연 경관 외 별다른 곳이 얼른 생각나지 않아 K 여사는 그럴 때마다 난감한 상태에 빠지게 된다고 한다. 그런데 K 여사는 이제 자신 있게 그들에게 안내해 줄 수 있는 볼거리를 찾았다고 기염을 토했다. 바로 한국문인협회 거제 지부와 일운면이 함께 제작하여 설치한 '황제의 길'에 세워진 시의 길을 발견했다고 한다.

K 여사가 손님을 싣고 학동으로 넘어가는 도중에 차에 탔던 손님 3명이 '황제의 길'에 조성된 시비동산을 발견하고는 차를 세우게 했다고 한다. 그리고는 그곳에 서서 한참이나 그 시의 내용을 하나도 빠짐없이 읽었고 사진을 찍으면서 그곳에서 두 시간을 보내게 되었다고 한다. 그리고는 어떻게 이런 외진 길에 40편이 넘는 시비를 세울 생각을 했는지 모르겠다며 거제가 낳은 유치환 선생님의 시와 거제에 유배 온 유배자가 쓴 거제예찬의 유배시를 읽고는 찬탄을 보냈다고 한다.

그동안 무심히 지나친 그 길에 정작 거제에 살고 있는 자신은 시비가 세워진 사실을 모르고 그 길을 하루에도 몇 번이나 지나쳤는데 다른 지역의 방문객이 이 길에 세워진 시비를 발견했다는 사실에 깜짝 놀랐다고 한다. 그리고 그 이후에 관심을 갖고 보니 자신이 손님을 태우고 그 길을 지나갈 때면 그 시비가 세워져 있는 곳엔 언제나 몇 대의 자동차가 서 있고 그 시에 새겨진 시를 감상하는 모습을 볼 수 있다고 했다. 이후부터 K 여사는 다른 기사에게도 이 사실을 안내하였고, 학동을 넘어서 그 길을 돌아 나올 경우엔 자기가 먼저 그 시비가 세워진 '황제의 길'에 세워진 시비동산을 안내하고 있다고 했다.

2010년 12월, 일운면사무소로부터 일운면 망치고개인 '황제의 길'에 시비동산을 조성하면 어떻겠느냐는 제안을 받게 되었다. 거제시의 협조를 받은 일운면과 거제문인협회가 함께 힘을 모아 시비를 조성해 보자는 제안에 처음엔 거제문인협회 회원들도 그 안에 쉽게 마음을 모으지 못했다.

먼저 시비동산이 세워지는 일운면 망치 고갯길이 사람들의 접근성이 없다는 것이 회원들의 걱정거리였다. 말 그대로 버스 한 대 제대로 주차시킬 수 없는 도로변이었기에 그런 곳에 시비동산을 만든다는 것 자체가 모순이라는 말도 맞았다. 그러나 여러 회원과 일운면 관계자들의 이야기를 종합하여 그래도 그곳에 시비를 세우기로 결정하였다.

그런데 이번엔 어떤 시를 선정해야 하는지에 의견이 분분하였다. 처음엔 거제문인협회 회원들의 시를 바위에 새기기로 하였으나, 선배 문인들의 고견을 받아들여 바위에 새기는 시는 우리 거제 출신의 작고 시인인 유치환, 김기호, 송준오, 원신상 선생님의 시 8작품과 갑자사화 때 거제에 유배 와서 거제의 아름다움에 반해 쓴 다섯 작품의 유배시를 바위에 새기기로 결정하는 데도 6개월이 흘렀다. 그런 다음 거제문인협회 회원들의 시 21작품과 일운면 자체에서 실시한 학생백일장에서 입상한 6작품은 구조물로 세우기로 결정했다. 이런 과정을 거쳐서 '황제의 길' 3곳에 40작품이 세워지고, 2011년 11월 30일에 시비 제막식을 가졌다.

'황제의 길'에 세워진 시비동산이 있는 이 거리는 참으로 아름다운 길이다. 온갖 나무들이 서로를 의지하여 그 키를 맞대고 자라고 있으며, 쑥쑥 자란 숲 사이로 툭 트인 거제 바다가 보이고, 작은 전설을 안고 있는 윤돌섬이 그림처럼 앉아 있어 자연 경관이 어디에 내놓아도 손색이 없을 만큼 빼어난 운치와 아름다움을 간직한 길이다.

이제 이 길을 걷노라면 이 숲과 바다만 보이는 것만이 아니다.
한사코 풀잎을 흔들고 하늘 끝에서 우는 유치환 선생님의 바람 이야기가 들리며, 일월이 지고 새는 억겁의 세월에도 말이 없는 김기호 선생님의 청산의 이야기가 있으며, 술수를 모르는 어진 거제도 사람들이 우직한 팔다리로 신의롭게 살아가는 원신상 선생님의 거제도 이야기가 이 길에서 들리게 될 것이다.

거가대로의 개통으로 참으로 많은 사람이 거제를 찾고 있다. 해금강과 외도가 좋아서 거제를 구경하며 돌아갈 때엔 그들의 머릿속엔 거제도의 아름다운 풍광을 안고 가게 된다. 그러나 이젠 거제를 찾는 사람들에게 그런 자연 경관만이 아니라, 또 다른 의미를 함께 가져갈 수 있도록 해야 할 때가 온 것 같다. 그 또 다른 의미는 다양하겠지만 이 '황제의 거리'에 세워진 시인의 노래가 바로 거제를 찾는 사람들에게 드릴 수 있는 커다란 하나의 의미가 되리라 생각한다. 앞으로 거제문인협회 작고 시인의 작품을 이곳에 시비로 세우자는 약속이 지켜지면, 2km가 넘는 이 길은 그야말로 '시의 길'이 되어 오랜 세월이 지나고 나면 이 황제의 길은 거제 명품의 거리, 세계 명품의 길이 될 것으로 믿어 의심치 않는다.

2011. 12. 16. 금

가을비 속의 '선상문학축제'

◇◇◇

지역마다 그 지역의 특성이 있고 그 특성은 그 지역의 산업과 문화를 형성하게 되며, 긴 세월이 흐르는 동안 그 지역의 정서가 살아서 숨쉬게 된다. 우리 거제는 지금까지 넓은 바다 위에서 숨을 쉬며 살아왔다. 생존을 위해 그 바다 위에 그물을 던졌고 갯벌에서 조개를 찾았으며, 해초를 캐며 파도 소리와 함께 섬 위에서 생계를 이어 왔다.

이런 섬사람들의 삶의 방법과 애환과 정서는 문화와 예술로 승화되어 거제에는 다양한 예술 행사가 이루어지고 있다. 그중에서 '거제선상문학축제'는 거제도의 특성을 살린 문학 행사로서 어느 지역에서도 흉내 낼 수 없는 해양문학의 브랜드로 자리 잡아 벌써 15회의 역사를 가지게 된 것은 대단히 의미 있는 일이다.

특히 이번 '2011 거제선상문학축제'에서는 거제방문의 해를 맞이하여 경상남도문인협회에서 실시하는 '찾아가는 문학회' 행사와 함께 진행하게 되어 경남 전 지역은 물론, 전국 각 지역의 문인들이 거제를 찾아온 것은 대단한 성과라고 볼 수 있겠다.

거제선상문학축제가 시작되는 날은 아침부터 하늘이 흐렸다. 회원들은 이런 날씨에도 불구하고 청마시와 학생, 일반, 거제문협회원, 그리고 각종 백일장에 참석하여 우수한 성적을 얻은 사람들의 작품을 모두 시화로 꾸며 크루즈선을 온통 문학의 광장으로 꾸몄다. 그리고 경남문학인들과 초청한 시인들을 기다리고 있었다. 그때 하늘에서는 절대 가을비가 오지 말게 해 달라는 회원들의 염원과는 달리 가을비가 추적추적 내리기 시작했다. 바다 끝에서 몰려온 가을비는 뱃전에 닿자마자 게시한 시화 작품들을 형편없이 망가뜨리기 시작했다. 밤을 새우며 만들어 놓은 사행시 짓기와 시조 종장짓기 용지를 휙 낚아채 바다로 데리고 갔고, 시화 엽서도 함께 뱃전으로 끌고 갔다. 배가 한바다로 나가자 바람은 더 기세를 부렸고, 만일을 위하여 선상 꼭대기에 준비해 두었던 천막도 거두지 않으면 안 될 만큼 가을비는 심술을 부렸다.

그런 가을비 속에서도 계획된 대로 청마시낭송대회 본선을 진행하였는데, 참가한 본선 참여자들의 시낭송 솜씨는 심사를 맡은 정호승, 심종선, 송희복, 이성보 시인들의 마음을 흔들어 놓을 만큼 수준 이상의 실력을 갖추어 참가한 문인들의 호평을 받았다.

이어서 이 행사에 참가한 내빈들의 시낭송이 있었다. 여느 행사처럼 참가한 내빈 소개와 축하 인사 대신 축하하기 위하여 참석해 주신 내빈들이 직접 시를 낭송하여 문학 행사다운 분위기를 연출하였다. 다시 경남문협회원들과 거제문협회원들의 시낭송이 이어졌고, 정호승, 심종선, 송희복 교수, 이성보 선생님의 문학 세미나가 펼쳐졌다. 회원 모두를 선상 위로 모셔서 거제의 야경에 흠뻑 빠지게 한 다음 명사들의 시낭송과 강사들의 문학 세미나를 개최하려고 한 계획은 수포로 돌아갔다. 선상으로 올라가진 못하고 2층 선실에서 모든 행사를 치렀지만 어느 한 사람 그런 가을비를 탓하는 사람도 없었고, 오히려 그 가을비 속에서 더욱 빛을 발하는 순간이 되어 참가했던 문학인들과 내빈님들과 거제 시민들에게 잊지 못할 예술의 세계로 빠져들게 하는 순간순간을 가져다 주었다.

미남크루즈호가 바다를 헤엄쳐나갔을 때 회원들은 가을비도 아랑곳 않고 뱃전으로 나갔다. 검은 밤바다와 번쩍이는 야경의 조화에 반했고, 펄럭이는 시화들의 흔들림에도 황홀해했다. 그들은 선상에서 저 푸른 해원을 향하여 흔드는 유치환의 깃발을 흔들었고, 바다에 깃든 청마 선생님의 시혼을 건져내었으며, 시인이 아닌 시민들도 시어를 낚아 내는 참 귀한 시간을 즐기게 되었다. 참가한 문인들에 가을비는 오히려 환상적 분위기를 제공해 주었고, 경험해 보지 못한 귀한 시간을 갖게 해 준 기회가 되었다.

거제도를 찾은 많은 문인은 가을비에 가슴 조이며 죄송해하는 우리 회원들의 마음을 오히려 걱정하며 이런 가을비에 크루즈 선상에서 문학축제를 하는 것에 대단한 의미를 부여하고 있었다.

이번 '2011 거제선상문학축제'는 문학인들에겐 문인끼리의 네트워크 구성을 통해 소통과 교감이 이루어지게 하였고, 또한 이 시대의 횃불이 될 문학인들이 자신의 전문성을 드높이고 그들이 나아갈 길을 모색해 보는 좋은 기회가 되었다. 참가한 내빈들과 거제 시민들은 문학은 문학하는 사람들만의 전용물이 아닌 누구나 보고 느끼고 감상할 수 있는 능력을 길러 문학을 향유하는 시민이 되는 길에 도움을 주었을 것으로 믿는다.

국가적 브랜드를 5% 상승시키려면 기업 이윤이 30%가 올라야 브랜드 상승률이 나타나게 된다고 한다. 이번 '2011 거제선상문학축제'는 비는 내렸으나 참여한 전국의 문인들에게 우리 거제문학의 위상을 올리는 기회가 되었고, 거제의 문학적 브랜드 가치화를 심어 주는 의미 있는 축제가 되었다고 보겠다.

2011. 10. 28. 금

문학! 누구의 것인가

◇◇◇

사람들은 동물과 달라서 사람마다 다른 생각이 있고 이 생각은 항상 밖으로 표현되려는 충동을 가지게 된다. 이 충동은 여러 가지 방법으로 표출되고 있는데, 이 충동의 일차적인 표현이 언어로 표현되면 말이 되고, 몸짓으로 표현되면 무용이 되고, 노래로 표현되면 음악이 되며, 그림으로 표현될 땐 미술이 되며, 이 충동이 글로 표현될 때 우리는 문학이라는 형식을 취하게 된다. 이 문학은 다시 자신의 생각을 아무런 부담 없이 설명하는 글로 그려 나가면 수필이 되고, 가장 함축된 어휘와 문장으로 표현되면 시가 되며, 픽션을 가미하면 소설이 되며, 이 외에도 다양한 표현 방법에 따라 각 장르의 문학으로 탄생되어진다.

그런데 이 부담 없이 표현되는 문학 활동을 문학하는 사람들만이 누리는 전용물로 생각하고 있는 것이 안타까운 일이다. 문학이라는 거창한 이름을 가져와서 그렇지, 따지고 보면 모든 사람은 문학 활동을 하며 살아오고 있다. 그리운 이에게 마음을 전하는 편지도 문학 활동이요, 뜻이 다른 사람에게 설득하기 위한 글을 적는 것도 문학 활동이요, 하루의 일과를 적어 보는 일기도 문학 활동의 일부분에 속한다. 문학

은 이렇게 다양한 방법으로 여러 분야에서 우리가 누려 왔고 경험해
왔고, 그리고 그 속에서 살아온 것이다. 초등학교 교육 과정을 살펴보
면, 국어 교과서에서뿐만이 아니라 다른 교과서에서도 요즘은 많은 시
가 등장하고 있다. 1학년 바른생활 교과서의 올바른 생활을 지도하는
단원에서는 제일 첫 페이지에 '나는 척척박사'라는 제목의 동시가 한
편 수록되어 있다.

아침이면 누가 깨우지 않아도 스스로 일어나는 나는 척척박사/ 학교
에서 돌아오면 누가 시키지 않아도 스스로 공부하는 나는 척척박사/
놀고 나면 누가 도와주지 않아도 스스로 정리하는 나는 척척박사

이제 갓 학교에 입학한 1학년 학생에게 한 편의 동시로서 아이들의
마음을 다스려 가고 있다. 자기를 척척박사라고 하는데 어떻게 늦게 일
어나며, 어떻게 숙제를 안 하며, 어떻게 어질러진 장난감을 정리하지 않
겠는가?

3학년 과학 교과서 '바람' 단원을 공부하기 전 그 단원의 첫 페이지
에 '바람이 길을 묻나 봐요'라는 동시 한 편이 수록되어 있다.

나뭇잎이 흔들흔들 고개를 흔듭니다/ 바람이 아마 길을 묻나 봅니다/ 꽃
잎이 살래살래 두 손을 휘젓습니다/ 꽃잎도 아마 모르나 봅니다/ 해는 지
고 어둠은 몰려오는데/ 넓은 들녘 저 끝에서/ 바람이 길을 잃어 걱정인가
봅니다.

2학년에서 이제 3학년으로 올라온 아이들에게 처음부터 풍향, 풍속이라는 낱말을 끌어들이기는 쉽지 않은 일이다. 이 시를 보면 바람이 어디로 가고 있는지? 바람은 어떤 속도로 가고 있는지를 재미있게 상상할 수 있게 표현해 놓았다. 이 시를 낭송하면서 자연스레 풍향과 풍속이라는 낱말을 지도하고 더 깊이 있는 공부를 하게 되는 것이다. 동시가 교육 과정 중에 활용되는 예이다. 문학 활동이 사용되는 곳이 비단 교육 현장뿐만이 아니다.

　　요즈음의 TV에 나오는 모든 광고는 한 편의 시다. 화장품을 파는 광고도, 전자제품을 파는 광고도, 어떻게 저렇게도 사람의 마음을 한 마디로 파고드는 가장 적절한 말을 골라서 함축된 문장으로 표현해 놓았을까 하는 감동이 이는 광고가 보기만 해도 즐거움을 준다. 어떤 광고는 테마가 있는 깊이 있고 감칠맛 나는 동화 형식의 장르를 이용하고 있어 아이들도 어른들도 광고라기보다는 시청의 즐거움을 듬뿍 느끼고 있다. 이런 문학 활동은 가장 우리와 가까운 거리에서 가장 밀접하게 피부로 느끼며 생활하고 있으나 우리는 그것이 문학 활동임을 모르고 살아오고 있다. 문학 활동은 이렇게 문학하는 사람들만의 전용물이 아니라 모든 사람이 함께 공감하고 느끼며 그 속에서 아름다운 심미적 인간으로 돌아가는 누구나 느끼고 향유하는 그런 활동이 되어야 한다.

　　거제예술제를 맞이하여 거제문인협회에서는 거제시청, 수양마트, 백병원, 거제경찰서 등을 순회하며 이동 시화전을 열고 있으며, 누구나 참여할 수 있는 시낭송대회와 백일장도 열린다. 그뿐만 아니라, 10월 16일엔 고현항의 크루즈선에서 삶의 터전이었던 바다를 문학 활동으로 승화시키는 '거제선상문학회'가 예정되어 있다. 거제문인협회 회원만의 활동이 아니라 참여한 시민 모두가 시인이 되는 '사행시짓기' 대회, 참여시 낭송하기, 소원 적어 풍선에 올리기 등 깊어 가는 가을밤을 아름답게 수놓을 문학 행사가 다양하게 준비되어 있다.

시인 이해인 수녀님은 그의 시 '황홀한 고백'에서 사랑은 어둠 속에서도 훤히 얼굴이 빛나고, 절망 속에서도 키가 자란다고 노래하고 있다. 사람이 행복해지기 위해선 물질적인 풍요와 함께 정신적인 풍요도 함께 해야 한다. 우리 거제 시민 모두가 시화 전시회와 가을 밤바다를 수놓는 선상문학회에 참여하여 한 편의 글을 통해, 자만 속에서 겸손을, 어둠 속에서 희망을, 그리고 한 자락 바람 속에서도 사람의 따뜻함을 느낄 수 있는 그런 가을 밤이 되었으면 좋겠다. 거제문인협회가 주관하는 다양한 문학 생사에 참여하여 함께 공유하는 문학 활동으로 거듭 태어나 거제 시민 모두가 문화 시민이 되기를 바란다.

2010. 10. 15. 금

하얼빈시 조선족 청마기념 백일장

◇◇◇

청마기념사업회와, 거제시, 그리고 청마유족후원회에서는 2010년부터 연변과 하얼빈에서 청마관련 문학행사를 전개해 오고 있다. 2011년 7월 2일 청마기념사업회 회원들과 거제시 관련 공무원이 함께 중국을 방문하여 흑룡강성 하얼빈시 동력소학교에서 제2회 청마기념 백일장을 실시하였다. 이번 백일장은 청마기념사업회의 후원과 흑룡강성 조선족작가협회, 하얼빈시 교육국민족교육처에서 주최하고, 장소는 하얼빈시 동력조선족소학교에서 모든 행사를 맡아 주었다. 그리고 이날 참가한 학생들은 조선족 소학교, 중학교 학생 천여 명이 미리 각 학교에서 예선을 치른 후 예선 통과자들만이 조선족 동력소학교에서 본선을 한셈이다.

강당에 들어서니 정면에 '제2회 하얼빈시 조선족 중소학생 청마백일장'이라고 쓴 현수막이 붙여져 있었고, 학생들과 지도 교사 그리고 학부모들이 함께 강당으로 들어서고 있었다. 9시가 넘어서자 강당 안은 참가한 80여 명의 학생들로 가득 찼고, 백일장 주제는 '엄마 냄새'와 '유월에 생각나는 일'이라는 제목이 제시되었다. 백일장 주제가 주어지자 학생들은 자기의 생각을 메모하고, 생각한 내용으로 개요를 짜는 모습이 어찌나 진지한지 백일장 장소가 숙연해지기 시작했다.

오랜 교직 생활을 하는 동안 글쓰기 지도를 해 왔기에 거제시 외의 여러 도시에서 실시하는 각종 백일장에 학생들을 인솔하여 참여한 기회가 많았다. 예선과는 관계없이 백일장 대회 희망자들을 인솔하여 간 적도 있었고, 시군 예선대회에서 통과한 학생들을 데리고 본선에 참여했던 기회도 많아 백일장 참여 분위기는 많이도 보아왔다.

그런데 이날 하얼빈시 청마백일장에 참여한 학생들의 열기는 우리나라 학생들의 백일장에서는 볼 수 없는 열정과 진지함을 감지할 수 있었다. 그 학생들이 원고지를 메꾸어 가는 글자는 우리 한글의 경필체로 정성이 들어 있었고, 닿소리 홀소리가 만나는 정확한 위치의 접필, 반듯한 받침, 그리고 글자의 기본 자형에 맞아 정성껏 쓴 그 원고지 한 장을 액자에 넣어 본다면 정말 한 폭의 작품이 될 것 같은 그런 정성이 원고지 속에 들어 있었다. 그리고 지나치면서 곁눈으로 훔쳐본 작품의 표현성도 대단하였다. 물론 진지한 것은 참여한 학생만이 아니었다. 인솔 교사도, 학부모들도 작은 소리로 소곤거릴 뿐 학생들의 창작 활동이 다 끝날 때까지 숨도 쉬지 않고 그 긴 백일장 시간을 기다려 주는 모습이 매우 인상적이었다.

백일장의 심사는 흑룡강대학, 조선족 방송국, 조선족 신문사, 조선족 작가협회에서 관련자들이 맡아 주었다. 운문, 산문 두 부분으로 나누어 실시한 작품들 중에서 15편을 선정하여 시상하였는데 당선자 모두가 기쁨의 눈물을 흘렸고, 지도 교사와 학부모는 대한민국의 한글로 백일장을 실시하여 이렇게 큰 상을 받게 됨에 너무 감격스럽다고 우리의 손을 잡고 감사함을 표했다. 동상을 받은 어느 학부모는 우리글을 더 잘 배우기 위하여 해마다 방학이 되면 딸과 함께 대한민국에 나와서 글쓰기 학원에서 공부를 하고 중국으로 들어간다는 말에 놀랐고, 대한민국의 교육을 맡아온 교육자로서 미안하고 부끄러웠다. 대상을 받은 학생의 작품 낭송을 들으며 글의 구성과 정확한 문장 구사력, 각 부분에 맞는 비교와 부모를 잃은 슬픔을 눈 시리도록 표현한 감성이 묻어나는 표현법에 참가한 문인들의 가슴을 뭉클하게 만들어놓았다.

'하얼빈시 조선족 대상 청마기념 백일장'을 마치고 돌아오면서 동력소학교 교장 선생님의 행사를 준비한 모든 과정을 생각해 보았다. 원래 학교에서 행사를 하게 되면 그 책임이 힘들어 본교의 일이 아니곤 행사를 허용하지 않는다. 그런데 휴일에 행한 행사에 전 교사가 출근을 하였고, 시상식 전 깔끔하게 준비된 오페라(그곳에서는 과문극이라고 했음)와 학예 발표까지 준비하여 그 재롱에 즐거움을 더하여 주었다.

그리고 우리 민족의 전통을 잊지 않기 위해 전통 음식, 전통 놀이, 우리의 혼을 이어갈 각종 교육 활동에 심혈을 기울인다고 했다. 특히 제일 중요하게 생각하는 교육이 우리글을 바르게 읽고, 쓰고, 우리글로 우리의 생각을 표현할 수 있는 교육 활동에 중심을 두고 학교를 운영하고 있다고 했다. 그런 교장 선생님의 교육 철학에 청마백일장은 조선족 중소학생들에게 조선족으로서의 자존감을 세워 주고 민족혼을 찾는 가장 훌륭하고 대단한 교육 행사였음에 감격한다고 전했다. 그리고 교문을 나설 때, 마흔두 살의 젊은 여자 교장선생님은 같은 교육의 길을 걸어온 나에게 더욱 친밀감을 느낀다며 내 손을 잡고 명함을 전했다.

"대국 속에서 살아남기 위해, 우리 민족의 혼을 이어가기 위해, 조선족 학교만의 특색 교육 활동을 연구하고, 지도하고, 발표하면서 조선족 학교를 지켜가겠노라고"

2016. 07. 17. 일

태양의 후예

◇◇◇

"교수님, '태양의 후예' 보십니까?"
"새로 출판된 도서야? 아니면 베스트셀러?"

강의가 시작되기 전 내게 질문을 한 그 학생은 무식한 내 답변을 듣고 한참이나 나를 쳐다보았다. 학생의 자세한 설명을 듣고서야 드라마 제목인 줄을 알게 되었다. 그리고 휴일을 맞아 KBS 2TV에서 방영되고 있는 수목드라마의 다시 보기를 통해 '태양의 후예' 4회분을 한자리에서 시청하였고, 그 이후로 수·목요일이면 그 드라마를 빠뜨리지 않고 시청하고 있다.

드라마의 내용을 보자면, 서로의 환경 때문에 이별을 택한 두 남녀는 하늘의 운명 때문인지, 강모연(송혜교)은 징계를 받듯 파견된 의료부대에서, 유시진(송중기)은 우르크 지진 사태를 구조하기 위하여 파견된 발칸반도의 우르크에서 재회를 한다. 낯선 땅 극한의 환경 속에서 사랑과 성공을 꿈꾸는 젊은 군인과 의사들을 통해 삶의 가치를 찾아가는 휴먼 멜로드라마다.

촬영지인 우르크는 드라마상 만들어진 곳이고 실제 촬영지는 그리
스의 자킨토스 섬에 있는 나바지드비치와 강원도 태백의 폐 탄광촌이
라고 한다. 드라마를 통해 보여지는 자킨토스 섬의 풍광은 손이 닿지
않은 아름다운 자연을 마음껏 자랑하고 있다. 특히 밤하늘의 별이 우
르르 쏟아지는 지진 발생지에서 두 주인공이 현실의 어려움을 모두 잊
고 함께 별을 보는 밝은 모습은 나이 든 우리가 보아도 환상적인 아름
다움이다. 그뿐만 아니라, 강원도의 폐광인 탄광촌이 아름다운 문화와
예술의 모습으로 재탄생되어 또 다른 모습으로 돌아와 드라마 내용과
함께 우리들의 눈길을 끌어들인다.

우리나라 드라마는 주로 주부를 대상으로 주말 드라마가 형성되고,
평일 드라마는 다양한 세대를 대상으로 제작된다고 한다. 그러다 보니
주부를 제외한 다른 시청자들은 기술 발달로 모바일 기기나 주문형 비
디오 서비스를 통해 시청하기에 TV 앞에서 본방을 사수하며 드라마를
보는 사람들이 줄어들고 있다고 한다. 이런 관계로 우리나라 평일 드라
마는 10%를 채 넘기지 못하는 처참한 시청률을 보이고 있는 현실이며,
15%를 넘기는 경우는 성공의 기쁨을 누리는 상태라고 한다.

그런데 '태양의 후예'는 첫 회 방송 14.5%에서 시작해 횟수를 넘길
수록 상승하여 3회 방영에서는 31.6%를 넘어섰다는 놀라운 소식이다.
30%의 시청률을 넘기려면 어느 한 계층의 메니아만으로는 도저히 불
가능하다고 한다. 모든 계층의 다양한 사람들이 시청해야 30%가 넘는
시청률이 나온다고 한다. 태양의 후예 시청률은 우리나라는 물론 중국,

베트남, 말레이시아, 캄보디아까지 날아가 중국에서는 송중기 상사병 주의보를 내린 상태라고 하니 얼마나 놀라운 일인가.

태양의 후예가 국내는 물론 이렇게 세계적인 지지를 받을 만큼의 시청률을 올리는 비결은 도대체 무엇일까? 필자의 생각으론 바로 참신한 콘텐츠와 작가의 필력, 그리고 중국과 동시 방영을 한 결과가 아닐까 싶다. 드라마 시청률의 저조는 대부분의 콘텐츠가 비정상적인 가족 관계, 뒤틀린 애정사, 그리고 도저히 있을 수 없는 드라마 구성에 시청자들은 이미 싫증을 느꼈을 것이고 막장 드라마라는 용어까지 나오고 있다.

그러나 이 드라마의 내용은 지금까지 소개된 내용과는 다른 신선함을 바탕으로 작품을 이끌어 가고 있다. 기성세대들은 젊은이들을 믿지 못하고 있다. 뭔가를 맡기기엔 안심이 되지 않는 걱정스러운 존재로, 그리고 그들의 가슴속에 형성된 가치가 도대체 어떤 것인지를 모르기에 어른들의 마음엔 젊은이들은 아직도 품어 주어야 할 대상으로만 생각하고 있다.

그러나 이 드라마 속의 젊은이들은 패기와 희망이 있다. 지진 속의 어려움을 뚫고 환자들을 돌보는 의료진의 국경을 초월한 의료 봉사가 단연 돋보인다. 또한 자신에게 주어진 특전사의 사명을 위하여 목숨을 걸고 생명을 구하는 용맹과 전우애가 물씬물씬 묻어 나와 눈물겹기만 하다.

어디 그뿐이랴. 그들이 보여주는 애국심 또한 대단하다. 2회분을 방영할 때의 장면이다. 우르크 지진 현장에서 다툼을 하던 군인들이 태극기 하강식이 시작되자 모두 하던 행동을 멈추고 국기에 대한 경례를 하는 모습을 보여줄 땐 가슴이 뭉클해졌다. 지금은 모두 잊어버린 것 같았던 태극기 하강식을 통해 나라를 위하는 마음을 키웠던 그 시절을 되돌려 주는 것 같아 드라마인 줄 알면서도 그들의 그 애국심에 박수를 보냈다. 그리고 이들이 주고받는 대화는 예술에 가깝다. 요즘 젊은이들의 톡톡 튀는 언어의 연금술과 유머는 시청 시간 내내 긴장감을 놓지 않게 만들고 있다. 또한 130억 원의 제작비를 들여 100% 사전 제작을 한 NEW사의 드라마 시장을 예상하는 경영마인드도 시청률을 올리는 데 한 몫을 한 것 같다.

'태양의 후예'가 가져온 시너지 효과도 대단하다고 한다. 송중기 차, 송혜교 립스틱, 바탕에 흐르는 음악까지 드라마 속 PPL(간접 광고 효과)은 생각하지도 못할 만큼 대단한 결과를 가져와 시청률과 함께 상승해 드라마 속에서 사용된 작은 소품까지도 완판을 하였다는 즐거운 후문이다. 특히 이런 제품의 역직구몰과 관광까지 폭발적 인기를 가져와 대단한 부가가치를 높여 주고 있다고 한다.

우리는 작은 것 같지만, 그 작은 것이 아주 큰 영향을 미치는 것을 볼 수 있다. 이 드라마를 통해 하고 싶은 두 가지 이야기가 있다. 첫 번째 이야기는 혼탁한 세상 앞에서 자신에게 주어진 사명을 바르게 찾아가는 삶의 가치를 엮어가는 작가의 힘이 많은 사람에게 미치는 영향이다. 김은숙 작가가 보여 준 치밀한 문필력은 시청자들에게 큰 희망과 신선함을 주었으며, 특별히 우리나라의 젊은이들에겐 또 다른 메시지가 전달되었으리라 믿어진다.

그리고 두 번째 이야기는 이 드라마 속에서 보여 주는 패기와 희망을 우리 젊은이들이 좀 배웠으면 좋겠다. 요즘 젊은이들은 나약하기 그지없다고 속단하는 어른들의 기우를 물리치고, 모든 분야에서 이 드라마의 내용처럼 자신과 타인을 배려하고 맡은 사명을 숙명처럼 여기며, 바른 가치관을 찾아가는 주인공을 닮았으면 좋겠다.

2016. 04. 01. 금

12월이 다 가기 전에

◇◇◇

해마다 우리는 12월을 보내게 된다. 엊그제 시작한 것 같았던 신년의 계획이 어디에서 맴돌고 있는지 채 헤아리기도 전에 우린 12월을 맞게 된다. 대부분 우리의 삶이 그렇게 보내지고 있다. 12월에 서서 1년을 뒤돌아보면 참 잘 살았다는 긍정적인 생각보다는 아쉬움이 남고, 이유 없는 슬픔과 미안함에 후회가 된다.

12월은 참 이상한 달이다. 누가 말하지 않아도 내 스스로가 나를 뒤돌아보게 되고, 누가 지적하지 않아도 내 잘못이 저절로 생각나게 되어 괜히 그 잘못의 깨달음 때문에 내 스스로가 12월 앞에서 의연해진다.

12월이 아직 며칠 남았다. 12월이 다 가기 전에 제일 먼저 잊고 있었던 사람을 생각해 보자. 삶에 바빠서 오늘내일 미루다가 늘 그리워하면서도 정작 소식 한 번 전하지 못하고 한 해를 보내게 된 그런 사람을 생각해 지금 당장 소식을 전해 보자. 또박또박 손 글씨로 편지를 적어 안부를 전하는 그런 정성이 아니더라도 잠시 짬 내어 그리운 목소리를 전하여 보자. 내 안부 전화를 받고 미소를 지으며 행복해할 상대방을 생각해 보며 잊고 있었던 사람에게 소식을 전해 보자.

12월이 다 가기 전에 별 뜻 없이 내가 건넨 말 한마디에 상처를 받은 사람은 없는지 생각해 보자. 그리고 얼른 용기를 내어 용서를 구하는 사과를 하자. 참 별일이 아닌 사소한 일로 언쟁을 벌인 일은 없었는지? 약속 시간에 늦었다고 여러 사람이 보는 앞에서 핀잔을 주었던 일은 없었는지? 업무적인 차질로 최선을 다한 아랫사람에게 격려보다는 나무람을 먼저 하지 않았는지?

작은 일들이기에 그게 무슨 사과할 일이냐고 되물을지 모르지만, 큰 일은 오히려 용서도 빠른 법이다. 하지만 사소한 일은 그냥 스쳐 가도 된다고 생각하기에, 그뿐만 아니라, 상사로서 당연히 할 수 있는 일이라는 생각에 쉽게 사과하지 못하고 살아가고 있다. 그런 일로 상처를 준 사람을 찾아 내가 먼저 사과하고 가슴에 맺혀 있는 그 상처를 씻어주고 12월을 보내자.

그리고 12월은 한 잔의 차를 마시며 내 삶의 뒤안길을 생각해 보자. 정말 새끼손가락 끝에 붙은 작은 상처 하나가 기둥처럼 무거운 짐이 되어왔던 그 아픔도 따지고 보면 내 탓이었음을 깨닫게 하자. 며칠 밤을 지새워야 했던 그 일들도 내가 참아야 했음도 깨닫게 하자. 시도 때도 모르게 불쑥불쑥 치솟는 속상함을 곰삭여 형체 없이 피어오르는 차 향기에 마알갛게 헹구어 바지랑대에 걸어두고 그렇게 12월을 보내자.

며칠 전 소포 하나가 부쳐 왔다. 작은 상자를 여러 겹 풀자 그 안에서 팔찌 한 개와 목걸이 한 개가 나왔다. 하얀 우리 구슬로 꿴 목걸이와 팔찌는 내가 보석에 관하여서는 잘 모르지만, 분명히 시장통 어디에서 팔거나, 아니면 문구점에서 초등학생들이 사서 목에 걸고 오는 것 같은 그런 제품이었다. 더구나 이 목걸이 팔찌는 내 건강한 팔과 목에는 알맹이가 부족해 대충 봐도 유리구슬 대여섯 개는 더 꿰어야 내 목과 팔에 맞을 것 같았다. 그런데 그 상자 속에는 또박또박 예쁜 글씨로 쓴 편지가 들어 있었다.

그 학생과 인연을 맺은 것은 6년 전의 일이다. 누구의 귀띔으로 그 학생 어머님의 사연을 듣게 되었다. 불의의 사고로 남편을 잃고 세 남매를 먹이고 입히는 것은 물론이거니와 세 아이의 학비까지 혼자의 힘으로는 무척 힘이 든다는 내용이었다. 그 후 그 학생의 고등학교 3년은 내가 책임지게 되었고, 그 학생은 고등학교 졸업을 하고 군 입대를 하였다. 졸업을 한 그해 12월 마지막 날에 그 학생이 군복 차림으로 손에는 작은 케이크를 사 들고 나를 찾아왔다.

건강한 모습으로 반듯하게 잘 성장하여 나타난 씩씩한 군인이 된 그 학생을 보니 남의 아들이지만 정말 탐이 났다. 더구나 잠시 나눈 이야기지만 생각이 올곧고 눈빛이 살아 있었으며, 대화 속엔 희망에 넘치는 꿈이 보였다. 케이크를 준 그 군인은 주머니에서 봉투 한 개를 건네주었다. 봉투를 열어 보니 거제상품권 몇 장이 들어 있었다. 시장 바닥에서 건어물 장사를 하고 계시는 어머니가 아들의 고등학교 성장을 도와준 것에 감사하다는 뜻으로 보낸 답례 선물이었다.

어머니가 보낸 선물이 아니고, 네가 어른이 되어 돈을 벌면 그때 양말 한 켤레만 사 오면 행복한 맘으로 받겠다고 봉투를 돌려보낸 후 꼭

1년이 되는 12월에 이 소포가 부쳐 온 셈이다. 나는 그 학생의 어머니를 한 번도 만난 적이 없다. 그런데 1년 전 12월엔 케이크를, 그리고 올해는 예쁜 유리구슬로 된 목걸이와 팔찌와 편지를 보내온 것이다.

삶에 바빠서 그 학생도 그 학생의 어머니도 전혀 생각해 보지 못하고 1년을 보내왔는데, 그 어머니는 해마다 나를 잊지 않고 있었던 것이다.

2015. 12. 28. 월

어머니를 위한 한 마디

◇◇◇

10년도 훨씬 넘은 이야기이다.

수학능력 시험을 두 달 정도 앞둔 어느 날, 아들을 데리고 있던 여동생에게서 전화가 왔다. 마지막 모의고사에서 평균 성적이 20점이나 떨어졌으니 이 일을 어떻게 하면 좋겠느냐는 전화 속에는 시험 성적 하락이 마치 조카를 데리고 있던 이모의 잘못이기라도 하듯 울먹이고 있었다. 솔직히 엄마로서 이 사실이 날벼락이었다. 이제 수능시험이 바로 코앞인데 마지막 모의고사 성적이 평균 20점이나 내려갔다는 사실에 놀라지 않은 부모가 어디 있겠는가?

하지만 시간이 지나자 아들 입장이 우선되었다. 고등학교 3학년이면 이제 어른과 마찬가지의 생각을 할 나이이다. 그런 의식을 가진 아들이 수능을 목적에 둔 마지막 성적이 그만큼 하락했다면 자신감 상실과 부모에 관한 죄책감에 아들이 감내해야 할 상처가 얼마나 클까? 위로를 하든지, 야단을 치든지 간에 아들에게 전화하고 싶었지만, 오히려 모른 체하는 것이 나을 것 같아 이모와 약속을 하고 전혀 내색하지 않았다. 그리고 며칠 남지 않은 이 기간 동안 성적이 떨어진 것이 문제가 아니라 어떻게 하면 상실감에서 빠져나와 편안하게 자신감을 찾으면서 수능시험을 맞을까 생각한 끝에 아들이 다니는 학교의 교장 선생님께 편지를 썼다.

아들이 엄마를 떠나 이모 밑에서 학교에 다니다 보니 학교에서 돌아오면 우유 한 잔 따뜻이 주지 못한 엄마의 미안함과 시험 성적 하락으로 마음고생을 하고 있을 아들 이야기를 샅샅이 적었다. 그리고 학교 일에 바쁘시겠지만, 아들을 불러서 교장 선생님께서 등 한번 두드려 주며 "넌 잘할 수 있을 것이다"라는 한마디를 해 주고 아들에게 자신감을 심어 주길 바라는 청탁의 편지를 썼다. 물론 이 편지 사연도 아들에겐 비밀로 해 달라는 부탁도 잊지 않았다.

두 달 후 아들은 다시 자신의 위치를 찾게 되어 무사히 원하는 대학을 가게 되었고, 졸업식을 마치고 교장실로 찾아가 지금까지 거제 촌놈을 잘 길러 주셔서 고맙다는 인사를 드리고 아들에게도 인사를 드리게 했다. 아들을 데리고 교장실로 들어가자 교장 선생님께서도 내가 누군지를 눈치챘지만, 전혀 내색하지 않으셨고, 나 역시도 교장 선생님께 모른 체하며 편지 이야기는 전혀 하지 않았다.

그리고 시골 아이가 이 학교에서 잘 성장하게 된 것은 담임 선생님의 고마움도 있지만 교장 선생님의 지도가 큰 힘이 되었다는 인사를 드렸다. 교장실에서 나오자 그제야 생각난다는 듯 아들이 나에게 편지의 내용이 실천된 이야기를 했다. 수능 두어 달을 앞둔 어느 날 교장실로 오라는 방송을 듣고 고등학교 3년 동안 한 번도 들어가 본 적이 없는 교장실로 찾아갔단다. 그때 교장 선생님께서 "네가 거제도에서 온 아무개냐"라고 물은 후, '너는 잘할 수 있을 거야'라는 이야기와 함께 자기의 등을 두드려 주더란다.

교장 선생님의 배려에 너무나 감격하여 자신도 몰래 남아 있는 기간을 어떻게 보내야 할지에 관한 돈독한 마음의 각오가 되어 두어 달을 참 보람 있게 지냈다는 이야기를 했다. 그리고 아무리 생각해 봐도 왜 그때, 교장 선생님께서 자기를 불러서 등을 두드려 주었는지 지금도 알 수 없다는 이야기를 했다.

대학수학능력시험은 1994학년도부터 대학입시제도에 따라 시행되고 있는 통합 교과서적 소재를 바탕으로 사고력을 측정하는 문제 위주로 출제되는데, 수험생의 선택권을 넓히는 한편, 출제 과목 수는 줄여 입시부담을 덜어주는 데 역점을 두고 있다는 시험 제도이다. 그러나 입시 부담을 덜어 주는 것이 아니라, 모든 고등학교 학생들이 이 시험에 얽매어 3년의 학교생활이 행복하지 못한 것이 사실이다.

더구나 고3 수험생을 둔 학부모들의 생활은 온통 자녀들의 시험을 위한 일에 인생을 바치고 있다고 해도 과언이 아니다. 특히 지금쯤이면 마지막 점수에 목숨을 건 학부모들이 어쩌면 색다른 돌파구가 있지 않나 싶어 눈치를 살피고 생활에 무리한 무게를 짊어지는 것을 알면서도 다른 사람들의 귀띔에 솔깃해지고 있는 것이 사실이다. 하지만 돌파구가 어디 있단 말인가?

올해 고3인 제자가 전화를 하여 음식점에서 함께 저녁을 먹었다. 고 3 녀석이 초등학교 6학년 선생님을 만나러 올 시간이 어디 있느냐고 호통을 치자 금방 눈물이 글썽글썽해졌다. 초등학교 6학년 때는 어떤 분야에서나 앞서가며 친구들을 앞서던 녀석이 고등학생이 되고부터 생각만큼 성적이 오르지 않아 걱정이 많다는 이야기를 어머니께로부터 들은 적이 있었다. 고3이 되어 이제 곧 수능을 쳐야 하는데 성적이 오르지 않자 어머니께서 족집게 과외라며 두 달 동안 핵심을 지도하는 선생님께 과외를 받으라는 종용을 한다며 속상함을 토했다.

자기의 성적은 자기가 잘 알며 어떤 과외를 지금 받는다 해도 자기의 성적은 더 올라가지 않는다는 것을 자신이 더 잘 알고 있는데 어머니의 성화에 속상하여 나에게 전화를 했다고 전했다. 더욱 중요한 것은 그 족집게 과외비가 생각지도 못할 만큼 액수가 높아 자신의 뒷바라지에 그런 출혈을 해서는 안 되는 것을 뻔히 알면서도 어머니가 고집을 꺾지 않는다는 이야기를 하며 어머니를 한번 만나 달라는 부탁을 했다. 그리고 자신은 어머니가 원하는 대학을 갈 수준은 안 되지만 자기가 원하는 꿈이 있으며 그 일을 하며 평생 행복하게 살아갈 자신이 있다는 이야기도 잊지 않았다.

나는 잘 자라 준 그 제자가 참 대견스러웠다. 저녁을 먹은 후 자동차로 학교로 데려다준 후 제자의 어머님을 만났다. 우리에게 대학은 어떤 의미일까? 10년 전 아들의 성적이 그렇게 떨어졌을 때, 호통을 치며 닦달을 했다면 좀 더 나은 대학으로 갈 수 있었을까? 그리고 지금보다 더 나은 직장을 가질 수 있었을까?

고3 어머님의 마음이 가장 무거울 때이다. 하지만 어머니의 바람만큼 채워주지 않는다 해도 지금은 그 아이를 몰아세워서도 안 되고, 부담을 주어서도 안 된다. 지금은 자녀를 믿고 편안한 맘으로 마지막까지 달려갈 수 있도록 지켜 주는 것이 최선일 뿐이다.

2012. 10. 18. 목

복 짓는 일과 복 받는 일

◇◇◇

　오늘은 해 떨어지기 전에 퇴근하여 가족을 위한 저녁을 좀 진득한 맘으로 정성껏 지어드려야지 다짐을 하였지만 역시나 오늘도 어둠이 다 내린 후에야 퇴근하게 되었다. 지금 이 시간에 누가 뭘 팔겠나 걱정을 안고 시장으로 들어서는데 내 맘을 꿰뚫어 본 할머니들이 그 시간까지 길가에 좌판을 깔고 앉아 해초류나 푸성귀를 팔며 나를 기다려 주고 있었다. 반가운 김에 앞뒤 둘러보지 않고 처음 만난 할머니께 바다 내음이 아직도 물씬 풍기는 미역이랑, 톳이랑, 가무잡잡한 김이 먹음직스럽게 섞여 있는 파래 두어 주먹을 사서 잽싸게 횡단보도를 건너려는 참이었다.

　"여보게 새댁, 이제 이것밖에 안 남았네, 그러니 새댁이 이 미역만 팔아주고 가지 그래?"
　추위를 피하느라 어디가 눈인지, 어디가 입인지 알아보지 못할 만큼 두터운 수건으로 머리를 둘둘 뭉친 할머니 한 분이 내 손을 끌어당겼다. 그 바람에 나는 그만 초록색 신호등에 행진을 하지 못하고 말았다. 할머니께선 마지막 좌판을 지키고 앉아 있는 미역 두어 묶음을 내 손에 쥐여 주며 꼭 사지 않으면 안 된다는 눈빛으로 나를 바라보았다. 이미 미역을 샀다는 이야기도 전하기 전에 나는 그 미역 두어 묶음의 돈을 치르고 말았다. 그때 할머니께선 나에게

"젊은 새댁! 복 많이 받으시오."

라고 한마디 던지곤 좌판을 훌훌 턴 후 짐을 챙겨 자리를 뜨셨다. 나는 다시 초록불이 들어오기를 기다리는데 이번에는 방금 그 할머니의 반대편에 계시던 할머니가 미역 한 묶음을 들고 오셨다. 내 말도 물어보지 않고 내가 들고 있는 검정 비닐 주머니 속에 미역을 집어넣곤

"젊은 새댁 내일 당장 복 많이 받을 거요."

라고 말해 나는 할 수 없이 미역을 또 사게 되고 말았다.

집으로 돌아와서 시장 봐 온 것을 펼치니 자르르르 윤기가 흐르는 미역이 거짓말 안 하고 한 소쿠리쯤은 되어 보였다. 남편은 남의 속도 모르고 누가 아기 낳았냐며 웬 미역을 이렇게 많이 사 왔느냐고 핀잔을 주었고, 아이들은 엄마가 요령 없이 장을 본다고 한마디씩 거들었다. 나도 어쩌다가 일이 이렇게 되었나 생각했지만 어쩔 수 없어서 길이가 1미터도 넘는 미역 한 오래기만 남겨두고 모두 옥상에다 말려 두었는데 그것도 간밤에 비가 내리는 바람에 모두 버리고 말았다. 그런 일이 어이없긴 하지만 나는 어거지로 내게 미역을 집어넣었던 할머니 두 분이 미운 생각이 들지 않고 그 할머니들의 상술에 웃음이 저절로 나왔다. 아무리 밤이라지만 척 보면 알게 될 내 얼굴을 보고 새댁이라고 부르는 넉살에다가, 또 복을 받으라는 덕담까지 주었으니 할머니의 그 상술이 대단하다는 생각이 들었다. 더구나 나에게 그 할머니 두 분의 인상이

강하게 남아 있었던 것은 "복 받으시오"하는 그 덕담이 그냥 던지는 말이 아니라 정말 복을 받으라는 축복을 가득 담고 있음이 가슴에 전해졌기 때문이다.

그런 일이 있은 후 나는 시장만 가면 그 할머니가 계신지 두리번거리게 되었다. 할머니 두 분은 그날 그 자리를 꼭 지키며 아직도 미역을 팔고 있었는데 중요한 것은 며칠 지나지 않은 나와의 그 기억을 전혀 기억하지 못하고 있는 것 같아 보였다. 할머니 두 분은 미역을 참 잘 팔고 있었다. 그날 밤 나의 경우처럼 할머니들은 누구에게든지 미역을 팔고 나면 "복 받으실 것이오."라는 덕담을 놓치지 않고 전하는 것을 발견하게 되었다.

보통의 경우엔 물건을 팔아주거나 고마운 경우를 당할 때는 감사합니다. 아니면 고맙습니다. 하고 인사를 하기 마련이다. 그런데 할머니 두 분은 약속이나 한 듯이 복 받으라는 덕담을 던져 주고 있었다. 두 분의 할머니께 미역을 샀던 사람들은 아마도 미역을 다시 사게 될 땐 모두 그 할머니를 다시 찾아갔을 것이다. 복 받으라는 그 말이 그냥 던진 말이 아니라 진심으로 다가가 가슴으로 전해진 말임을 모두 느꼈기 때문이리라. 그 할머니께서 미역을 산 사람들에게 진심으로 전한 복 받으라는 그 덕담은 다른 사람에게 복을 준 것도 맞지만 뒤돌려 보면 할머니께서 자신을 위한 복을 짓는 일이었음을 뒤늦게 깨닫게 되었다.

이 세상에 내가 심지 않고 거두는 일이 정말 있을까? 식물도 심어야 소득을 얻을 수 있는 것처럼 복도 심지 않고 받기만을 기대해서는 안 될 것 같다. 우리가 복을 심는다는 것은 꼭 누구를 도와주는 것만은 아닐 것이다. 누구에게 아름다운 언어로 축복을 한 것도 복을 심는 일이며, 맡은 일에 부지런하게 책임을 다하며 일하는 것도 복을 심는 일이며, 올바른 행동으로 남의 눈에 귀감이 되는 것도 복을 심는 일일 것이다. 그뿐만 아니라 열심히 노력하고, 지혜로운 판단을 하는 것도 복을 심는 길이라고 생각한다.

그런데 우리는 복을 받는 것에만 관심을 두었지 내가 스스로 삶의 모든 과정에서 복을 구석구석 심으면 내 자신은 물론 나의 자손에게까지 내가 심은 복이 전해질 것이라는 믿음은 약한 것 같다. 미역을 팔던 할머니께서 손님에게 복 받으라고 전한 인사 때문에 손님들은 다시 그 할머니께로 가서 미역을 살 것이니, 결국은 할머니의 덕담은 자신을 위한 복을 심는 일이 된 셈이다.

오늘도 시장을 한 바퀴 돈 후 어김없이 그 할머니 두 분이 미역을 팔고 계시는 곳으로 가 미역을 샀다. 할머니께선 그날 저녁처럼 나에게 "복을 많이 받으시오"라고 덕담을 주시길래 "할머니는 저보다 더 많은 복을 받으십시오."라며 나도 할머니들처럼 복을 심어 놓고 시장을 나왔다. 앞으로는 '복 받으십시오'라는 인사보다 '복 많이 지으십시오' 하고 인사하면 어떨까?

2010. 03. 18. 목

친정어머님의 화투 학습

◇◇◇

연수 생활을 핑계로 긴 여름 내내 친정어머님을 찾아뵙지 못한 죄책감에 일요일 잠시 짬을 내어 친정집을 찾았다. 모두가 일터로 나간 빈집에서 오늘도 어머님이 혼자서 책을 보고 계시겠지 하고 문을 여는 순간 나는 내 눈을 의심할만한 사건을 목격했다. 어머님은 구십 도로 굽어진 허리 사이에 베개를 끼우고 아직 한 번도 본 적이 없는 화투 놀음을 혼자서 하고 계시는 것이 아닌가? 더 놀라운 사실은 구경꾼 한 명 없는 텅 빈 집에서 알아듣지 못할 말을 중얼거리시며 얼굴에 화색을 띠고 열심히 화투장을 내리치고 계시는 모습이었다.

친정어머님은 오십여 가구가 가족처럼 붙어사는 이웃을 남겨둔 채 여든 가까이 살아오셨던 고향을 뒤로 두고 지금 사시는 곳으로 삶의 터전을 옮기셨다. 나이 든 어른이 주거지를 옮긴다는 것은 고통이었고, 고행이었다. 눈 뜨고 나가면 바다는 은빛 다리를 놓고, 뒷산의 비비새가 내 집처럼 드나들고, 내 것, 네 것이 분리되지 않았던 고향에 대한 애착과 미련은 참아내기 힘든 어려움임을 우리는 알고 있었지만 그렇다고 딱히 별다르게 대책을 내릴 수가 없었다.

이 힘든 고통을 해결하신 이는 바로 어머님 자신이었다. 낯을 익힌 이웃 사람들에게 길을 물어 살고 계시는 아파트와 가장 가까운 곳에 있는 노인정을 혼자서 찾아가 노인 그룹에 합류하신 것이다. 어머님이 노인정에 나오시는 어르신들과 정이 들 만큼의 시간이 흐른 후 어머님은 또 다른 어려움을 당하게 되셨다. 그곳에 나오는 노인분들은 모두 한 덩어리가 되어 화투 놀이에 전념하며 즐거운 시간을 보내고 있었다. 그런데 어머님은 팔순이 넘도록 한 번도 화투장을 만져 본 적이 없어서 그 놀이에 참여할 수도 없었고, 화투 놀이가 벌어지면 어머님은 외톨이가 되어 그냥 그 장면만 쳐다보고 있어야 했다.

이런 친정어머님을 보고 곁에 계신 친구들이 여태까지 화투 놀이도 배우지 못한 채 뭘 하며 살았느냐고 자주 핀잔을 주었다. 어머님이 화투 놀이를 배운 적이 없어서 모른다고 하자 곁에 섰던 할머니들이 그것도 못 배우고 어떻게 팔순이 되었냐며 여러 번 핀잔을 주어 어머님의 속이 말이 아니었나 보다. 속이 끓은 어머님은 다음 날 도화지 한 장과 사인펜 한 자루를 가지고 노인정엘 가셨다. 여전히 한 분의 할머니가 지금까지 화투도 안 배우고 뭘 했느냐고 다시 놀려대자 어머님은 도화지에 사인펜을 사용하여 일본어로 노래 한 자락을 적으셨다고 한다. 그런 다음 둘러앉은 노인분들께 그 글을 한번 읽어 보라고 하자 모두 글을 배운 적이 없어서 읽지 못한다고 했다.

그러자 어머님은 당신들이 글자를 못 배운 것처럼 나도 화투는 배운 적이 없어서 함께 할 수 없다고 대답을 한 후론 절대 화투를 못 친다고 놀리지는 않는다고 하셨다. 이 일이 있은 후 다시는 노인정 어르신들이 화투를 못 친다고 어머님을 놀리는 일은 없었지만, 어머님은 이 노인정 어르신들과 친구가 되기 위해선 화투 놀이를 배워야겠다고 결심하셨단다. 그래서 어깨너머로 며칠을 배운 후 화투를 사 와서 집에서 다시 복습하여 이제는 2학년쯤은 되었다며 이렇게 재미있는 놀이를 왜 지금까지 못 배웠는지를 모르겠다며 아이들처럼 환히 웃으셨다.

　어머님처럼 나도 아직껏 화투장을 만져 본 적이 없다. 대한민국 국민이면 누구나 내 집처럼 드나드는 찜질방을 경험한 적도 없고, 술을 벌컥벌컥 마셔 본 적도 없고, 반달처럼 눈썹을 밀어 본 적도 없다. 어디 그뿐이랴! 긴 세월 보내는 동안 한번도 머리에 파마를 한 적도, 염색을 한 적도 없이 단발머리로 수십 년을 다녀 우리 반 아이들은 스승의 날에 그 선생님 모습을 그냥 대충 그려놓고 만다. 다른 선생님처럼 파마를 해서 굽실굽실한 머리에 귀걸이도, 목걸이도 예쁘게 매달아 우아한 작품으로 탄생시키지 못하고 그냥 보는 대로 그리다 보니 단발한 내 모습이 아이들이랑 흡사하다.

　나는 여든셋 친정어머님의 화투 놀이 연습 장면을 보면서 신선한 충격을 받았다. 우리가 살아가면서 못 가 본 길이 얼마나 많을까? 흥미가 없어서, 기회가 주어지지 않아서, 제 자신의 성격 탓에, 그리고 그냥 그렇게 살아왔기에 배워 보고자 하는 관심도 잊은 채 우리는 소중한 경험을 놓치고 내가 살아가는 대로 살아가고 있다. 프로스트는 단풍 든 숲속에 두 갈래 길을 한 몸으로 다 가지 못해 서운한 맘으로 잣나무 숲

속으로 난 길을 끝나는 데까지 바라보고 있었다고 노래하고 있다.

경험해 보지 않았다는 것은 자랑할 만한 일은 전혀 아니다. 경험해 보지 않은 사람이 다른 사람의 인생을 절대 논할 수 없고, 경험해 보지 않은 일에 내가 그 일을 이해한다고 하는 말도 진실이 아니다. 세상의 모든 일은 다 귀한 일이다. 그 일이 어떻게 쓰이느냐에 따라 비중은 다르겠지만 그 일을 통해 배움이 있고, 새로운 세계를 열고, 그 일을 통해 또 다른 길을 열어가는 새로운 세상이 된다면 그 일은 또 다른 가치를 창출하게 되는 것이 아닐까?

친정어머님은 여든셋에 배운 화투 놀이로 지금 노인정에서 새로운 삶의 가치를 창출해가고 계신 것이다. 온 얼굴에 환한 미소를 띠우시며.

2009. 09. 10. 목

조침문

◇◇◇

유세차維歲次 모년某年 모월某月 모일某日에 미망인未亡人 모씨某氏는 두어 자 글로써 침자針子에게 고告하노니, 인간 부녀의 손 가운데 중요로운 것이 바늘이로되 세상 사람이 귀히 아니 여기는 것은 도처에 흔한 바이로다. 이 바늘은 한낱 작은 물건이나 이렇듯이 슬퍼함은 나의 정회情懷가 남과 다름이라. 오호통재嗚呼痛哉라, 아깝고 불쌍하다. 너를 얻어 손 가운데 지닌 지 우금 이십칠 년이라. 어이 인정이 그렇지 아니하리요.(중략) 밥 먹을 적 만져보고 잠잘 적 만져 보아 널로 더불어 벗이 되어, 여름 낮에 주렴이며, 겨울밤에 등잔을 상대하여, 누비며, 호며, 감치며, 박으며, 공그릴 때에, 겹실을 꿰었으니, 봉미鳳尾를 두르는 듯, 땀땀이 떠 갈 적에, 수미首尾가 상응相應하고, 솔솔이 붙여 내매 조화造化가 무궁無窮하다.(생략)

윗글은 조선 준조 때 유씨 부인兪氏夫人이 지은 국문 수필로 제치문(조침문)이라고도 하는데, 일찍 남편을 잃고 바느질로 소일하며 지내던 양반 가문의 한 부인이 오랫동안 아끼고 애용하던 바늘이 부러지자 바늘을 향해 그 슬픔을 의인화하여 쓴 국문 수필의 한 부분이다.

우리는 자기를 둘러싸고 있는 인간관계 외의 사물과도 관계를 맺고 살아가고 있다. 그것이 자신이 아끼는 소장품이든, 아무나 소유하지 못할 귀중품이든, 아니면 정들고 손때 묻어 눈 뜨면 항상 함께하는 애장품이든 그것들과의 긴밀한 관계를 맺고 살아가고 있다.

요즈음 사람들에게 눈을 뜨면 함께 하는 사람 외의 긴밀한 관계를 유지하고 있는 물품을 말해 보라고 하면 사람마다 다르겠지만 컴퓨터나 핸드폰이나 아니면 자동차가 아닐까 싶다.

내가 처음 자동차를 가진 것은 13년 전이다. 근무처가 집 앞이었던 시절엔 자동차가 필요 없어 두 발로 걸어서 출근하고, 시장을 다녀도 아무 불편함이 없이 살았다. 그러나 작은 섬의 분교로 발령을 받아 가게 되면서 도저히 버스로 다니기가 힘들어 기계 조작엔 둔치인 내가 온 전신이 떨려 오는 두려움을 무릅쓰고 운전을 배웠다. 내 덩치에 어울리지 않는다고 핀잔을 주는 동료들의 눈치를 뒤로한 채 아담한 소형차를 샀다. 내가 이 차를 처음 시승하는 날 나는 내 자동차를 위한 기도문을 적어 자동차 열쇠에 걸고 다니며 차를 탈 때마다 매일 이 기도문을 낭송하였다.

"야, 좋은 친구, 나는 운전을 잘못하니 너가 항상 나를 잘 데리고 다니길 바란다. 너에게도 남에게도 피해를 주지 말며, 힘들고 어려운 경우엔 피해 가길 바란다."

내 운전의 미련함을 미리 파악하고 올린 기도 덕분인지 백미러도 접어 두고 어떻게 운전을 하느냐는 남편의 충고를 받으면서도 별다른 위험 없이 12년을 잘 버텨 왔다. 그 아담한 자동차가 8년을 채운 후 떠나가고, 우직하고 충직한 또 한 녀석이 날 태우고 다닌 지 4년 만에 나는 드디어 큰 봉변을 당하고 말았다.

　사고를 당한 순간 큰 외상이 없음을 파악하곤 얼른 자동차를 쳐다보았다. 커다란 바퀴 위에 달린 두 눈이 덜렁덜렁 떨어져 나와 그렁그렁 눈물을 머금은 처참한 눈빛으로 나를 원망하고 있었다. 너무나 미안했다. 그날 아침 새벽 기도에서도 분명 그 녀석의 안전을 위한 기도를 올렸는데….

　사고를 낸 후 내가 제일 먼저 한 일은 상대방의 안전보다 내 자동차에게 미안함을 먼저 물었다. 내가 운전을 잘하는 사람이 아니기에 늘 초보 운전으로 다니기에 그날 사고도 전적으로 상대편 부주의였다. 그래도 상대방의 안전을 물어야 하는데 나는 나도 몰래 내 자동차에게 미안함을 먼저 전했다. 운전을 잘하는 주인을 만났더라면 다치지 않아도 될 사고였기 때문이다. 방어 운전은 도저히 생각하지 못할 만큼 나는 정말 앞만 바라보고 운전을 하는 사람이었기 때문이다.

"평생을 운전해도 왜 그렇게 올바른 기사가 되지 못하지?"
라고 핀잔하는 남편에게
"내가 교사만 잘하면 됐지, 기사까지 특급이면 어쩌나요?"

라며 스스로 무안함의 변명을 늘어놓았다.

유씨 부인은 바늘 한 개가 부러진 후에 조침문을 썼지만, 운전 솜씨가 도저히 나아질 기미가 뵈지 않는 나는 처음 운전을 시작한 12년 전부터 오늘 다친 이 녀석과 4년 전 나를 떠나간 소형차의 안전을 위한 기도를 지금껏 올려왔다. 그래서 아마 팔다리 성하게 한 채 한 열흘 누워서 생각할 수 있는 미세한 아픔만 주고 끝낸 것 같다. 마음은 사람과의 관계에서만 서로 통하는 것이 아닌 것 같다. 우리가 예사로 여기는 모든 사물에도 진정한 사람의 마음은 통하고 있다면 우리는 우리와 관계를 맺고 사는 모든 것에 아름다운 마음을 항상 잊지 않아야 할 것 같다.

2008. 12. 04. 목

유월에 부치는 글

◇◇◇

6월은 그레고리력에서 한 해의 여섯 번째 달이며, 30일까지 있는 네 개의 달 중 하나이다. 이름의 유래는 오비디우스의 'Fasti'라는 시에서 찾아볼 수 있는데, 첫 번째는 그리스 신화의 헤라와 동격이자 주피터의 아내 로마 여신 유노이고, 또 다른 하나는 '젊은이'를 뜻하는 라틴어 'iuniores'인데, 이는 5월을 뜻하는 'May'가 '노인'을 뜻하는 라틴어 'maiores'에서 유래한 것으로 보이기 때문이라고 한다.

어느 해이든 6월이 시작하는 요일은 그 해의 다른 달이 시작하는 요일들과는 항상 다르며, 이는 5월과 6월만이 가지고 있는 특징이다. 또한, 6월이 끝나는 요일(2015년은 화요일)은 그해의 3월이 끝나는 요일과 항상 같으며, 6월이 시작되는 요일은 내년 2월이 시작되는 요일과 항상 같다. 6월에는 북반구에서 낮이 가장 긴 날이 있고, 남반구에서는 낮이 가장 짧은 날이 있다. 또한 북반구에서 6월의 계절은 남반구에서의 12월의 계절과 같다. 북반구에서 기상학적으로 여름이 시작되는 날은 6월 1일이며, 반대로 남반구에선 6월 1일에 겨울이 시작된다.

우리나라와는 조금 다른 양상이지만 서양엔 6월에 결혼식이 많이 치러지는데, 그 유래 중 하나로는 6월이 유노(헤라)에서 이름을 따왔기 때문이라는 설이 있다. 유노는 결혼의 여신이었고, 그로 말미암아 6월에 결혼을 하면 운이 따른다는 것이기 때문이란다.

서양에서는 이렇게 좋은 의미의 유월이 우리나라 사람들에겐 치욕의 달, 분노의 달, 그리고 가슴 아픈 달로 여느 달과는 다른 나라 사랑의 의미를 다짐해 보는 달이 되기를 바라본다. 의식이 들고 학교 생활을 시작하면서부터 우리의 유월은 '호국 보훈'의 달로 나라를 위해 목숨을 바친 사람들의 영혼을 위로하고, 육이오 동란을 떠올리며 유월은 그래도 6·25 노래를 배우면서 전쟁의 아픔을 상기해왔다. 그뿐만 아니라, 교과서 내용만 봐도 이 시기의 국어, 도덕의 교육 과정엔 6·25 이야기, 이산가족 이야기, 그리고 전쟁으로 목숨을 바친 영혼을 위로하는 단원으로 계획되어 있어 해마다 그 역사를 공부하다 보니 우리 시절의 유월은 나라 사랑의 마음이 가득 차 있었던 것 같다.

그런데, 요즘 들어서는 애국 사상과 호국 보훈의 마음에 어쩐지 빛이 바래고 있는 것 같아 가슴이 아프다. 세월이 흐르면서 더욱 선명해지는 것이 어디 있겠냐마는 그래도 우리는 우리의 유월을 절대 잊어서는 안된다. 잊지 않을 때 우리는 그 아픔의 역사를 다시 한번 생각하게 되고, 그 아픔을 생각하게 될 때 조국의 미래에 관한 걱정과 우리의 사명을 다짐하게 될 것이다.

서울지방보훈청 이야기이다.

서울지방보훈청에서는 구내 방송을 할 때에 4층 호국홀에서 어떤 행사가 있을 것이라고 안내를 한다. 종전에는 4층 강당이라고 불렸는데 얼마 전에 이름을 새로 지어 '호국홀'이라고 변경하였다. 무의미한 대상에게 이름을 불러 주었을 때 꽃이 되었다는 어느 시인의 이야기처럼 호국영웅을 기리고자 그냥 있는 공간을 '호국홀'로 불러 준 것이다.

대한민국을 지킨 호국영웅들의 고귀한 희생과 정신을 직원들의 마음속에 새기고 호국영웅 선양 추진 의지를 다지고자 강당을 '호국홀'로 이름 지었다. '호국홀' 안에는 대한민국을 지킨 호국 인물 100분의 사진과 6·25전쟁에 참전한 학도병들이 구국 의지를 적은 태극기 4장을 전시했다.

또한 국가보훈처에서는 나라를 어떻게 찾고 지켰는지를 알리는「호국영웅 알리기 프로젝트」를 추진하고 있다. 자기 고장 출신의 호국영웅 추모 시설을 설치하고, 학교별 선배 전사자나 학도병의 명비를 설치하며, 공공기관에서는 청사 회의실에 호국영웅 명칭을 부여하는 등, 지역이나 학교의 정서에 맞게 지역별, 학교별 호국영웅을 선양하여 국민이 호국영웅을 잘 알 수 있도록 홍보를 강화하는 데 중점을 두고 있다고 한다. 그 장면을 보고, 듣고, 스치다 보면 우리는 그 역사를 잊지 않게 되고, 조국의 미래를 걱정하며 자신의 몫을 다하게 될 것이라 믿는다.

모두가 알고 있는 이야기 한 가지를 전하고자 한다.

이스라엘과 이집트 사이에 전쟁이 나자 외국에서 유학하던 이스라엘 학생들은 일제히 약속이나 한 듯 귀국해서 전쟁터로 달려갔다. 미국의 한 하숙집에 이스라엘 유학생과 이집트 유학생이 하숙하고 있었는데, 전쟁이 나자 같은 날 둘이 모두 없어졌다. 알고 보니 이스라엘 청년은 조국으로 달려가 전쟁에 가담하였고, 이집트 학생은 끌려갈까 봐 다른 곳으로 피난을 갔다. 그러므로 이스라엘은 불과 일주일 만에 아랍을 이기고 승리하였다.

당시 이스라엘 민족은 300만이고 이집트는 1억이 넘는 대국이었다. 이스라엘은 300만 모두가 단합하였으나, 반면에 이집트는 제각기 뿔뿔이 흩어져 지리멸렬한 상태였다. 이집트의 하늘에는 이스라엘 전투기가 항상 떠 있었다. 아랍군의 곡사포가 이스라엘의 비행기 한 대를 쏴서 추락시켰다. 추락된 비행기에 가 보니 놀랍게도 조종사가 만삭된 임산부였다. 이스라엘은 노인과 영아를 제외하고는 모두 군인이었다. 그리하여 오늘의 이스라엘은 사막 위에 도시를 건설하고 늪지대와 모래땅을 적셔 비옥한 옥토로 만들었다. 그뿐만 아니라 수백 마일 밖에서 물을 끌어들여 사막을 전천후 영농 농장으로 만드는 등 선진국이 되었다.

아직도 우리는 전쟁과 분단의 아픔을 겪고 있다. 애국심은 국민의 일반적인 나라 사랑하는 마음이며, 호국 정신은 평시에 전쟁이 나지 않도록 국민이 나라를 잘 지키려는 마음이다. 국민의 마음이 애국심과 호국 정신으로 하나 되어 대한민국을 안전하고 평화로운 나라로 만들어야 한다. 애국심과 호국 정신이 어느 한 달에만 국한할 것이 아니지만 적어도 유월 한 달 만이라도 우리 모두 각자가 맡은 분야에서 호국 정신을 살려 애국자가 되어보자.

2015. 06. 19. 금

제5부 : 피그말리온 효과

피그말리온 효과(Pygmalion effect)

◇◇◇

옛날 우리네 어르신들은 학문이 깊은 것도 아니고, 제대로 배움의 기회도 갖지 못했는데 어쩌면 남겨 놓은 수많은 사자성어나 고사성어가 그렇게 깊이가 있고 해학이 숨어 있는지 모르겠다.

옛날 삶의 어려움은 어디 한두 집에만 해당하는 것이 아니었다. 대부분의 사람이 입에 풀칠하기도 힘들어 자녀의 교육은 꿈에도 생각지 못하고 힘들고 어려운 세월을 사는 게 아니라 그저 그렇게 살아가는 거라고 믿고 하루하루를 보냈을 것이다. 이런 어려움은 남자들보다 여자의 몫이 훨씬 컸다. 가족의 먹을 것, 입을 것을 책임져야 하고, 농사일도 앞장서서 해야 하니 그 고달픔이 얼마나 힘들었을까? 더구나 층층시하의 대가족을 책임진 며느리의 역할을 지켜 내기란 지금 생각해 보면 사람으로서 하기가 힘든 일이었을 것이다.

이렇게 힘들고 어려운 삶을 살아가다 보니 그 고달픈 인생의 한이 어쩌면 자식에게 화풀이로 해소하는 어머니가 많았던 것 같다.

아이들이 저녁까지 빈터에서 놀고 있으면 어머니들은 사립문 밖으로 나와 자기의 아이 이름을 부르며 이제 그만 놀고 집으로 오라는 고함을 지르곤 했다. 그런데 자식을 부르는 어머니들이 저녁이 되었으니 정말 그만 놀고 어서 들어오라는 걱정의 소리가 아니었다. 어느 어머니나 똑같이 자기 아이의 이름을 부르고는 입에 담지 못하는 험한 말을 하면서 자식을 불러들였다.

그때 내가 친정어머님께 들었던 이야기를 아직도 기억하고 있다.
"세상에! 어미가 되어서 자기 자식을 저렇게 욕을 하면 그 아이가 어떻게 될 것인지 생각지도 않고 저런 험한 말을 하다니…."
친정어머니는 늘 자식을 '빌어먹을 놈'부터 시작해 입에 담지 못하는 험한 말로 자식을 저렇게 빌어먹으라고 욕을 하면 그 자식이 정말 빌어먹는 놈이 되면 어쩌려고 저런 욕을 하는지 모르겠다고 가슴 아파했다.
참 고맙게도 일곱이나 되는 우리 형제들은 한 번도 그런 가슴 아픈 소리를 듣지 않고 자랐으니 지금 생각하면 얼마나 축복받은 일이었는지 모른다.
어머닌 늘 세상일은 내가 내뱉은 말대로 되는 법이니 절대 말을 함부로 하면 안 된다. 언제나 희망이 보이는 말을 해야 한다고 말씀하셨다. 내가 정말 그렇게 되기를 바라고 열심히 노력하면 꼭 그렇게 되는 법임을 누누이 알려 주셨다. 배움도 없으셨던 어머니께서.

피그말리온 효과(Pygmalion effect)는 모두가 다 알고 있는 이야기지만 자녀를 키우는 부모는 항상 염두에 두고 있어야 할 내용이어서 꼭 이 효과를 소개하고 싶다.
그리스 신화에 나오는 키프로스의 조각가인 피그말리온은 자기가 이상으로 여기는 여인상을 상아로 조각하기 시작했다. 그 조각을 끝낸 후 매일 바라보다가 그만 사람이 아닌 그 조각상의 여인을 사랑하게 되었다. 그래서 이 조각의 여인이 생명이 있어서 자기와 같이 행복하게 살았으면 좋겠다는 욕망이 생겼다. 그때부터 피그말리온은 하루도 빠짐없이 아프로디테 여신에게 기도를 올렸다. 제발 이 조각상의 여인에게 생명을 불어넣어 달라는 기도를 올렸다. 아프로디테 여신은 하루도 빠지지 않고 기도를 올리는 그의 열정과 사랑에 감동하여 여인상에게 드디어 생명을 불어넣어 주었다. 이처럼 우리가 그렇게 되기를 간절히 바라고 최선을 다하면 꼭 그 일이 그렇게 이루어진다는 내용의 이야기이다. 그래서 교육 용어로 피그말리온 효과라는 말을 하고 있다.

이와 비슷한 로젠탈효과도 생각해 보자.

1968년 하버드대학교 사회심리학과 교수인 로젠탈(Rosenthal, Robert)과 미국에서 20년 이상 초등학교 교장을 지낸 제이콥슨(Jacobson, Lenore)은 미국 샌프란시스코의 한 초등학교에서 전교생을 대상으로 지능 검사를 하였다. 그리고 A 교사에게 검사 지능이 높은 20%의 학생을 뽑아 '지적 능력이나 학업 성취의 향상 가능성이 높은 학생들'이라고 말하며 잘 지도해 줄 것을 부탁했다. 그리고 이번엔 지능이 낮은 20%의 또 한 집단을 뽑아 '지적 능력이나 학업 성취의 향상 가능성이 낮은 학생들이니 그래도 잘 지도해 보라는 부탁을 B 교사에게 했다. 8개월 후 이전과 같은 지능 검사를 다시 실시했는데, 그 결과 지능이 높은 20%의 명단에 속한 학생들은 다른 학생들보다 평균 점수가 높게 나왔다. 그뿐만 아니라 학교 성적도 크게 향상되었다. 그런데 지능이 낮은 20%의 집단이라고 말한 그 집단의 학생은 점수가 낮게 나오고 말았다. 중요한 사실은 20%의 두 집단의 명단은 사실은 무작위로 뽑은 집단이었다.

이 연구 결과는 교사가 학생에게 거는 기대가 실제로 학생의 성적 향상에 효과를 미친다는 것을 입증했다.

타인이 나를 존중하고, 나에게 기대하면 그 기대에 부응하기 위해 노력하여 그만큼의 효과를 이룬다는 것을 나타낸 실험으로 교사의 관심이 학생에게 긍정적인 영향을 미치는 심리적 요인이 됨을 증명하고 있다. 어디 이 피그말리온 효과와 로젠탈 효과가 교육 현장에만 해당될까? 바로 내 자녀를 키우는 부모가 가장 깊이 새겨 두어야 할 교육 효과이다.

배움이 없었던 시대의 우리네 조상도 피그말리온 효과와 로젠탈 효과를 옛날부터 사자성어와 고사성어로 남겨 두었다.

'입살이 보살이다. 믿는 대로 자란다.'

2020. 04. 03. 금

아이는 배우며 자라는 것이 아니고, 보면서 자란다

◇◇◇

어떻게 하면 우리 아이를 잘 키울 수 있을까? 아니 어떻게 하면 다른 아이들보다 더 잘 키울 수 있을까? 결혼을 하고 자녀를 갖게 되면 모든 부모의 관심사가 바로 내 자녀 잘 키우는 방법에 관한 고민이다.

세상 모든 일은 잘하기 위하여 우리는 연습을 한다. 오랜 기간 열심히 노력하고 연습을 한 후 그 분야에 검증과 인정을 받아야만 전문가가 되고, 전문가라는 인정을 위하여 자격증을 부여한다. 그렇게 하여 자격증을 받고 그 분야에서 일을 해도 일을 할 때마다 고민을 하게 되고 자신이 한 일에 자신감을 갖기란 적어도 10년을 그 일에 종사해야 조금은 안목이 생기는 법이다.

그런데 부부가 되는 길과 부모가 되는 길은 아무런 시험도 없고 연습도 없다. 그리고 일반 일처럼 10년이면 어느 정도 안목이 생기기도 어렵다. 그래서 결혼 후의 시행착오와 자녀를 키우는 부모가 되는 길에 겪는 어려움이 한두 가지가 아니다. 특히 자녀가 힘들고 어려운 경우를 당했을 때 바른길을 정확하게 안내하지 못함이 답답하기만 하다. 만일 자녀 교육의 지름길이 있었다면 모든 부모가 아무리 힘들고 어려워도 그 길에 줄을 서서 이탈하지 않고 달려가고 있을 것이다.

학부모들은 내 아이를 누구보다 잘 키우기 위한 방법으로 자녀 교육 관련 서적을 찾기도 하고, 인터넷을 통해 정보의 방을 넘나들며 나름대로 좋은 부모, 내 자녀 잘 키우는 방법을 고민하고 연구하게 된다. 이런 부모의 마음을 정확하게 파악하고 자녀 교육에 관련된 자료들이 수없이 쏟아지고 있다. 올바른 생활 습관 기르기, 자녀와 부모의 소통 방법, 자존감 키우기, 친구와 잘 지내기, 부모의 역할 등 정말 좋은 자료들이 너무나 많다. 그러나 그 자료들이 전하는 지식과 정보가 내 자녀 교육에 정확한 등대가 되지 못함은 무슨 이유일까? 바로 우리 아이들이 살아 있는 생명체이기 때문이고, 더욱 중요한 것은 개개인이 가진 성향이 다르기 때문이다. 그렇기에 관련 서적에서, 애써 찾아 놓은 정보가 내 자녀 교육과 딱 맞아떨어지는 교육 방법이 될 수가 없다.

교육에 참여한 지가 마흔 해가 훨씬 넘었다.

37년간 초등학교 교육을 책임졌고, 지금까지 8년간 대학생을 지도하는 겸임 교수의 역할을 하고 있다. 그 긴 교육 현장의 길을 걷는 동안 참 많은 아이를 만났고, 또 참 많은 학부모를 만났다. 교육 현장에서 자녀 교육의 다양한 경우를 경험한 것이다. 그러나 그렇게 긴 교육 현장에서의 길을 걸어와도 자녀 교육의 가장 바른 길은 어떤 길이라고 감히 단정하여 말할 수 없으니 참으로 안타까운 일이다.

그러나 긴 세월 교육 현장을 지키면서 아이들과 학부모들을 만나면서 다양한 자녀 교육의 경험을 통해 자녀 교육에서 가장 큰 영향을 미치는 것은 그 학생의 부모라는 참 평범한 사실을 깨닫게 되었다. 이 평범한 사실은 초등학생도, 중고등학생도, 지금 함께 공부하고 있는 대학생도 모두 마찬가지였다. 힘들고 어려운 경우의 학생을 만났을 때도 그곳에 그 부모가 서 있었고, 반듯하고 바르게 자라는 학생의 뒤에도 그곳에 그 학부모가 있었다. 그리고 성장하여 주변에서 살아가고 있는 제자들을 곁에서 지켜보고 있노라면 그 학생의 뒷전에는 그 학부모의 살아가는 삶의 모습이 그림자처럼 보였다.

그래서 교육 서적을 통한 결과도 아니고, 교육 정보를 통한 결과도 아닌 그냥 긴 세월 교육 현장에서 직접 경험한 교육자의 눈으로 본 자녀 교육의 바른길은
'아이들은 배우면서 자라는 것이 아니고, 보면서 배운다'
라고 감히 교육 방법의 바른길을 조심스레 전해 본다.

'아이들은 배우면서 자라는 것이 아니고, 보면서 배운다'는 이 말은 얼마나 무서운 말인지 모른다. 그럼 누구를 보면서 자란다는 말인가? 일차적인 대상은 당연히 부모의 그림자이다. 부모님의 생각, 언어, 행동을 배우며, 비언어적인 모습인 눈빛, 표정, 마음까지도 자녀들은 우선 제 부모의 모습을 보면서 배운다는 사실이다. 그러니까 가장 훌륭한 선생님은 부모라는 셈이다.
내 자녀 바르고 잘 키우는 지름길이 부모의 그림자라면 부모는 자녀 앞에서 어떻게 행동하고, 말하고, 무엇에 관심을 가지며, 가치와 신념과 도덕을 어떻게 자녀에게 보여 주면서 살아가야 할까?

'아이들은 배우면서 자라는 것이 아니고, 보면서 배운다'는 말에 관하여 우리가 잘 알고 있는 속담 한 가지를 소개하자면, '콩 심은 데 콩 나고, 팥 심은 데 팥 난다'는 말을 빗댈 수 있을 것이다. 교육의 본질, 교육받을 자녀의 특징, 그리고 현 시대적 교육 환경 등과 교육 경험을 토대로, 우리 아이들이 어떻게 배우며 성장해 가는지를 우리는 서로 공유하고 소통해야 할 것이다.

지금도 한 장의 수채화처럼 지워지지 않는 친정어머님의 교육 방법을 생각해 보면서.

2020. 01. 13. 월

멘토(mentor)와 멘티(mentee)

◇◇◇

   소방서에 근무하는 제자가 찾아왔다. 훌쩍 나이를 먹어 지천명의 연륜을 보태놓았지만 그래도 담임을 맡았던 선생님의 눈엔 6학년의 졸업식장에서 눈물을 훌쩍이던 그 모습이 그대로 보였다. 한참 이야기를 나누던 중

   "선생님, 제가 근무하면서 제일 힘든 일이 무슨 일인지 아세요?"

   라고 물어왔다. 당연히 화재 진압일 거라고 생각하면서 그래도 힘내서 일하는 소방관들이 있기에 우리가 안심하고 살고 있다고 격려를 하자 머리를 흔들었다. 제일 힘든 일이 밤늦게 걸려 오는 젊은 엄마들의 하소연이라고 했다.

   그 하소연은 아이가 너무나 많이 울어서 어떻게 달래야 할지 모르겠다고 어서 방문해 달라는 신고라고 했다. 너무나 황당한 이야기였지만 충분히 그럴 수 있다는 생각이 들었다. 옛날엔 시부모를 모시고 살았기에 갑자기 아이가 경기가 나고 이유 없이 울어대면, 그 몫은 당연히 시어머니 몫이었다. 시어머님은 제일 먼저 기저귀를 갈아주고, 배가 고픈지 입가에 손가락을 갖다 대 보기도 하고, 마지막엔 이마에 손을 얹거

나 등을 두드리며 행여 음식물이 기도를 막았는지를 일일이 챙겨 가며 아이의 울음을 뚝 그치게 했다. 참 신기하게도 시어머님은 언제나 소아과 의사가 되어 주었다.

그런데 요즘은 시부모와 함께 사는 가족이 제대로 없다. 그러다 보니 젊은 부부가 아이가 갑자기 그치지 않고 자지러들게 울면 어떻게 해야 할지 몰라서 소방서로 전화를 한다는 것이 참 우습기도 했지만 충분히 이해가 되었다.

젊었을 때 감명을 받았던 교육 칼럼 한 부분을 소개하고 싶다. 우리나라의 젊은 교육자 한 분이 인디언 학교에 교사로 가게 되었다. 어느 정도 학습 기간이 끝난 후 시험을 치게 되었다. 오늘 시험을 친다고 안내하자마자 아이들은 서너 명씩 그룹을 지어 머리를 맞대고 초롱초롱 빛나는 눈빛을 보내면서 선생님을 바라보고 있었다고 한다. 깜짝 놀란 선생님이 시험을 치는데 왜 따로따로 떨어져 앉지 않고 이렇게 머리를 맞대고 앉았느냐고 물었단다. 그러자 인디언 아이들의 대답은
"엄마가 어려운 문제가 나올수록 혼자 해결하려고 하지 말고, 친구와 머리를 맞대고 문제를 풀어보라고 했어요."
인디언 아이들의 설명에 시험 시간이면 책상을 서로 띄우고, 책가방을 가운데 놓고 시험을 보았던 우리나라 학생들의 시험 시간이 떠올라 너무나 가슴 아팠다는 내용이었다.

모든 일은 혼자 하는 것보다는 함께 하는 것이 바로 집단 지성

(Collective Intelligence)의 위력이다. 아이 키우는 것도 혼자 하는 것은 위험한 발상이다. 옛날처럼 시어머니가 자녀를 키워 주시는 것도 아니고, 친정도 멀리 있으니 당연히 자녀 교육을 책임지는 것은 내 혼자라는 생각을 해서는 안 된다.

마을 어른들도, 가족, 친지들도, 그리고 직장 동료들도 모두 내 아이를 키우는 데 함께 도움 줄 수 있는 멘토로 만들어 두어야 한다. 아이들은 참 이상한 속성을 가지고 있다. 내가 훈계를 할 때는 고집을 부리고 떼를 쓰며 눈도 마주치려 않지만, 이모 이야기는 잘 듣고, 고모 이야기에도 귀를 기울이고, 학원 선생님의 충고는 잘 받아들이는 경우가 있다.

자녀 지도는 이렇게 주변에 많은 멘토를 두어야 한다. 주변의 멘토들이 들려주는 충고는 부모와는 또 다른 신선함으로 받아들인다. 게임에 빠진 아들이 엄마와 전쟁을 치르고도 고쳐지지 않던 버릇이 군에서 휴가 나온 삼촌이 감쪽같이 고쳐 주고 갔단다. 도대체 삼촌이 무슨 이야기를 하였기에 그 좋아하던 게임을 단숨에 끊을 수 있게 되었는지 알수 없다는 학부모의 이야기를 들은 적이 있다. 아이들도 부모의 이야기를 들어야 한다는 것을 알면서도 지금껏 부모 앞에서 부려온 오기와 고집을 선뜻 내려놓지 못함을 이해해야 한다. 이럴 때 우리는 그 멘토를 바꾸어주는 센스가 필요한 것이다. 그것이 멘토링의 학습이다.

멘토링(mentoring)이란 원래 풍부한 경험과 지혜를 겸비한 신뢰할수 있는 사람이 1:1로 지도와 조언을 하는 교육을 말한다.
그리스 신화에서 유래한 말로 조력자의 역할을 하는 사람을 멘토

(mentor)라고 하며, 조력을 받는 사람을 멘티(mentee)라고 한다. 멘토링은 일반적으로 기업체, 학교 등에서 우수한 경력과 풍부한 경험을 가진 선배가 후배의 능률과 안내를 위하여 돕는 교육 활동이다. 현대 사회에서는 의미가 많이 포괄적으로 변하여 단지 1:1로 지도하고 조언하는 것이 아니어도 선배가 후배에게 조언을 하는 자리나 행사, 프로젝트 등에 모두 멘토링이란 단어를 사용하고 있다.

옛날 트로이 전쟁 때 그리스 연합국 중에 소속돼 있던 '이타카'국가의 왕인 오디세우스가 전쟁에 나가게 되었다. 전쟁에 나가면 죽어 올지 살아 올지 모르니 남아 있는 아들을 어떻게 해야 하나 걱정하다 자신의 어린 아들을 친구에게 맡겼다. 왕의 아들을 맡은 친구 '멘토'는 왕의 아들을 친아들처럼 정성을 다해 훈육하면서 키웠다.

왕의 친구는 왕의 아들에게 때론 엄한 아버지가 되기도 하고 때론 조언자도 되고 자상한 선생도 되어서 아들이 훌륭하게 성장하는 데 있어서 더할 나위 없이 커다란 정신적 지주의 역할을 충실히 잘 감당했다. 10년 후에 오디세우스 왕이 트로이 전쟁을 끝내고 다시 돌아왔을 때 왕의 아들은 놀라울 정도로 훌륭하게 성장했다. 그래서 오디세우스 왕은 자신의 아들을 그렇게 훌륭하게 교육시킨 친구에게 그의 이름을 부르면서,

"역시 자네는 내가 믿었던 그대로야. 자네다워! 역시 '멘토(Mentor)'다워!"라고 크게 칭찬해 주었다. 그 이후로 백성들 사이에서 훌륭하게 제자를 교육시킨 사람을 가리켜 '멘토'라고 불러 주는 호칭이 유래되었다.

자녀 교육도 다양한 멘토를 두어 부모가 채워주지 못하는 부분에 서로 도움을 청하면서 키워 보자. 내 자신도 다른 자녀의 멘토가 되고,

내 자녀도 다른 멘토를 만나게 해 보자. 혼자서 내 자녀 교육을 다 책임
진다는 것은 매우 위험한 발상이다.

2020. 01. 19. 일

자녀 교육에서 가장 위험한 발상

◇◇◇

부모에게 자녀의 바른 성장은 최고의 선물이다.

결혼은 하고 나면 아름다운 가정을 이끌어가며 생기는 희망과 꿈 중 자녀 성장에 관한 기대와 희망은 어쩌면 모든 가정의 공통분모라고 해도 과언이 아닐 것 같다.

자녀 교육에 있어 가장 위험한 발상은 바로 부모의 욕심이다. 언젠가 1학년 담임을 했을 때 생긴 일이다.

"선생님, 우리 엄마는 초등학교부터 고등학교까지 늘 1등을 했대요. 그런데 제가 공부를 못하는 것은 아빠를 닮았기 때문이래요."

한 친구가 이렇게 말하자 곁에 있던 친구의 대답에 담임인 나는 어떻게 대답해야 할지 모를 만큼 당황하고 말았다.

"야! 니네 엄마하고 우리 엄마하고 초등학교 같은 반이라고 했잖아. 우리 엄마도 항상 시험을 치면 우리 엄마가 1등을 했다고 하던데… 선생님, 1등이 두 명도 되나요?"

아이들의 이 해맑은 대화에 어떤 대답을 해 주었어야 했을까?

부모는 자녀 앞에서 당당해지고 싶다. 특히 지금 내 앞에서 서 있는 이 시기의 자녀들 앞에서 엄마 아빠는 너만 한 시절에 엄마는 어떤 사람이었다는 것을 과시하고 싶어진다. 3학년 때 엄마가 이 정도였으니 너도 엄마보다 앞서야 한다는 무언의 과시다.

자녀 교육에 있어 가장 위험한 발상은 바로 자녀에 관한 욕심이다. 그리고 아이의 희망과 부모의 희망이 일치하지 않을 때이다.

사도 세자가 뒤주 속에 갇혀서 죽은 이유를 많은 사람은 정치적인 이유라고 하는데 그 사실도 정당한 이유지만 그것보다 더 앞서는 것은 영조가 사도 세자에게 너무 큰 부담을 주었기 때문이라는 생각이 든다.

모두가 알고 있는 것처럼 영조는 정통 왕가의 계열이 아니다. 숙종의 둘째 아들로 숙종과 숙빈 최씨 사이에서 태어나다 보니 영조는 스스로 그 탄생의 사실에 위축되었고, 누군가 혈통의 정당성을 앞세워 자신을 폐위시키면 어쩌나 걱정이 되었고, 그런 자신을 지키기 위한 압박에 시달려야만 했다.

이런 영조는 자신의 아들 사도 세자만은 누구에게도 정당하고 당당하고 문무를 갖춘 능력 있는 왕이 되기를 바라는 마음에서 벗어나지 못했다. 영조는 늘 세자가 되기 위한 각종 준비에 사도 세자를 시험했고, 사도 세자는 그런 영조로부터 압박과 극심한 스트레스에 시달려야만 했다. 영조는 자신의 세자가 뛰어난 학문과 지식으로 신하들을 통제할 수 있는 현군이길 희망했으나 사도 세자는 자라면서 사실 공부보다는 사냥을 좋아하고 무인 기질이 강했다.

사도 세자는 오랜 시간 동안 세자로서 극심한 정신적 고통을 겪으며 살아야 했다. 결국 부모의 욕심이 자녀의 성장을 조기부터 막아 버린 셈이다. 관련된 영화를 보면 뒤주에서 사도 세자가 죽어갈 때 영조가 마지막으로 한 말이 바로 자녀를 바르게 보지 못함에 관한 후회였다. 결국 부모의 욕심이 자녀의 앞길을 죽음으로 몰아간 셈이다.

반면에 세종대왕의 경우는 '자기주도적 학습 원리'를 설명해 주고 있다. 양녕, 효령, 충령의 세 아들 중 충령은 세자가 될 서열은 아니다. 그러기에 세자가 될 준비도 필요하지 않았고, 궁중의 법도와 최소한의 예절만 배우면 되었지, 제자가 되기 위한 학문에 시달릴 필요는 없었을 것이다. 특히 더 중요한 사실은 부모의 끝없는 욕심에 시달리지 않아도 되었다고 볼 수 있다. 그러기에 충령은 자신이 좋아하는 많은 책을 마음껏 읽었고, 다양한 분야에 관심을 갖고 참여하고 시험하고 즐기면서 어린 시절을 보냈을 것으로 믿어진다.

하고 싶은 것을 스스로 찾아서 하는 것, 무엇보다도 부모님의 요구에 의해서가 아니라 자신이 스스로 관심 있는 분야의 공부에 관한 시간표를 짜고, 학습 방법을 찾고, 실험하고 관찰하고 결과를 알아가는 학습 방법을 '자기 주도적 학습'이라고 한다. 세종대왕이 된 충령이 바로 '자기 주도적 학습'을 스스로 경험한 것이다.

세종대왕은 이런 자기 주도적 학습의 결과로 다양한 분야에서 백성을 위한 업적을 쌓았다. 각종 천문과 관련된 천문기기를 탄생시켰고, 정간보를 만들어 우리 음악을 정비하였으며, 농사법, 세법, 한글 창제 등 생각할 수 없을 만큼 다양한 분야의 미비한 것을 정비하여 정확한 우리 것을 만들어 놓았다. 심지어는 작은 재판을 할 때에도, 벌을 내릴 때에도 지혜를 독서에서 얻어 지혜롭게 풀어 나갔다고 한다. 이 모든 것이 바로 많은 책을 독파한 독서력과 '자기 주도적 학습'의 결과로 볼 수 있다.

'자기 주도적 학습'의 결과는 자신의 학습에 만족감을 얻으며 행복해진다. 누가 시켜서가 아니라 자기 스스로 찾아간 학습이다 보니 그 결과에 또 다른 목표를 세우고 도전하는 창의력을 유발시키는 사람으로 성장할 수 있는 원동력이 되어진다. 이 모두가 세종대왕이 어린 시절, 지나친 부모의 기대에 시달리지 않았고, 자신이 하고 싶은 일을 마음껏 할 수 있었던 결과이기 때문이라고 본다.

자녀 교육에서 가장 위험한 발상은, 자녀에게 지나친 욕심을 갖는 것과 자녀의 희망과 부모의 희망을 혼돈하는 것이다.

2020. 02. 02. 일

다른 시각으로 바라본 정답

◇◇◇

    초등학교 1학년 아이들을 담임했을 때 급식 시간에 일어난 일이다.

    1학년 아이들은 이제 막 유치원에서 초등학교로 진학한 아이들이라서 음식을 먹는 속도가 참으로 느린 편이다. 다음 시간 수업이 다가오는데 아직도 꾸물거리며 수저를 움직이는 아이들을 보면 마음이 다급하여 나도 모르게 '어서 먹어야지' 하는 소리를 몇 번이나 하는지 모른다.

    식사 시간이 거의 끝나갈 무렵 현주가 다급하게 내 앞으로 달려 나왔다.

    "선생님, 참 이상한 일도 다 있어요."

    "무슨 일이니? 밥에서 돌멩이라도 나왔어?"

    나는 혹시 음식 속에서 나쁜 이물질이라도 나왔나 싶어서 아이가 들고 나온 작은 물질을 쳐다보았다.

    "선생님, 왜 오늘 급식 시간에 간식으로 나온 곶감 씨와 우리 할머니 집 단감 씨가 이렇게 닮았을까요?"

    현주는 정말 대단한 사실을 발견한 듯이 곶감 씨를 손에 들고 두 발을 동동거리며 박수를 쳤다. 놀란 것은 담임뿐만이 아니었다. 점심을 먹던 아이들은 현주의 행동에 어이없다는 듯 현주가 하는 모습을 바라보고만 있었다. 당연히 곶감은 감으로 만들었기에 씨가 같은데 그것도 모르느냐는 의미를 눈빛에 가득 담고서.

나는 이 상황을 어떻게 해결해야 현주가 아이들 앞에서 난처하지 않을까 싶어 순간적으로 정말 당황했다. 나는 벌떡 일어났다. 그리곤 방금 현주가 내 앞에서 보여 준 행동 그대로 나도 두 발을 동동거리며 손뼉을 치면서 이렇게 말했다.

"현주야, 선생님도 왜 곶감 씨와 할머니 집 단감 씨가 닮았는지 모르겠다. 선생님이 내일 알아봐 올 테니까 너도 어머니께 물어보고 와."

현주는 그렇게 하겠다는 듯이 아무런 부끄러움도 없이 고개를 끄덕이며 자리로 돌아갔다. 아이들은 현주가 보여 준 행동도 그렇지만 아이도 아닌 어른인 선생님이 현주와 꼭 같은 행동을 보여 준 모습에 정말 알 수 없다는 듯 아무 말도 없이 그저 바라보기만 했다.

다음 날.

"선생님, 엄마가 그러는데 곶감은 감으로 만든대요. 그래서 감 씨와 곶감 씨가 서로 닮았대요. 선생님도 몰랐죠?"

현주는 아주 대단한 사실을 알았다는 듯이 자랑스럽게 이야기를 하곤 작은 봉투를 하나 전해 주고 달아나 버렸다. 현주 어머니의 편지였다. 아마 현주가 어제 일어난 일을 어머니께 자세하게 전한 모양이었다.

현주 어머니는 당연한 것을 모르는 아이가 친구 앞에서 주눅 들지 않게 선생님도 모르겠으니 우리 서로 집에 가서 찾아보자는 제의를 해 주신 선생님께 감사하다는 편지와 함께 비췻빛이 영롱하게 빛나는 작은 브로치 한 개를 봉투 속에 넣어 보냈다.

　아이들이 입을 닫아버리는 경우를 종종 본다.

　누구나 다 대답할 수 있는 질문을 해도 어떤 아이들은 자신 있게 손을 들어 발표를 하지 못한다. 왜 그럴까? 아이들의 입을 닫아버리게 한 사람은 바로 부모와 담임 선생님이다. 아이들은 어떤 문제나 정답을 다 말할 수 없다. 그리고 어쩌면 세상에 꼭 정답이 있는 것은 아니다. 셈하기나 과학적 근거야 문제가 다르지만 다른 모든 문제는 사람에 따라 다른 답을 말할 수도 있다. 틀린 것이 아니라, 다른 시각으로 바라볼 수도 있기 때문이다. 그런데 이런 다른 시각으로 바라보며 답한 아이들의 생각을 인정해 주었다면 아이들은 어디서나 당당하게 자신의 생각을 표현할 수 있었을 것이다. 그리고 성장해 갈수록 그런 자신의 생각이 정작 그 문제에 바르게 접근해 가는가는 스스로 판정하게 되는 앎의 과정을 거쳐서 어른이 되어갈 것이다.

　그런데 돌이켜 보면 우리들의 교육 과정은 그렇지 못했다. 부모님이나 선생님이 정해 놓은 답과 다른 표현을 했을 때, 우린 과연 그렇게 답한 아이를 어떤 시선으로 바라보았던가?

　어른의 눈높이에서 정해 놓은 정답에서 많이 벗어난 답을 한 자녀의 눈높이를 달리해 보자. 어쩌면 어른들이 전혀 생각하지 못했던 답을 한 그 아이가 또 다른 세상을 만드는 창의력 있는 아이가 될 것이기 때문이다.

2020. 02. 25. 화

코로나와 자기 주도적 학습력

◇◇◇

5월에야 개학을 한 학생들이 겨우 정신을 차리고 학습력을 키우려나 했더니 복병처럼 다시 고개를 든 코로나 때문에 학교 현장은 어느 기관보다도 힘들고 어려움에 처해 있다. 코로나의 파급력이 이젠 성역이 없다 보니 가장 걱정되는 곳이 바로 학교이다. 학생도 답답하고, 학부모도 답답하다.

이럴 때 우리 교육 어떻게 해야 할까?

1학기 동안 생전 처음 해 보는 '인터넷 강의'에 처음엔 상당히 당황했고 강의 준비에 어려움을 많이 겪었다. 그러나 인터넷 강의 횟수가 더해지는 동안 교수도 학생들도 새로운 사실을 찾아가기 시작했다. 누구의 도움이 아니라, 계획하고 점검하고 실천하고 평가하여 재수정하는 과정을 스스로 찾지 않으면 인터넷 강의 때문에 가르치는 사람도, 배우는 사람도 모두 불행해진다는 사실이다. 대학생도 이러니 초등학생은 오죽할까?

이제 공부하는 방법을 바꾸어보자. '자기 주도적 학습 방법'만이 코로나 시대를 이겨 낼 수 있는 수업 방법이라고 자신 있게 말하고 싶다.

이젠 학습 방법을 바꾸지 않으면 초등학생이나 중고등학생이나 대학생까지도 자신의 위치에 맞는 학습 역량을 채우지 못할 것이라는 확신이 든다.

'자기 주도적 학습 방법'을 상담하기 위하여 어느 학부모님을 만났다. 지금까지 학생은 어떻게 공부를 하고 있었느냐고 물으니 학원 선생님과 나눈 카톡 내용을 보여 주었다. 아이가 학원에서 어떤 시험을 보았는데 몇 개가 틀렸으며, 틀린 이유는 어디에 있으며, 앞으로 더 관심 가지고 지도하겠다는 상세한 내용이었다. 학원에서 이렇게 상세하게 안내하고 지도하니 학부모는 안심하게 된다는 것이다. 더 중요한 것은 학생도 이런 마음으로 공부하고 있다는 것이다.

이 학부모님과 상담을 하는 중 지금부터 학원을 보내지 않고 집에서 공부해 보려고 하니 무엇을 공부해야 하나, 어떻게 공부해야 하나, 어디부터 시작해야 하나 학부모도 학생도 혼자서 할 수 있는 일들이 없더라는 대답을 했다. 지금까지 모두 학원에서 차려 주는 대로 숟가락으로 떠먹었기에 스스로 떠먹을 수 있는 방법을 찾지 못한 것이다.

자기 주도적 학습 방법을 간단하게 4가지로 풀어 보고자 한다. 첫 번째 단계는 목표 설정 단계이다. 내 자녀에게 제일 먼저 왜 공부를 해야 하는지를 스스로 찾아보게 하는 단계이다. 어른의 눈높이에서, 부모의 눈높이에서 보는 공부의 목표가 아니라, 공부하는 이유를 스스로 찾아보게 하는 것이 자기 주도적 학습 방법을 찾아가는 첫 길이다. 바로 목표 설정의 동기 부여 프로그램을 자신이 만드는 것이다.

다음은 두 번째 계획 단계이다. 처음부터 수업의 양을 크게 잡을 것이 아니라 내가 할 수 있는 만큼의 계획을 만드는 것이다. 이것이 바로 '자기 약속 프로그램'이다. 약속 중 가장 지키기 어려운 약속이 바로 자기와의 약속이다. 그래서 자기 주도적 학습 방법은 자기가 정하는 것인 만큼 자신과의 약속이 가장 중요한 것이다. 이 학습 내용을 계획하는 단계에서 욕심을 너무 많이 부리면 실천이 어렵게 되고, 결국 학습의 매력을 잃게 된다.

다음 세 번째 단계는 자신이 정한 학습 계획을 실천하는 단계이다. 이 실천하는 단계는 '자기 습관 형성 프로그램'이다. 이때, 자신이 정한 학습 계획을 한 가지 한 가지 실천이 이루어질 때 학생은 스스로에 매혹되고, 감탄하고, 쾌감을 느끼게 될 것이며, 이 실천을 이룬 자신에게 보상을 줄 수 있어야 한다. 물론 이때 학부모도 강화를 위한 학생에게 보상이 필요한 단계이다. 마지막 단계는 '평가하기 단계'이다. 물론 이 평가도 자신이 하는 평가여야 한다. 자신이 만든 계획을 실천하는 동안 잘되지 않은 점, 실천하지 못한 이유, 학습량 등을 자신이 찾아가야 하는 단계이니 바로 자기반성 프로그램인 셈이다.

이런 과정을 몸에 익혀가는 동안 학생은 듣는 습관, 오답을 찾아내는 습관, 학습 내용을 정리하는 습관, 메모하는 습관, 그리고 복습하는 습관을 익히는 과정이 자기 것이 되어지는 것이다.

이런 자기 주도적 학습 방법은 얼른 그 결과가 나타나지 않는다.

학부모는 언제까지 자녀의 교육에 관여하고, 참여할 수 있다고 보는가 하는 질문을 던져 보고 싶다.

조급한 학생이나 학부모가 이 과정을 넘어서지 못하면 학생은 평생

자기 학습 능력을 갖추지 못하게 되고 무엇보다도 학습에 열정을 갖지 못하게 될 것이다. 자녀가 자기 주도적 학습 방법을 익힐 수 있도록 격려하고, 기다려 주고, 그리고 작은 실천에도 감격해 주는 과정을 잘 견디고 나면 이젠 모든 학습의 계획에서 평가까지 자녀 스스로 이끌어 나갈 수 있는 학습력을 갖추게 될 것이다. 더욱 중요한 것은 공부의 매력을 경험하게 될 것이다.

1학기를 마치고 성적 결과를 알리고 난 후, 2학년 학생에게서 성적 이의 신청 문자가 왔다. 왜 자기가 A+를 받지 못했는지를 알고 싶다는 내용이다. 이런 문자를 보내 준 B 학생이 너무나 고마웠다. 자신의 생각을 소신 있게 전달할 수 있다는 사실은 바로 자기 주도적 학습력이 형성된 학생이기 때문이다. 바로 학생을 불러서 A+의 성적을 받은 3명의 논술 평가 결과를 보여 주었다. 학생은 자신의 부족함이 무엇이었는지를 바로 찾아내었다. 이 학생은 이 문제를 스스로 계획하고, 실천하고, 평가하며 이 문제를 고민한 자기 주도적 학습 과정을 실천한 학생임이 틀림없다.

"적당한 짐을 얹어도 머슴이 지고 가는 짐은 무겁지만, 주인은 아무리 많은 짐을 져도 무겁지 않다"라는 옛 어른의 말씀이 생각난다. 자기 주도적 학습력은 누구의 강요에 따른 것이 아니라 계획부터 평가까지 자기가 책임을 질 줄 아는 학습력이기 때문이다.

2020. 08. 25. 화

여러 줄로 세우는 교육

◇◇◇

　　우연한 기회에 도로를 포장하는 모습을 지켜보게 되었다. 뜨거운 열기가 훅하고 달려드는 아스콘이 도로 위에 쏟아졌다. 곁에 섰던 인부의 말에 따르면 그 아스콘은 기름 성분이 많이 들어 있기에 160도가 넘는 뜨거운 열처리를 하여 사용해야 하므로 지금 도로에 쏟아지는 그 아스콘도 상당한 온도를 갖고 있다고 말했다. 이어서 쏟아진 아스콘을 이름도 모를 커다란 기계가 슬금슬금 달려들며 원래의 도로에서 똑같은 높이로 펴 나가기 시작했다. 가끔 전쟁 영화에서 본 적이 있는 탱크의 바퀴를 닮은 그 차의 바퀴가 슬슬 움직였다. 그러자 그 아스콘은 마음 착한 아이들처럼 아무런 저항 없이 도로 위에 쭈르르 밀려가며 원래의 빛바랜 모습을 감추어 버리고 반짝반짝 윤이 나는 새 도로로 탈바꿈하고 있었다. 뜨겁게 내리쬐는 태양과 아스콘에서 뿜어 올리는 그 열기가 합세하여 아지랑이처럼 하얀 김이 피어오르는 데도 그 차를 움직이는 기사는 일에 푹 빠져 행복한 얼굴로 새 도로를 만들어 가고 있었다. 가끔씩 콧노래를 부르기도 하고 핸드폰을 받기도 하면서 핸들을 움직이는 모습이 이 일에 도취되어 즐거운 마음으로 일을 하고 있음을 느낄 수 있었다.

이제 다 끝났나 보다 하고 일어서려고 하는데 이번엔 눈대중으로 보아도 상당한 무게가 나갈 만큼 무거운 쇠바퀴를 가진 차가 방금 전차바퀴를 닮은 차가 지나간 도로 위를 다시 굴러가기 시작했다. 그러자 먼저 일을 했던 차가 미처 다듬지 못한 곳을 세밀하게 다져가면서 더욱 단단하고 매끄러운 도로를 만들어 가고 있었다. 먼저 일을 했던 전차바퀴 차가 아스콘을 밀고 나가면서 아스콘을 펴는 일을 했다면, 이번의 이 차는 그냥 원통으로 생긴 쇠바퀴로 같은 높이에 깔린 아스콘을 반듯하고 깨끗한 얼굴로 다져가는 일을 하는 것같아 보였다. 그 차를 운전하는 기사 역시 허드렛일을 하는 사람들을 쳐다보며 농담도 하고 라디오를 듣기도 하면서 행복하게 그 일을 하고 있었다. 그 쇠바퀴 차가 일을 다 마치고 나자 새로 탄생한 도로는 마지막 열기를 토해 내며 내리쬐는 태양 앞에서 위용을 부리고 있었다.

이제 정말 다 끝났나 보다 하고 일어서려고 할 때 이번엔 10미터도 넘을 만큼의 긴 길이를 가진 트레일러가 나타났다. '에어서서팬션트레일러'라고 적혀 있는 그 차에서 근사한 젊은이가 내려섰다. 그 젊은이는 트레일러를 주차시킨 후 전차 바퀴를 닮은 그 차를 뒷걸음질로 운전하여 트레일러 위로 옮기기 시작했다. 나는 가슴이 조마거리기 시작했다. 그 무거운 차가 과연 저 트레일러 위로 정확하게 올라갈 수 있을지도 걱정되었다. 그러나 그 기사는 내 걱정을 아랑곳않고 그 차를 정확하게 트레일러 위에 옮겨놓은 후 이번엔 아스콘을 다졌던 원통 바퀴가 달린 차를 움직이기 시작했다. 그 육중한 무게를 가진 원통 바퀴의 차가 기사가 움직이는 핸들을 따라 저항 없이 자리를 옮기며 그 트레일러 위에 반듯하게 얹히게 되었다. 두 차를 트레일러 위에 올려놓은 그 젊은 기사는 아무런 일도 없었다는 듯이 툭툭 손을 털고 트레일러를 운전하기 시작했다. 기차만큼이나 긴 길이를 가진 트레일러는 고불고불한 길을 요술사처럼 움직이며 내 시야에서 사라져 버렸다.

잠시 동안 이 일을 지켜보면서 나는 세 사람의 표정을 떠올려 보았다. 뜨거운 햇살 아래, 그것도 아스콘의 뜨거운 열기까지 합세하여 일을 하기엔 결코 쉽지 않은 조건임에도 불구하고 그 차를 움직이는 세 사람은 모두 공통의 얼굴을 하고 있었다. 모두 라디오를 듣거나, 콧노래를 부르거나, 그 일을 거드는 허드렛일을 하는 사람들과의 대화로 매우 행복해 보인 것이 특징이었다. 그건 바로 그 일에 자긍심과 자신감과 그리고 그 일 자체를 매우 사랑한다는 느낌으로 받아들여졌다. 더구나 마지막 트레일러를 운전하는 그 젊은이와는 몇 분간의 이야기를 나누었는데 나는 그 젊은이의 이야기를 듣고 교육하는 사람으로서 부끄러움과 동시에 진한 감동을 받았다. 그 젊은이의 말에 따르면 학교 때부터 자동차에 관심이 많았으며, 꼭 그 일을 하고 말겠다는 꿈을 이루었다고 하며 이렇게 큰 차를 운전하는 것에 상당한 보람을 느낀다는 이야기를 당당하게 전해 주었다.

요즈음 학교 현장에서는 평가의 열풍으로 가슴앓이를 하고 있다. 진단 평가, 수행 평가, 성취도 평가 학기말 평가야 지금까지 늘 해 왔던 평가지만, 몇 년 전부터는 평가의 방향이 달라지고 있다. 이번 7월 13일에 전국의 초등학교 6학년이 다 함께 치르는 전국 성취도 평가는 학생 개인 한 사람의 학업 성취도를 알아보는 평가다. 다음 학습 활동에 참고하고 학습 활동의 방향을 바로 잡기 위한 평가의 진의를 떠나 그 결과가 담임 교사의 능력 평가와 학교장의 능력 평가로 대비되고 있어 초등학교 6학년 교실에서 0시 학습이 이루어지고 있음이 가슴 아프기만 하다. 사람의 얼굴이 모두 다른 것처럼 학생들의 능력 또한 모두 다르다. 이런 사람의 차이를 생각하지 않고 모두를 목표치에 도달시킨다는 것은 과연 옳은 일일까? 학생들의 학업 성취도를 알아보는 평가가 분명히 필요한 것만은 사실이다. 그러나 무슨 일이든지 내가 하고 싶은 일을 찾아 그 일에 최선을 다하며 행복한 사람이 되는 여러 줄로 세우는 교육이 그리워지면서, 전차바퀴 기사와 원통바퀴 기사와 그 행복한 트레일러를 운전하던 젊은이의 얼굴이 떠오름은 왤까?

2010. 07. 15. 목

금메달과 지도 교사

◇◇◇

　박태환 선수가 2008년 베이징 올림픽 대회의 자유형 400m에서 금메달을 획득하고, 이어서 자유형 200m에서 은메달을 땄을 때 세계는 물론이거니와 대한민국 국민은 오로지 한 마음이 되었다. 그 순간 우리는 다른 말이 필요 없었으며 그냥 박태환 선수를 바라보기만 해도 어린 나이에 대한민국이라는 이름을 빛낸 그 노력에 사심 없는 박수를 보냈다.

　어디 그뿐인가? 박태환에 이어 김연아 선수가 2010년 밴쿠버 동계 올림픽 피겨 스케이팅 여자 싱글 금메달리스트로 확정되었을 때 또 한 번 나라의 이름을 높인 김연아 열풍에 온 나라 안팎이 축제의 꽃을 피웠다. 그도 그럴 것이 박태환 선수의 쾌거는 조오련 선수 이후 한국으로 처음 세운 세계 제패의 쾌거였고, 김연아 선수 역시 대한민국 최초의 올림픽 피겨스케이팅 메달리스트요 세계 선수권 메달리스트였기 때문이다.

　이들이 이날의 영광을 위해 흘린 땀방울은 얼마나 될까? 박태환 선수가 수영 연습으로 물속을 헤맨 거리는 얼마나 되며 지금의 이 순간까지 오는 동안 물속에서 흘린 눈물은 얼마나 될까? 김연아 역시 꽁꽁 언 빙판 위를 수백 번 넘어지면서 하루에도 몇 번이나 중단하고 싶은 욕망과 다투며 절망의 늪에서 허우적거린 것이 몇 번이나 될까? 그러나 그들은 결국 그 좌절 위에서 희망을 싹틔웠고, 그 좌절을 딛고 어둠을 이겨 내었기에 자신의 영광은 물론 대한민국의 이름을 세계에 알린 훌륭한 인물이 되었다. 이들이 이렇게 자신이 택한 분야에서 최고의 자리에 우뚝 서게 되기까지엔 자신의 노력도 필요했겠지만, 그들을 그 위치에 오르기까지 열성을 다해 지도한 지도자의 노력을 잊어서는 안 된다.

신현초등학교에는 수영부가 있다. 지난 8월 11일부터 시작된 제39회 전국소년체육대회에서 6학년 이상윤 학생이 금메달을 두 개나 차지하여 경상남도는 물론 전국 초등학교 수영계에서 화제가 되고 있다. 세계대회도 아니고 전국소년체전에서 금메달을 획득한 것이 무슨 대단한 일이냐고 반문할 것이다. 그러나 필자는 그것이 정말 대단한 일이라고 자신 있게 말할 수 있음은 그 지도 과정과 훈련 과정을 곁에서 지켜보았기 때문이다. 수영 선수들은 물론이지만 지도 교사, 지도 코치, 학부모가 참으로 힘들고 어려운 환경에서 이루어 낸 오늘의 쾌거였기 때문이다.

수영 선수라는 명목으로는 정규 수업을 빠지지 못하니 아이들은 언제나 수업이 시작되기 전이나, 수업이 끝난 뒷시간을 이용하여 연습을 할 수밖에 없었다. 지도 교사와 학부모는 아직은 어린 나이라 한참 새벽 단잠에 젖어 있을 이들을 깨운 후 각자의 승용차에 태워 수업 전 한 시간을 수영 연습을 시키는 강행군을 시행하였다. 수영장으로 달려가는 차 속에서 졸기도 하고 수영장에 들어가서도 잠에 못 이겨 꾸벅거리는 학생들을 차마 물속으로 밀어 넣지 못해 지도 교사도 학부모도 미안하고 애처로워서 수영 선수들을 바로 쳐다볼 수가 없었다고 한다. 특히 우리 거제도는 수영 선수가 훈련을 할 수 있는 50m 레인의 실내 수영장은 동부수영장밖에 없고 그것도 예산상의 문제로 6개월만 사용할 수밖에 없다고 한다. 이런 이유로 남은 6개월은 40분 정도나 걸리는 장승포수영장과 통영수영장을 오가며 훈련을 시켜야 하는 참으로 많은 어려움 속에서 이들을 지도해 왔다.

더구나 수영 선수들이 동부수영장이 아니고 장승포수영장과 통영수영장으로 훈련을 갈 때면 일반인들의 수영에 방해가 되어 선수들과 교사와 코치도 수영장을 이용하는 사람들에게 연신 미안하다는 마음을 전하며 아이들에게 훈련을 시켜야 했다.

이렇게 수업 전 새벽 훈련과 수업 후 훈련을 마친 학생들이 교실에서 수업을 받는 모습을 보면 안쓰러워 전 교사들이 머리를 쓰다듬어 주며 격려를 해 주었지만, 그 격려가 그들에게 얼마만큼의 위로가 되었을까? 그래도 기특한 것은 수영부 선수 모두가 학급에서 우열을 놓치기 싫어하는 학구열을 보여 주는 것만도 얼마나 고마운 일인지 모른다. 지도 교사 또한 마찬가지다. 아무도 출근하기 전 학생들을 수영장으로 수송하여 새벽 훈련을 시킨 후 다시 정상 수업을 맡아야 한다. 어디 그뿐이랴. 수업 밖의 잡무는 얼마나 많은가? 이런 많은 어려움 속에서도 자기의 몫을 다하며 수영 선수들을 지도해 온 수영 담당 교사의 그 노력의 대가가 수영 선수와 함께하여 오늘의 금메달이 그 학생에게도 찾아온 것 같다.

그리고 오늘 상윤이 학생이 금메달을 받기까지엔 단기간이 아닌 장기간의 훈련 과정이 있었고, 한 사람들의 지도 교사가 아니라 두 사람의 피나는 노력이 있었다. 무엇보다도 상윤이가 수영 선수의 자질이 있음을 발견하여 지도 교사라기보다 형과 같은 마음으로 함께 먹고 함께 뒹구는 사제지간의 진솔한 정으로 지도하였기에 힘들고 어려운 과정을 이겨낼 수 있지 않았나 싶다. 또한 수영 선수들의 부모님이 보여 준 마음도 말하지 않을 수 없다. 영양식을 만들어 모든 학생에게 고루 먹이기도 하고 틀림없이 좋은 결과가 올 것이라는 피그말리온의 자성예언도 들려주며 지도 교사의 노력에 감사하는 마음을 늘 전해 지도 교사에게도 어깨에 힘을 실어 주었다.

6년이라는 긴 세월 동안 수영 선수들을 위해 주춧돌을 놓고 징검다리를 건너며 학부모와 학생들을 설득하고 지도한 앞선 지도 교사와 배턴을 이어받아 그 그늘 아래서 열성을 다한 현재 지도 교사의 열정과 수영 선수들의 피나는 노력이 있었기에 오늘의 영광이 찾아온 것이다. 이처럼 교육은 불을 지핀다고 금방 끓어오르는 것이 아니라 지긋하게 때를 기다릴 때 아름다운 결과가 다가오는 것 같다. 금메달을 받은 선수는 물론 지칠 줄 모르고 지금도 50m 레인을 돌고 있는 신현초등학교 수영 선수들이 또 다른 박태환이 되는 그날을 기대해 본다.

2010. 09. 03. 금

이 시대의 진정한 스승

◇◇◇

20대 마지막을 넘기면서 결혼을 했다. 결혼이란 게 누구나 그렇듯이 각각의 세월을 살아온 두 사람의 결합이다 보니 마음 맞추기가 쉽지가 않은 법이다. 그때 가뭄에 소나기를 만난 듯한 글 한 줄에 매혹당해 평생을 그 글귀를 가슴에 안고 살아왔다.

'두 사람은 물론 주변의 모든 사람이 부러워할 만한 어울리는 결혼을 한 사람은 분명히 축복받은 사람이다. 그러나 너무나 생각이 다른 사람끼리, 그리고 아무도 축복하지 않는 결혼이지만 두 사람이 같은 목표를 두고 평생을 열심히 달려가는 사람은 앞으로 분명히 축복받을 사람들이다.'

국어학적으로 설명해 보면 축복을 받았다는 것은 현재 그 축복이 모두가 끝나버린 말이다. 그러나 앞으로 축복을 받을 것이란 말은 두 사람의 노력에 따라 얼마만큼 받을지는 끝없는 무한대이다. 이 얼마나 근사한 이야기인가?

이 글을 쓴 사람이 바로 김형석 교수님이시다.

그 글을 만났을 당시만 해도 김형석 교수님은 대단히 연세가 많으신 노학자의 모습이었고, 그 노학자가 여러 저서에서 토해 놓은 글들은 어린 시절에도 다방면에 걸쳐 내 자신에게 가치를 부여했고, 살면서 정신이 번쩍번쩍 드는 영혼을 다듬는 글을 여러 번 만나게 해 주었다. 이런 영혼을 맑게 해 주는 김형석 교수님의 글에 매료된 사람이 어디 나 한 사람뿐이랴? 아마 모르긴 해도 많은 젊은이가 김 교수님의 글 한 줄에 희망을 찾았고, 절망을 뛰어넘은 사람들이 많았을 것이다. 젊은 시절 이렇게 우리에게 영혼을 일깨워 주셨던 그 김형석 교수님이 96세의 연륜에도 불구하고 요즈음 또다시 우리에게 희망의 메시지를 전하고 있다.

한국 철학계의 대부로 불리는 김형석 교수(연세대 명예교수)는 96세인 요즘도 곳곳에서 강의를 하고, 방송에도 출연하며, 책도 집필 중이라는 보도에 반가움을 금할 수 없었다. 1970대에 김형석 교수의 철학과 인생론에 관한 책을 보며 감동을 받았던 우리가 50년 후에도 건재한 김 교수님이 경이롭기만 하다. 강의와 저작 활동 외에 강원도 양구군에 있는 '김형석·안병욱 철학의 집'에 저서와 원고 등 1,000여 점의 자료와 평생 모은 도자기를 기증하는 등 풍성한 만년을 보내는 김형석 교수!

교수님의 이야기에 따르면 인생의 가장 황금기는 젊은 시절이 아니라, 65세에서 75세 사이라고 한다. 그리고 이만큼 살고 나서 뒤돌아보니 가장 가치 있다고 볼 수 있는 삶은 내가 사랑하는 사람을 위하여 고생을 한 부분이며 가장 의미 깊고 가치로운 인생이었다고 고백하고 있다. 70년대에 젊은 시절을 보낸 세대들은 김 교수님의 이 이야기가 제대로 이해되고 가슴에 닿았으리라 믿어 의심치 않는다.

우리가 살아가고 있는 이 시대는 참다운 스승이 없는 시대라고 한다. 참다운 스승은 환경에 연연하지 않고 옳은 길을 제시해 주고, 잘못된 길을 가는 이들에게 회초리도 내리치며 이제 걸음을 시작하는 젊은이들에겐 그 제시한 옳은 길을 모든 사람이 제대로 가고 있는지 확인도 하고 방향을 제시해 주어야 한다.

그런데 요즈음은 이런 옳은 일을 감당해 주고, 바른길을 제시해 주는 참다운 스승이 실종된 사회가 되고 있다. 분명히 잘못 가는 일임을 알고 있지만, 그들에게 옳은 이야기를 전해 줄 지혜로운 어른들이 많이 있지만, 그 일을 하려 하지 않는다. 이런 일을 감당하려다가 낭패를 보는 것이 걱정되기 때문이다.

방학을 하기 전 4건의 연수 강의를 하였다. 유치원 학부모들에게 '건강한 가정이 건강한 아이를 만든다'란 주제로 가장 어린 학부모가 놓치기 쉬운 좋은 부모 되는 길을 소개했다. 다음은 초등학교 학부모님께 '시를 통한 인생 엿보기'란 주제로 문학을 통한 자녀 교육, 내 인생 찾기를 강의하며 대한민국의 어머니들이 윤기 있는 삶의 주인공이 되어야 한다고 호소했다. 그리고 '나는 대한민국의 위대한 스승'이라는 주제로 초등학교 교사들을 위한 강의를 했다. 교직자를 향한 세상의 질타에 위축되지 말고 그래도 대한민국을 이끌어가는 인재를 키우는 귀한 일을 하는 사람임을 각인시키며, 대한민국의 스승의 사명감에 인생을 걸어야 하는 사람이 교사임을 호소했다. 마지막으로 5, 6학년 학생들을 대상으로 '누가 나를 키우는가'라는 제목으로 진로 교육을 했다. 자신의 앞날은 누가 만들어 주는 것이 아니라, 자기 스스로 만들어 가야 함을 전하면서 세계와 나라와 자신을 위하여 우뚝 서는 글로벌 인재가 되길 바라는 큰 꿈을 그려 보라고 희망의 메시지를 전하였다.

우리 사회에 김형석 교수님과 같은 이런 참다운 노스승이 많았으면 좋겠다. 다양한 분야에서 삶의 경험과 학문적 지식을 겸비한 이들이 정신적 가치가 빈곤해져 가고, 인생의 목적을 잃어 가는 요즘 사람들에게 삶의 지혜를 나누어 주고 삶의 윤기를 전해 주는 그런 사람이 많으면 우리 사회는 좀 더 맑아지고, 가치로운 목표를 향해 자신을 키워가는 사람이 많아지지 않을까?

2015. 08. 14. 금

내 자녀 바로보기

◇◇◇

지난해 일이다. 여름 방학을 며칠 앞둔 어느 날 상담소로 학부모 한 분이 찾아오셨다. 상담소로 들어서자마자 통곡하며 오열을 하는 바람에 내담자의 이야기를 듣기 위해 한참이나 안정의 시간을 드린 다음 사연을 들었다.

어머님 말씀으론 1학년인 아이는 아무런 문제가 없는 참으로 밝은 아이라고 했다. 유치원에서도 아무런 문제없이 잘 보냈고, 3살 터울의 형과도 사이가 좋아 형제라기보다도 친구처럼 잘 지내고 있어 초등학교에 가서 어려움이 올 것이라곤 꿈에도 생각하지 못했단다.

그런 아이가 입학을 하고 서 너 달이 지나고부터는 담임선생님의 전화를 자주 받게 되었단다. 이유인즉 자신의 아들이 급식 시간에도, 수업 시간에도 곁에 있는 친구를 못살게 괴롭혀 어려움이 많으니 가정 지도를 부탁한다는 내용이었단다.

그런 전화를 받은 후 어머니는 아들에게 조용히 선생님의 전화 내용을 알려 주고 등교할 때마다 아이를 붙들고 친구와 잘 지내라는 당부를 했다고 한다. 그러나 어머니의 그런 부탁에도 불구하고 담임 선생님의 전화는 잦았고, 그럴 때마다 담임 선생님께 죄송하고 미안하여 어쩔 줄을 몰랐다고 한다. 그런데 시간이 흐를수록 아이의 문제는 해결되지 않았고, 담임 선생님과 언쟁이 일어날 상황까지 가고 말았다고 한다. 더 중요한 것은 담임 선생님과의 전화를 듣고 있던 남편까지 개입되어 이젠 담임 선생님과 남편까지도 언쟁이 오고 가서 남편이 담임 선생님의 문제점을 학교에 알리겠다는 지경까지 오고 말았단다. 결국 내담자인 어머니의 이야기는, 이 상황은 자기 아이에게 문제가 있는 것이 아니라, 아이가 할 수 있는 행동을 문제라고 보는 담임 교사의 문제라고 단정 짓고 있었다.

어머니의 이야기만 듣고는 아이의 문제점을 자세히 알 수 없기에 담임 선생님의 양해를 얻어 그 아이의 문제점을 들어 보았다. 어머니의 이야기처럼 아이는 참 착하고 바른 아이가 맞다고 했다. 그런데 혼자서는 무엇이나 잘하지만 교육 활동을 공동으로 하는 시간이 되면 아이는 모든 것에 용서를 못 하는 아이라고 했다. 역할을 정할 때는 단연 자신이 우선이어야 하고, 놀이 활동에서도 자신이 속한 모둠이 이기지 않으면 분을 풀지 못한다고 했다. 그럴 때마다 실수한 학생을 입으로 나무라기보다는 행동을 가해 결국 다툼을 일으킨다고 했다. 그리고 이제는 그렇게 당한 아이의 학부모까지 양해를 구해야 하니 학급 운영이 정말 어렵다는 하소연을 했다. 그런데 정작 학부모께서는 그 아이의 행동을 하루 종일 지켜보지 않으니 학교에서 일어나는 아이의 행동을 도저히 믿지 않고, 담임 교사의 지도 방법을 믿지 않는다고 했다.

전문인이 무엇일까?

전문인이 되는 조건에는 많은 구비 조건이 있지만 간단하게 언급하면 어느 특정 분야의 일을 긴 세월 담당하고 있어 그 일에 관해 풍부하고 깊이 있는 경험을 가진 사람을 우리는 전문인이라고 부른다. 그리고 그런 전문인이 되기 위해선 오랜 기간의 학습 시간이 필요하고, 더 깊이 있는 분야의 달성을 위하여 계속적인 학습 활동이 이루어져야 한다. 그리고 그들만의 단결과 보이지 않는 결속 관계가 있다. 그래서 우리는 전문인의 조언을 믿고, 전문인의 처방에 따른다.

예로 우리는 병원을 가면 의사 선생님의 진료에 대부분 따른다. 진료 차트에 알지 못하는 영어로 진료 결과를 적어 놓아도 간호사에게 무슨 뜻인지를 묻지도 않고, 어떤 주사를 어디에 몇 대를 놓는지도 묻지 않고 그냥 의사 선생님의 처방에 따른다. 왜냐하면 의사 선생님은 그 분야의 전문인이요, 그 분야에 숱한 경험으로 풍부한 지식을 갖고 있는 전문인이기 때문이다.

교사도 전문인이다. 적어도 아이를 지도하는 과정을 몇 년이나 배웠고 현장에 나와 담임을 하면서 많은 경험을 하고 그 경험으로 풍부하고 깊이 있는 전문 지식을 갖추고 있다. 그러나 가끔씩 학부모님은 그런 담임 교사의 자녀에 관한 진단을 의사 선생님의 진료 결과만큼 믿지 않는다. 물론 담임 교사의 노력과 사명에 따라 각각 갖고 있는 전문성의 농도가 다르긴 하겠지만.

내담자인 학부모에게 제일 먼저 내 아이가 다른 친구와 틀린 것이 아니고 다른 곳이 있음을 인정해야 한다는 이야기를 했다. 똑같은 아이들 30명 정도를 한 교실에 두고 수업을 하는데 이런 일들이 자주 내 자녀에게 일어난다는 것은 우리 아이가 뭔가 다름이 있음을 인정하지 않으면 안 된다는 안내를 했다. 다음은 왜 우리 아이가 친구와의 원만한 생활이 되지 않는지 원인을 먼저 찾아보자고 했다. 그리고 하루빨리 그 원인을 고치는 일이 아이의 행동을 고치는 일임을 상담하였다.

내담자가 먼저 자신의 문제점을 찾아냈다. 내담자는 아이가 초등학교로 들어가자 발 빠르게 직장을 구하여 열심히 근무하고 있다고 했다. 그러다 보니 이제 초등학교에 간 둘째 아들에게 따뜻한 관심이 부족했다고 한다. 직장 일을 하기 전엔 아이가 등원하고 하원할 때 엄마는 아이와 눈빛을 같이 했고 늘 집으로 돌아오면 엄마의 환한 미소가 아이를 기다리고 있었단다. 그러나 직장인 엄마는 바쁘다. 그러다 보니 지금까지의 관심이 분명히 조각난 사랑이 되고 말았을 것이란다. 아이가 먼저 안다. 우리 엄마의 관심이 사라져 가고 있음을. 그리고 아이는 그 부족함의 사랑을 다른 행동으로 표출한 것이다.
학부모 다음의 치료는 담임 교사의 교육적이고 전문적인 지도와 장기적인 사랑이다. 담임 교사는 내담자 부부와 만나 가정과 연계하며 교우 관계를 다양하게 맺어 주고, 또 다른 눈빛으로 아이를 책임져 보겠다는 말씀을 나누었다.

우리는 얼마만큼 내 아이를 바르게 진단하고 치료하고 처방하고 있는가?

2020. 04. 18. 토

생명 사랑하는 법부터

◇◇◇

대부분 어버이날이 되면 시부모님을 먼저 챙긴다. 그러기 때문에 친
정 부모님 방문은 어버이날을 넘긴 다음 날이 된다. 처음엔 다음 날 찾
아가는 것이 아무렇지도 않았지만 나이가 들수록 친정어머님께 죄송
한 생각이 들었다. 당일이나, 다음 날이나 찾아뵙는 것은 같았지만 하
루 종일 오지 않는 딸 생각에 친정어머닌 사립문을 몇 번이나 드나들었
을까 생각하니 너무나 가슴 아파서 그 뒤엔 출근 전 가까이 계시는 친
정집을 먼저 찾게 되었다.

그해 어버이날 새벽부터 어머님을 찾아갔다. 사립문이 열려 있었다.
아직 동이 트기도 전인데 어머님은 어디로 나가셨는지 부엌에도, 뒷밭
에도 계시지 않았다. 이 새벽부터 어디로 가셨을까 생각하다 출근 시
간이 늦을 것 같아서 돌아 나올 때였다. 어머님께서 한 손에는 호미를
들고, 한 손에는 대나무 작대기를 들고 들어오셨다. 어딜 다녀오시는지
몸뻬 바지가 흠뻑 젖었는데 얼굴엔 환한 미소가 꼭 아이들처럼 예뻐 모
였다.

나는 어머님께 이 새벽부터 어딜 다녀오시는데 이렇게 바지가 흠뻑

다 젖었느냐고 물었다. 어머님은 얼굴 가득 미소를 머금으시며 출근 시간 조금 늦더라고 식혜 한잔은 먹고 가라며 부엌으로 들어가셨다. 내가 식혜를 마시는 동안 어머님의 새벽 출타 이야기를 듣게 되었다.

바로 전날 저녁 어머님은 건너편 마을 경로당에서 마을 어버이날 행사에 참여하셨다고 했다. 저녁 9시쯤 되어 집으로 돌아오려고 하니 버스도 끊기고 큰 도로를 걸어서 오려니 너무 멀어 가로질러 가는 논길을 택하셨단다. 사방이 어둡긴 했지만, 논길로 걸어오는 길은 평소에 잘 다니는 길이므로 가늠으로 절반쯤을 지나게 되었을 때였다고 한다. 갑자기 발밑에서 펑 하고 무엇이 밟혀서 터지는 소리가 들렸는데. 한밤중의 산중에서 그 소리는 너무나 큰소리로 들려 어머닌 정말 놀랐단다. 컴컴한 밤이라 살펴볼 수도 없었지만, 어머니 감각으로 개구리가 발밑에 밟혀 터지는 소리였다고 한다. 집으로 돌아오신 어머님은 밤 내 잠을 이루지 못했다고 한다.

"하필이면 그 시각에 논두렁에 나와서 내 발에 밟혀 죽다니, 아무리 미물이라지만 생명인데, 그렇게 내 발밑에 밟혀 죽게 하다니…"
어머닌 어머니의 발바닥에 죽어 간 그 개구리에게 너무나 미안하여 잠을 이룰 수가 없었다고 한다. 그래서 새벽 동트기 전 죽은 놈이지만 묻어 주어야겠다고 생각하고 호미를 들고 어제저녁 걸어서 온 그 논두렁을 찾아가셨다고 한다.
여기까지 이야기하신 후 어머님께서 환하게 웃으셨다. 어머님의 얼굴엔 세상에 어쩌면 이런 횡재가 다 있을까 하는 얼굴로 말씀을 이어 가셨다.

"개구리가 터져 죽은 그 장소에 가니, 세상에 어제저녁 내 발밑에 밟혀서 배가 터진 것이 개구리가 아니고 가지였지 뭐니? 아마 뒷집 아지매가 가지를 따서 머리에 이고 가다가 논두렁에 한 개를 떨어뜨렸던 모양이더구나. 그 가지가 내 발밑에서 펑 하고 터졌는데 나는 아무 의심도 없이 그게 개구린 줄 알았으니…."

어머닌 안도의 숨을 쉬셨다. 어머니의 발밑에 밟혀서 죽어 간 개구리가 불쌍하여 밤잠을 설쳤는데 그놈이 개구리가 아니고 옆집 아지매가 떨어뜨린 가지였음이 횡재를 한 기분이라며, 얼굴에 안도의 숨과 행복함과 기쁨을 고스란히 표현하셨다.

"어머님이셨구나. 내가 두꺼비를 살려 준 것이…."
집으로 돌아오며 내가 두꺼비를 살려 주었던 기억이 새롭게 떠올랐다.

산을 깎아서 대지를 만드는 작업을 하고 있는 남편에게 간식을 준비하여 공사장으로 갔다. 남편은 땅을 고르고 있었고 포클레인 기사는 땅을 파고 있었다. 포클레인이 지나갔던 곳을 유심히 살펴보는데 무엇인가 움직이고 있는 모습이 보여 다가갔더니 두꺼비 한 마리가 꿈틀거리고 있는 게 아닌가? 포클레인이 흙을 파면서 미처 피하지 못한 두꺼비를 다치게 했던 모양이다. 뒷다리 두 개와 오른쪽 앞다리는 밖으로 나와 있는데 왼쪽 앞다리만 흙 속에 묻혀 두꺼비는 땅속에 묻혀 있는 왼쪽 앞다리를 빼내기 위하여 남아 있는 다리 세 개를 죽을 듯이 바둥거리고 있었다.

너무나 불쌍하여 옆에 있는 괭이를 들고 와서 주변의 흙을 조심스레 파기 시작했다. 행여 두꺼비 다리를 다치게 할까 봐 조심조심 정성을 다했다. 겨우 두꺼비를 꺼내 놓고 어서 다른 곳으로 가길 기다렸지만, 두꺼비는 움직이질 못했다. 오랜 시간 바둥거리다 보니 땅속에 묻힌 다리가 부러지고 피부만 헐렁거렸다. 조심스럽게 소쿠리에 담아 팔손이나무 아래로 옮겨 놓고 굶어 죽으면 어쩌나 싶어서 커피와 함께 먹던 비스킷을 곁에 놓아주었다.

근무 시간 내내 두꺼비 생각이 떠나지 않았다. 잘살고 있는 두꺼비를, 공사를 한답시고 저렇게 장애로 만들어 버렸구나 생각하니 두꺼비에게 너무나 미안했다. 퇴근 후 바로 그 장소로 갔다. 얼른 팔손이 잎을 들쳐 보았다. 두꺼비는 보이지 않았다. 며칠이 지나도록 그 두꺼비의 걱정이 떠나질 않았다. 제발 살아 있기를 기도했다.

"개미 한 마리도 죽이면 안 된단다. 생명 있는 것은 함부로 하면 안 돼."

어린 시절 어머님께 귀에 못이 박히도록 들어온 이야기다. 그래서 어머님 파리채도 잘 들지 않으셨다.

아이들이 생명의 귀중함을 알았으면 좋겠다. 작은 벌레 한 마리, 풀 포기 하나에도 생명의 소중함을 자라면서 배운다면 아이들은 자기 생명은 물론 다른 생명까지도 귀하게 여기리라 믿는다. 세상에서 가장 귀중한 배움이 무엇일까? 바로 생명의 귀중함을 아는 것이 아닐까? 지금 교육 현장에서 일어나는 문제들을 보면 생명의 귀중함을 깨닫지 못함에서 일어나고 있다. 이런 생명의 귀중함은 부모로부터 배워야 하는 것이다.

이 일이 있고 난 후 어머님의 개구리와 내가 만났던 두꺼비 이야기는 지금도 학부모 강의 때마다 매번 등장하는 생명 존중의 주제가 되고 있다.

2020. 05. 06. 수

내 자녀 자존감은 어머니가 키운다

◇◇◇

살아가면서 매 순간마다 친정어머님이 생각난다.

이런 생각은 아마 세상의 딸들이 다 갖고 있는 생각일 것이다. 어떤 일이 일어날 때마다 친정어머니가 어떻게 대처하셨던가? 그리고 뒷수습은 어떤 방법으로 하셨던가를 생각하면서 내게 일어난 일을 처리하면 틀림없이 뒤탈이 없다. 그만큼 어머님은 사려가 깊으셨고 아무리 급해도 서두르는 일이 없으셨다. 서두르지 않는다는 것은 속도에 관련됨이 아니고 생각의 차이라는 것을 말하고 싶다.

어머님은,

"너희들에게 재물은 물려줄 수는 없지만 '생각'하는 사람이 되는 법을 알려 줄 테니 살아가면서 필요한 때가 있으면 꺼내어 사용하며 살아라."

그땐 정말 무슨 뜻인지도 몰랐다. 어머님의 이런 말씀은 하루 종일 비가 와서 밭일 논일을 나가지 못하는 날이면 관련된 고사성어와 함께 사람이 왜 생각을 먼저 하고 일에 대처해야 하는지를 말씀해 주셨다.

그리고 생각하는 사람이 되는 법과 함께 빠지지 않고 들려주신 말씀이 또 하나 있다.

"부모가 재물을 물려주면 도둑이 훔쳐 가기도 하고 지키기도 어렵지만, 너희들 머리에 지혜를 물려주면 아무도 뺏어가지 못한다. 지혜에 속하는 것은 너무나 많단다."

라고 말씀하시어 어머니께서 '생각하는 사람' 이야기가 나오면 끝까지 듣기가 지루해 내가 '머릿속에 넣어 준 지혜는 아무도 뺏어가지 못한다' 하고 내가 먼저 뒷이야기를 해 버려 어머님께서 웃으시던 모습도 떠나지 않는다.

이런 '생각하는 사람' 이야기 중 또 빼놓을 수 없는 교훈이 바로 자존감에 관련된 이야기다. 그땐 그 이야기가 자존감과 관련된 이야기인지도 몰랐다. 단지 무슨 일이든지 못하겠다는 생각을 하지 말고 '나는 할 수 있다'는 생각을 먼저 하고 일을 하면 틀림없이 잘하게 된다는 말씀으로만 알았다.

그래서 나는 정말 겁도 없이 자랐다. 어린 시절 학교에서 무슨 일이든지 시키면 내가 하겠다고 덤볐다. 그 일을 전혀 해 보지 않고도 그냥 할 수 있을 것이란 어머니 말씀만 믿고 겁도 없이 내가 하겠다고 나선 것이 얼마나 대책 없는 일인가? 그래서 가난하게 살아도 늘 학교생활이 당당했다. 어머님께서 나에게 불어넣어 주신 당당함이 일곱 형제 중 아마 내가 가장 흡수력이 강했던가 보다.

그 당시 시골에서 돈을 만질 수 있는 길은 오로지 나무를 해서 읍내에 팔러 가는 일이 유일한 방법이었다. 내가 고등학교 2학년 때의 일이다. 그날도 수업을 마치고 신작로를 걸어서 하교하던 길이었다. 동네 아주머니들과 어머니께서 읍내로 나무를 팔러 오시다가 도중에서 나뭇단을 내려놓고 쉬고 계셨다. 다른 어머님들은 다시 나무를 머리에 이고 장터로 가시는데, 왜소하신 친정어머님은 몹시 힘이 드셨던가 보다. 날 보고 그 나뭇단을 이고 읍내까지 가자고 하시는 것이 아닌가? 나는 순간 결정의 순간에 서게 되었다. 어머님께서 힘들어하시니 어머님의 나뭇단을 이고 장터까지 가져다주는 것이 당연한 딸의 도리임을 모를 리가 없다. 그러나 그 순간 내 머리엔 그 생각보다 부끄러움이 앞섰다. 지금쯤 하교를 하고 있을 남학생들을 만날 텐데 그 순간을 어떻게 피하나 생각하니 어머님의 부탁에 고개를 끄덕일 수가 없었다. 어머님은 나의 거절에 괜찮다며 말없이 나뭇단을 머리에 이고 일어서셨다. 나는 못 본 척하고 돌아서는데 도저히 발걸음이 떨어지질 않았다.

어머니께 내 책가방을 맡겼다. 그리고 나뭇단을 이고 장으로 가고 있었다. 아니나 다를까? 생각했던 대로 남학생들이 내 코앞까지 다가와 짓궂게 놀려대기 시작했다. 못 들은 척하고 시장까지 가서 나뭇단을 내려놓고 교복 위에 내려앉은 검불을 훌훌 털어 내고 어머니께 책가방을 건네받고 집으로 돌아왔다.

다음 날,

"○○○, 어제 나무 팔러 가더라."

칠판에다 분필로 대문짝만하게 내 이름을 적어 놓은 것이 아닌가? 순간 어떻게 해야 하나 참으로 창피하고 속상했다. 그때 순간 어머니의 얼굴이 스쳐 갔다. 생각하고 대처하라고 하지 않았던가? 이런 일에 친구들과 언쟁을 하지 말라는 말씀도 분명히 '생각' 속에 들어 있겠지 하고 결심하니 부끄러움도 다 달아났다. 나는 아무 말도 하지 않고 그 옆에다 이렇게 썼다.

"그래. 너희 집이 나무를 사게 되면 우리 어머님 나무를 좀 사 주렴."

이렇게 적어 놓고 내려왔는데 누군지 생각도 나지 않지만 친구 한 명이 얼른 나가서 칠판의 글을 다 지워 버렸다.

내가 초등학교 교사가 되고 난 후, 이 나뭇단 사건은 늘 나를 따라다녔다. 그때, 내가 그 나뭇단을 이고 가는 생각을 하지 않았더라면 나는 우리 반 아이들 앞에서 부모님에 관한 효도를 감히 자신 있게 지도할 수 있었을까?

친정어머님의 '생각하는 사람들'은 평생 내 삶의 언덕이 되어 준다. 그리고 내가 만든 평생교육연구소의 간판이 되어 그 속에 넣어 주셨던 아무도 훔쳐 가지 못하는 지혜가 되어 지금도 나의 자존감이 되어 주고, 나를 지켜 주고 있다. 학부모들이 그렇게 바라는 내 아이 자존감은 바로 부모님이 만들어 주는 것이다.

2020. 06. 11. 목

넝쿨째 굴러온 당신

◇◇◇

　지난 일요일 '넝쿨째 굴러온 당신'이라는 드라마에서 속이 뻥 뚫리는 참으로 통쾌하고 멋진 장면이 연출되어 가슴이 다 후련해지는 시원함을 맛보았다.

　이 드라마에 등장하는 교사 며느리는 하는 일마다 제대로 풀리지 않는 남편과 아들에 관한 과잉보호로 사사건건 맺힘이 있는 시어머니와의 일상을 사리에 맞게 명쾌하게 풀어나가고 있어 똑소리 나는 며느리로 시청자들의 호평을 받고 있다.

　이날도 시어머니와 함께 집으로 돌아가다가 지하도에서 고등학교 학생으로 보이는 몇 녀석들이 약한 친구에게 주먹질을 하며 금품을 갈취하는 학교 폭력의 장면을 목격하게 된다. 시어머니는 혼비백산하여 저런 일에 관여했다간 낭패를 본다며 모른 체하고 돌아가자고 며느리를 끌어당긴다. 하지만 우리의 용감한 교사 며느리는 학교 폭력이 벌어지고 있는 현장으로 접근하여 호된 꾸지람으로 그들을 훈육한다. 드라마 속의 현장이지만 가슴이 다 후련해졌다.

요즈음 학교 현장엔 교과 지도를 제외한 절반의 업무가 아마 학교 폭력에 관한 업무인 것 같다. 학교 업무를 맡은 담당자의 경우엔 학교 폭력을 예방하는 계획서를 학교 교육 과정보다 더 관심을 가지고 세워야 하고, 계획서에 따라 실천을 해야 하고, 또한 실천에 다른 보고에 시달리고 있다. 어디 그것뿐인가? 학교장, 교감, 담당자를 별도로 집합시켜 각각 그 위치에 맞게 학교 폭력 예방 교육을 철저히 하고 있다. 그래도 학교 폭력은 줄어들지 않고 있다.

　학교 폭력은 다양한 방법으로 펼쳐지고 있다. 신체에 직접적인 폭력을 행사하는 것은 아니라도 정서나 감정 등 정신적으로 부정적인 반응을 불러일으키는 것은 언어폭력에 해당된다. 예를 들어 놀람, 심한 욕설, 협박, 사이버폭력(악성 댓글, 인터넷 아이디 도용)도 언어폭력에 속한다. 학생들은 이런 폭력은 예사로 생각하고 있다.

　학교 폭력의 유행 중 가장 높은 비율로 나타나는 것이 신체적 폭력이다. 자신의 신체 일부를 사용하는 폭력과 물리적 도구를 이용하여 상대방에게 위해를 가하는 폭력이 이에 속한다. 그뿐만 아니라, 물품을 받거나 재산상의 불법한 이익을 취득하거나 다른 사람으로 하여금 이를 얻게 함으로써 성립하는 금품 갈취도 학생들 사이에 많이 일어나고 있다. 또한 한 학생이 반복적이고 지속적으로 한 명, 또는 그 이상의 다른 학생들로부터 부정적인 행동을 당하는 집단 따돌림도 가장 많이 발생하는 학교 폭력의 한 모습이다. 집단 따돌림은 대놓고 폭행하거나 구타, 위협하여 못살게 굴거나 놀리는 직접적인 따돌림과 집단으로부터 소외

시키거나 배척하는 행위, 그리고 속닥거리거나 곁에 앉지 않으려는 간접 따돌림도 무서운 학교 폭력에 속한다.

어떤 일이든지 사건이 발생하면 그 진원지를 찾아보게 된다. 몇 년 사이에 급증한 학교 폭력이 발생하면 제일 먼저 교육을 담당하고 있는 학교 현장에 근무하고 있는 사람들에게로 화살이 꽂힌다. 언어폭력도, 금품 갈취도, 그리고 신체적 폭력 집단 따돌림도 모두 학교만 바라보게 된다. 그리고 학교에 근무하는 교사들도 이런 일이 일어나면 마치 모두 우리의 잘못된 지도로 발생한 일인 것 같아서 고개를 들지 못할 만큼 가슴이 아프기만 하다.

어쩌면 좋단 말인가?
학교 폭력을 해결하기 위해서는 절대 학교의 노력만으로는 해결되지 못할 것이다. 개인, 학교, 가정, 사회 모두가 함께 손잡고 나가지 않으면 안 될 것이다. 학생들은 피해를 목격하면 내 일처럼 보호자나 담임 교사 그리고 상담 교사에게 알리려는 자세가 습관화되어야 할 것이다. 그리고 본인도 학교 폭력이 일어날 수 있는 곳을 피하여 등하교 시에는 사람이 많이 다니는 곳으로 다니며, 혼자 다니지 말고 친구들이 함께 다니는 것이 피해를 막을 수 있을 것이다. 학교에서도 피해 학생이 마음 편안하게 도움받을 수 있는 학교 분위기를 조성하고, 피해 학생의 말을 믿어주고 끝까지 지지해 주는 선생님과 친구가 되어 주어야 할 것이다.

그리고 학교 폭력을 예방하는 가장 빠른 지름길은 바로 학부모의 자녀에 관한 관심에 있다. 현대인의 가장 두드러진 특징은 모두가 바쁘다는 것으로 나타났다고 한다. 아무리 바빠도 자녀에게만은 해야 할 일이 있다. 학교생활에서 따뜻하게 대화를 나눌 수 있는 기회를 가져야 한다. 우리 아이가 지금 어떤 생각을 하고 있는지, 어떤 고민을 하고 있는지, 그리고 어떤 이야기를 하여도 우리 부모님은 나의 방패가 되어 주실 것이라는 확신을 주는 부모가 되어야 할 것이다.

학생들과 함께 지내다 보면 부모님의 사랑과 관심을 듬뿍 받고 자라는 학생들의 얼굴은 밝고 싱싱해 보인다. 이런 학생들은 선생님께 꾸중을 들어도 잘못도 인정할 줄 알고 스스로 반성도 할 줄 안다. 그러나 가정적으로 편안하지 못한 학생은 스스로 자신을 짓누르고 있는 그늘이 있다. 그래서 자기 잘못을 쉽게 수긍하지 않는 경우가 많고, 사회에 관한 원망과 스스로가 만든 늪에서 빠져나오지 못하고 있다.

학교 폭력의 예방은 제일 먼저 내 자녀를 향한 관심과 사랑이며, 다음은 우리 모두 '넝쿨째 굴러온 당신'에 나오는 그 집 며느리처럼 못 본 체 말고 내 일처럼 달려가 울타리가 되어 주고, 잘못을 충고해 주는 그런 사회가 되어야 할 것이다.

2012. 07. 05. 목

혜진이가 만든 소금은 정말 달구나

◇◇◇

아이들은 서로 얼굴을 맞대고 실험에 정신이 없었다. 소금과 모래와 철 가루가 섞인 세 가지 혼합물을 분리하는 실험이다. 어른들이 생각할 땐 참으로 간단하고 싱거운 실험이겠지만 초등학교 4학년 수준의 아이들이 생각하기엔 이 3가지의 혼합물을 소금과 설탕, 철 가루로 다시 분류해 놓는 것은 그렇게 간단하지만은 않다.

모둠원끼리 머리를 맞대고 이 혼합물에서 먼저 무엇을, 어떤 성질을 이용하여, 어떤 순서로 이 혼합물에서 소금과 설탕과 철 가루를 분리해 낼지 분리 방법을 찾아보는 것이 급선무다.

철 가루가 자석에 붙는 성질을 이용하여 먼저 철 가루를 찾아내고, 소금과 모래가 남은 혼합물에 물을 부어 소금물을 만든 다음 거름종이에 걸러 모래를 분리해 내고, 마지막으로 거름종이를 통과한 소금물을 가열하여 소금을 만들어 내는 과정을 정확하게 찾아가는 모둠은 몇 모둠밖에 되지 않는다. 그래도 아이들은 머리를 맞대고 의논하고 의논한 끝에 시간이 지남에 따라 순서와 방법은 다르지만 그래도 마지막엔 소금물을 증발 접시에 담아 알코올램프로 가열하여 소금이 만들어지는 과정을 찾아가게 되는 것이 대견하기만 하다.

각 모둠들마다 증발 접시에 소금물을 담고 가열하면서 차츰 수분이 증발하여 증발 접시의 가장자리로부터 소금이 만들어지는 신기한 현상에 얼굴엔 호기심이 가득 차 보인다. 드디어 물은 모두 증발되어 소금이 남게 되면 아이들은 약숟가락으로 소금을 긁어 모두 손가락 끝으로 맛을 보게 된다. 정말 소금맛이라며 서로를 쳐다보며 신기해하고 환호성을 지른다.

"선생님, 제가 만든 소금을 우리 담임 선생님께도 좀 먹어보라고 갖다 드리고 싶어요."
한 녀석이 증발 접시에 모인 소금을 약포지에 담아 꼭 자기의 담임 선생님께 맛을 보이고 싶다고 말했다. 말하는 모습이 너무나 예뻐 그렇게 하라고 허락하자 녀석은 약포지에 담은 소금을 가지고 교실로 가고 있었다. 조금 후 다시 과학실로 들어온 녀석에게 물어보았다. 약포지에 담은 네가 만든 소금을 선생님께 드리자 무슨 말씀을 하더냐고 물었다. 그랬더니 녀석의 담임 선생님께서 이렇게 말씀하셨단다.

"혜진아, 네가 만든 소금은 정말 달구나."
참 거짓말도 너무나 심한 거짓말이다. 어찌 소금 맛이 달콤하단 말인가? 담임 선생님은 혜진이가 과학 시간에 만든 소금을 손가락으로 찍어 먹어 본 후 달콤하다고 말씀하셨단다. 이보다 더한 제자 사랑이 담긴 모습이 어디 있을까? 이런 말은 제자를 사랑하지 않으면 나올 수 없는 말이다. 선생님은 혜진이가 과학 시간에 만든 그 하찮은 소금에 최고의 찬사를 보냈다. 짠맛이 아니라 단맛이라고.

혜진이가 한 모든 교육 활동을 선생님은 인정하고 믿어 주어 혜진이에게 자신감을 심어 준 교육 현장의 한 장면이다. 과학적인 맛이 아니라, 혜진이가 만든 소금을 만든 과정에 관한 찬사와 그 소금을 담임 선생님께 맛을 보이게 하는 그 사랑을 단맛이라고 표현했을 것이다.

혜진이의 담임 선생님에 관한 사랑은 오죽 황홀한가? 혜진이는 당연히 짠맛밖에 나지 않을 소금을 약포지에 담아 꼭 담임 선생님께 맛을 보이고 싶어했다. 혜진이의 담임선생님에 관한 사랑은 너무나 깨끗하고 아름답다. 그 아이는 과학 시간에 자기가 만든 소금물을 증발시켜 만든 소금이 짠맛임을 잘 알고 있다. 그래도 그 아이는 자기가 귀하게 만든 소금을 선생님께도 꼭 한번 소개하고 싶어 하는 귀한 마음을 가지고 있다. 그래서 자신이 과학 시간에 만든 소금을 자기의 담임 선생님께 선보이고 싶은 제자의 귀한 마음이 이 대화 속에 들어 있다. 지금 교육 현장엔 이렇게 훈훈하고 아름다운 마음들이 하루에도 몇 번이나 되풀이되면서 아이들이 자라고 있다.

대부분의 교사는 짠맛을 단맛이라고 새빨간 거짓말을 하면서 사제 간의 사랑을 키우면서 아이들을 다독거리며 사랑하고 아끼면서 성장시키고 있는 것이다. 얼마나 아름다운 일인가? 나는 이런 교육의 길을 걸어갈 수 있게 된 것에 정말 감사함을 느낀다.

만나는 사람마다 화두가 되는 것이 경제와 교육 문제다. 그러나 그렇게 걱정하고 있는 교육 문제는 교실 현장에서 그 불씨가 꺼지지 않고 잿불 속에 그 불씨를 묻어 두고 살살 입김을 불어가면서 꺼지지 않고 타오르고 있다. 교사는 아이들의 눈빛 속에서, 아이들은 교사의 품 안에서 세상 사람들의 걱정을 무시한 채 그 불길을 잘 살려 가고 있다. 어렵다고 생각하는 경제 문제도 마찬가지라고 생각한다. 우리 모두가 어렵다고 생각하지만 그래도 그 경제의 실마리는 교육 현장의 불씨처럼 경제 발전의 큰 몫을 책임지고 있는 관계자들의 입김을 맡으며 결코 꺼지지 않고 되살아나리라 믿는다. 우리 국민 모두의 관심이 있다면.

2009. 02. 06. 금